소설 창작의 갈등구조 연구

– 박완서 소설을 중심으로

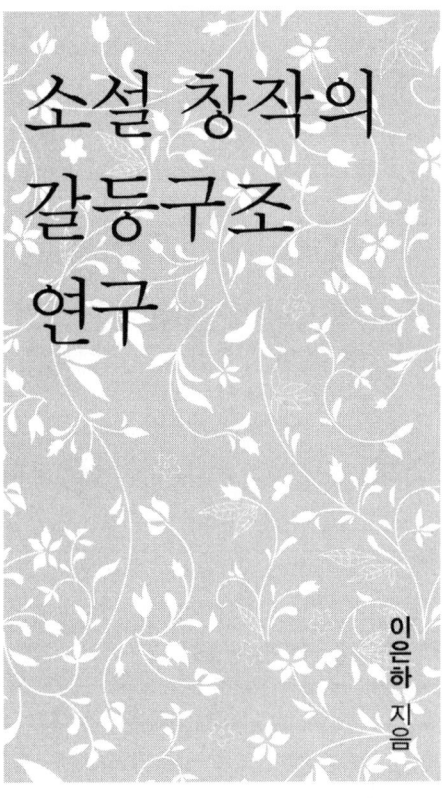

소설 창작의
갈등구조
연구

이은하 지음

새미

소설은 복잡한 사회 속에서 살아가는 인간의 모습을 여실히 드러내는 것을 목표로 하기 때문에 갈등을 겪는 인간의 문제는 소설의 주된 관심사가 된다. 다시 말해서 인간의 다양한 욕망과 그것을 가로막는 일의 발생, 그로 인해서 겪게 되는 고통, 상충되는 문제 앞에서 어떤 길을 선택해야 할지 몰라 겪는 갈등, 발생한 고통과 갈등의 해소 과정은 소설을 쓰는 사람이나 읽는 독자가 항상 관심을 기울이는 핵심 과제가 된다.

이 책은 작가가 갈등을 겪는 인간의 문제를 어떻게 소설로 형상화하고 있는가를 좀 더 심도 있게 알아보는 데 목적이 있다. 이 목적을 이루기 위해서 비교적 재미있고 감동을 주는 소설, 갈등을 겪는 인물들의 이야기를 잘 쓰고 있는 박완서의 소설을 연구 대상으로 삼았다.

박완서(朴婉緖)는 불혹의 나이에 등단했지만 지금까지 140여 편의 단편과 15편의 장편 등 활발한 활동을 보임으로써 넓은 독자층을 확보하고 있는 작가이다. 그의 작품 세계는 청춘기의 6·25경험과 여타 많은 작품에서 진술된 70년대 전후의 경험을 토대로 출발한다. 등단 초기의 작품들은 전쟁으로 인한 상처로 끊임없이 고통 받는 현대인의 삭막한 삶과 모성에 근저한 뼈아픈 치유의 과정을 그리고 있다. 전쟁 체험에 기인한 그녀의 생명주의는 나아가 그 자체를 방해하는 현대문명의 인간소외와 정치적·사회적 모순에 대한 비판의식으로 발전한다.

우리 사회의 기형적 문명생활이 빚은 인간소외, 소시민적 편의주의에 의한 자기기만, 관료사회의 횡포와 약한 자들의 인권문제 등 사회의 갖가지 문제들을 작가는 섬세하고 신랄한 필치로 묘사하고 비판한다.

박완서는 주인공으로 하여금 기억과 회상을 통하여 주인공의 삶을 방해하고 좌절시킨 과거를 환기시킴으로써 자신의 정체성을 회복시키려고 하지만 주인공들은 개인의 의지로 고통을 해결할 수 없는 경우가 대부분이다. 필자는 이처럼 갈등이 완전히 해결되기보다는 암시적이고, 보다 심화되는 과정을 그린 그의 소설을 '고통 심화과정형' 소설로 보고, 갈등 발생 요인이 시대적·사회적 배경에서 연유하는 특징이 공통적으로 드러나고 있어서 갈등 발생 요인에 좀 더 초점을 두고 연구하였다.

필자는 박완서 소설에 나타난 갈등 발생 요인을 1) 전쟁 체험으로 인한 갈등 2) 유교적 가부장제로 인한 갈등 3) 현대 사회의 문제로 인한 갈등으로 나누어 살펴보았다. 박완서의 소설에 공통적으로 나타나는 갈등 형태는 주로 외적 갈등의 성격이 강하며 외적으로 발생된 대립과 갈등은 인물의 내적 갈등을 일으키는 계기가 되어 자아정체성에 대한 물음으로 이어졌다.

박완서의 소설 속의 인물들은 전쟁 체험으로 인해 끊임없이 갈등과 고통을 겪고 있다. 그의 소설에서 보이는 갈등은 유교적 가부장제에서 비롯되었다. 그리고 박완서 소설 속의 인물은 현대 사회 문제로 인해 갈등을 겪게 되었다. 이와 같은 요인들로 발생된 갈등은 완전히 해결되기보다는 암시적이고 보다 심화되는 과정으로 나타나는데, 갈등구조는 연쇄고리식 전개, 교차식 전개, 삽입식 전개로 엮어졌다. 또 주인공들은 갈등을 극복하기 위해 몇 가지 공통된 행동 양상을 보였다.

첫째, 고통을 극복하기 위한 글쓰기이다. 인물들은 증언과 복수의 글쓰기를 시작하면서 자기 안의 모순과 세계의 객관성을 발견하여 예술로 승화하게 되었다. 작중인물의 고통스러운 글쓰기는 한의 역사 속에서 꿈을 찾는 것이며, 그것이 세상을 견디는 힘이 되었다.

둘째, 소설 속의 인물들은 가부장제의 문제를 인식하고 자아정체성을 찾기 시작함으로써 현재의 문제를 극복해 나갔다. 여성의 정체성 찾기는 남성에 대한 복수나 지적인 자만심이 아니라 투철한 자각 위에서 이루어지는 자기와의 싸움이라는 것을 보여주었다.

박완서 소설의 갈등 발생 요인과 갈등의 치유는, 1950년대 전쟁 체험과 분단체제, 1970~80년대에 급성장하는 산업화 시대, 여성에 대한 사회적 편견의 문제 등 시대적 상황이 인물의 개성적 성격과 맞물려져서 갈등의 양상을 표출하고 있음을 알 수 있었다.

작가는 여성이 처한 사회적인 억압의 상황과 그 상황에 대처해가는 이야기를 섬세하고 사실적으로 형상화함으로써 전쟁으로 인해 야기되는 갈등과 가부장제의 모순, 남녀평등의 문제, 여성의 주체적인 삶의 방향에 대하여 진지하게 생각할 수 있게 했다. 또한 중년 여성을 작품의 주인공으로 등장시켜 경제적 풍요만을 쫓는 부정적 인물들과의 갈등을 통해 세태를 풍자하고 산업화 사회에 잊혀져 가는 가족의 사랑과 중요성을 다시 한 번 깨닫게 하였다. 작가가 이기주의와 물욕에 물든 천민자본주의에 대한 경고를 담으며 중산층 여성의 속물근성과 지식인의 허위의식을 비판하면서도 독자로 하여금 반성과 화합의 긍정적 결말을 유도하게 하는 것은 작가의 시대적 비판 의식과 아울러 소외된 자에 대한 깊은 애정, 즉 사랑과 평화를 지향하는 모성적 관점에서 비롯된 것임을 알 수 있다. 무엇보다 인간존중의 기본 의식을 지녀야 한다는 주제 의식을 나타내어 여성주의 문학으로서 큰 자리매김을 하였다.

이처럼 박완서 소설의 갈등 발생 요인에 대한 연구는 박완서 소설의 실체를 정확하게 파악하고 핵심을 밝혀주는 중요한 단서가 되어 작품 속의 인물이나 작가가 지향하려는 세계의 모습을 밝혀 주었다.

마지막으로 박사 논문이 세상에 나올 수 있도록 지도와 조언을 아끼지 않으셨던 이상우 지도 교수님, 심사를 해 주신 명지대학교 문예창작학과의 김석환 교수님, 박범신 교수님, 이재명 교수님, 남진우 교수님, 중앙대학교 문예창작학과의 전영태 교수님, 추계예술대학교 문예창작학과의 김다은 교수님께 감사의 인사를 올린다. 또한 박사논문이 책으로 출간될 수 있도록 도와주신 국학자료원 정찬용 사장님께도 감사의 인사를 올린다.

　부족하지만 앞으로 소설 창작과 연구에 더욱 더 정진하겠다는 다짐으로 아쉬움을 달래본다. 언제나 힘과 용기를 주신 부모님과 도와주신 많은 분들께도 심심한 감사의 인사를 올린다.

2009년 봄

이 은 하

차례

■ 책머리에

Ⅰ. 서론

1. 연구문제 및 연구목적

인간은 동물과 달리 오늘보다 나은 삶을 꿈꾼다. 이를 위해서 인간은 갖가지 욕망, 이를테면 식욕과 성욕을 충족하고자, 부와 명예를 얻기 위해서, 아름답고 의로운 삶을 살기 위해서 다양한 목표를 세우고 그 달성을 위해 열심히 살아간다고 볼 수 있다. 그러나 이 같은 욕망은 언제나 손쉽게 그리고 만족스럽게 충족되지 못하기가 쉽다. 욕망이란 한이 없는데다 어떤 장애로 인해 그 충족을 위한 노력이 실패로 끝날 수 있기 때문이다.

소설은 복잡한 사회 속에서 살아가는 인간의 모습을 여실히 드러내는 것을 목표로 하기 때문에 바로 이러한 인간의 문제는 항상 소설의 주된 관심사가 된다. 다시 말해서 작가는 인생을 꿰뚫어 보는 눈을 갖고 있으므로 인간의 다양한 욕망과 그것을 가로막는 일의 발생, 그로 인해서 겪게 되는 고통, 상충되는 문제 앞에서 어떤 길을 선택해야 할지 몰라 겪는 갈등, 발생한 고통과 갈등의 해소 과정은 소설을 쓰는 사람이나 읽는 독자가 항상 관심을 기울이는 핵심 과제가 된다고 본다.

본 연구는 작가가 이와 같은 갈등을 겪는 인간의 문제를 어떻게 소설로 형상화하고 있는가를 좀 더 심도 있게 알아보는 데 목적이 있다. 이 목적을 이루기 위해서 비교적 재미있고 감동을 주는 소설, 갈등을 겪는 인물들의 이야기를 잘 쓰고 있는 박완서의 소설을 연구 대상으로 삼았다. 소설가 박완서(朴婉緖)는 1970년 동아일보사가 모집한 '여성동아 장편소설'에『裸木』이 당선되어 창작활동을 시작하였다. 그는 불혹의 나이에 뒤늦게 등단했지만 지금까지 140여 편의 단편과 15편의 장편 등 활발한 활동을 보임으로써 넓은 독자층을 확보하고 있는 작가이다. 또한 박완서는 잘 알려져 있듯이 갈등과 고통을 겪으며 살아가는 소시민들의 모습을 잘 보여준 작가이다. 특히 사회문제, 여성문제를 관심 있게 다룬 작가로서 일관된 주제의식으로 다채로운 갈등을 리얼하게 그려왔다. 그리고 박완서는 매우 많은 작품을 써오고 있지만 몇 가지 공통적인 요인으로부터 갈등이 발생되어 갈등이 심화되는 과정을 끊임없이 반복·변형함으로써 일관된 작품 세계를 보여주고 있는 것이 특징이다.

일제 말기에 소녀시절을 보낸 작가는 6·25동란기에 청춘기를 겪고, 70년대 전후의 이른바 산업화 시대에 중년기를 경험하면서 세파에 부대끼고 타락한 사회에 시달리면서도 이 땅의 모순과 분열을 극복하기 위해 성실히 노력해 왔다.

그의 작품 세계는 청춘기의 6·25 경험과 분단 상황의 사회상에 대한 경험을 토대로 출발한다. 등단 초기의 작품들은 전쟁으로 인한 상처로 끊임없이 고통 받는 현대인의 삭막한 삶과 모성에 근저한 뼈아픈 치유의 과정을 그리고 있다. 전쟁 체험에 기인한 그녀의 생명주의는 나아가 그 자체를 방해하는 현대문명의 인간소외와 정치적·사회적 모순에 대한 비판의식으로 발전한다. 우리 사회의 기형적 문명생활이 빚은 인간소외, 소시민적 편의주의에 의한 자기기만, 관료사회의 횡포와 약한 자들의 인권문제 등 사회의 갖가지 문제들을 작가는 섬세하고 신랄한 필치로 묘사하고 비판한다.

특히 그녀는 여성문제의 심각성을 일찍이 간파하여 특유의 거침없는 문체로 수많은 작품을 통해 불평등한 여성의 지위를 날카롭게 고발하여 왔다. 우리 사회의 고도경제성장은 필연적으로 여성의 노동력을 요구하였으며 여성의 사회참여도 그만큼 확대되고 있다. 특히 80년대는 세계사적으로 여성주의 문학이 널리 논의되었고, 우리나라에서도 여성문제를 소설화하는 경향이 많아졌다. 민주주의 이념으로 여성의 교육수준과 경제적 능력이 커진 오늘날, 여성에 대한 법적·제도적 차별은 표면적으로 거의 소멸된 것처럼 보이지만 사회 곳곳을 들여다보면 여성을 차별하는 관습과 그로 인한 갈등은 여전하다. 박완서가 깊은 관심을 가지고 다루어 온 인간의 갈등은 이런 사회 현실의 묘사이고 그런 시대상황과 작가의식이 잘 맞아떨어져 독자들의 관심을 더욱 불러일으켰다고 볼 수 있다.

작가는 주인공으로 하여금 기억과 회상을 통하여 주인공의 삶을 방해하고 좌절시킨 과거를 환기시킴으로써 자신의 정체성을 회복시키려고 하지만 주인공들은 개인의 의지로 고통을 해결할 수 없는 경우가 대부분이다. 필자는 이처럼 갈등이 완전히 해결되기보다는 암시적이고, 보다 심화되는 과정을 그린 그의 소설을 '고통 심화과정형'[1] 소설

---

1) 이상우, 소설창작의 이론과 실제 (집문당, 2003), p. 499.
　주인공이 갈등을 해결하는 데 성공을 거두는 과정을 그린 소설과 달리 발생한 고통과 갈등을 해결하지 못한 채 극심한 고뇌에 잠겨 살아가는 주인공에 대한 이야기를

로 보고, 갈등 발생 요인이 시대적·사회적 배경에서 연유하는 특징이 공통적으로 드러나고 있어서 갈등 발생 요인에 좀더 초점을 두고 연구하게 되었다.

갈등의 발생 요인은 작가의 역량과 개인적 성향에 따라 다르게 나타날 것이다. 따라서 한 작가의 작품 세계를 꿰뚫고 있는 갈등 발생 요인에 대해 살펴보는 것은 작가가 추구하는 작품 세계를 좀 더 근원적으로 살펴보게 되고, 갈등을 겪는 인물의 행동과 결말을 통하여 작품과 작가 의식을 좀 더 깊이 천착하게 될 것이다. 그런 점에서 박완서 소설의 갈등 발생 요인과 갈등을 겪는 인물의 행동, 갈등의 결과는 작품의 핵심을 밝혀주는 중요한 단서가 되어 작품 속의 인물과 작가가 지향하려는 세계의 모습을 밝혀 줄 것이며, 박완서 문학의 이해 및 소설 창작의 원리를 이해하는데 중요한 지표가 되리라 기대한다.

2. 연구사 검토

박완서 소설에 대한 연구는 70년대 이후 다양한 각도로 꾸준히 이어져 왔다. 이를 개괄적으로 살펴보면 크게 네 가지로 분류해 볼 수 있다.

말한다. 이때 주인공은 사회적 제약 속에서도 자신을 환경조건에 합치되게 함으로써 욕망을 달성하고 환경과의 관계를 조정해 나가야 하는데, 이 과정을 심리학에서는 적응(adjustment)이라 한다. 다시 말하면 적응이란 욕망 충족의 장애물을 제거하려는 심리적·생래적 행동과정이다. 그러나 주인공이 지속적인 갈등 속에서 언제나 자신을 순조롭게 적응시켜 나갈 수는 없다. 자신의 이성적 사고능력의 한계나 신체적 결함, 그리고 내 뜻이나 의지와 상관이 없이 어떤 보이지 않는 힘, 예컨대 운명이나 정치적 폭력 때문에 많은 장애와 실패에 부딪히게 된다. 박완서 소설에는 이처럼 보이지 않는 힘에 눌려 현실에 적응하지 못하고 고통을 견디며 불행하게 살아가고 있는 주인공이 많이 등장하고 있다.

첫째, 박완서는 6·25와 분단의 상처를 다루면서 동시에 이 땅의 분단 상황이 가져온 사회상에 대한 비판을 담고자 노력한 작가라고 보고 있다. 그러나 이들 일련의 작품들은 6·25 전쟁 체험[2]의 직접성에서 연유하는 글로 개인적 상처에 머물러 체험의 한계에서 벗어나지 못했다고 지적하기도 했다.

그 대표적인 예로 유종호는 『나목』을 젊음의 불안과 잠재적인 폭발성을 포함한 순수함이 구김 없이 드러난 '전쟁과 청춘의 책'으로 파악하고 「카메라와 워커」를 전쟁의 후일담으로 『나목』의 연장선상에 놓여 있는 작품으로 보고 있다.[3] 김윤식은 『나목』, 「부처님 근처」, 「카메라와 워커」, 「엄마의 말뚝 1·2·3」 등 전쟁 체험을 다룬 작품을 통해 작가의 일상적 삶의 감각을 조직화하는 힘이 그대로 작품의 구성력으로 전이된다는 점과, 박완서의 문체가 문장의 결이나 그 정확성의 면에서 극히 부드럽고 분명하여 거의 흠이 없는 '천의무봉'이라고 격찬하면서 이 두 가지를 대중성의 근거로 평가하고 있다.[4]

그러나 이에 대해 부정적인 견해를 보이기도 한다. 정호웅은 박완서 작품들에는 전쟁과 분단의 체험이 중요한 부분으로 자리 잡고 있으나 전쟁의 원인과 전개 양상 그리고 그 결과물로서의 분단 상황 자체를 문제 삼고 있지는 않다고 지적하였다. 그는 작가가 경험의 직접성을 넘지 못해 박완서 문학의 인물들이 '나(그 뒤에 놓인 작가)'의 시각을 벗어나지 못함으로써 대상의 성격을 총체적으로 파악하지 못하였다

2) 김교선, "호소력의 문제", 창작과 비평 (1976, 가을호), p. 67.
　　성민엽, "박완서의 추구", 고통의 언어, 삶의 언어 (한마당, 1986), p. 78.
　　안광진, "박완서 장편소설 연구－체험의 소설적 형상화를 중심으로" (중앙대학교 대학원 석사학위 논문, 1996).
3) 유종호, "불가능한 행복의 질서", 동시대의 시와 진실 (민음사, 1982), pp. 309~316.
4) 김윤식, "박완서론－천의무봉과 대중성의 근거", 한국 현대작가 연구 (문학사상사, 1991), pp. 219~243.

고 보았다.[5] 황광수 또한 박완서의 데뷔작 『나목』이 전쟁으로 인해 가정이 파괴되어 버림으로써 한 젊은 여성이 아무런 가정적 보호도 받지 못하고 외로움과 공포 속에 던져져 있음을 보여줄 뿐 민족 감정이나 전쟁의 진정한 의미를 찾는 데까지는 나아가지 못했다고 보고 있다.[6]

이들의 논의는 박완서 소설을 전쟁이라는 사회적 역사적 사실과 연관시켜 살펴보았다는 점에서 기존의 연구보다 발전된 모습을 보인다. 그러나 전쟁을 배경으로 한다고 해서 전쟁의 원인이나 과정, 의미를 총체적으로 고찰할 수는 없다. 박완서의 작품 또한 역사적 상황이 한 사람(특히 한국의 여성)에게 어떠한 영향으로 다가왔으며 그로 인해 의식의 세계가 어떻게 변화되는지를 보편화시켜 그려냈다는 데 초점을 모아야 할 것이다.

둘째, 박완서는 중산층의 삶을 예리하게 그린 작가라고 보고 있다. 그가 중산층의 삶을 반성하는 태도는 두 가지로 나뉘는데, 중산층의 계층 내 상승의 허구성을 파헤치는 일이 그 하나며, 중산층 삶의 양식이 드러내는 허세와 허위를 풍자하는 일이 다른 하나이다.[7] 이 두 가지 측면은 한국적 현실 속에서 중산층이 처해 있는 미묘한 입장을 반영하며, 작가가 문제의식을 강조하려는 나머지 작중 인물들이 지나치게 희화화되고 감정적으로 처리되었다는 평을 받기도 한다.

그 예로 백낙청은 박완서가 사회 현실에 대해 남다른 뚜렷한 비판의식을 지녔음을 지적하고 솔직한 세태 비판을 듣는다는 속 시원함과 더

---

5) 정호웅, "상처의 두 가지 치유방식", 작가세계 (1991, 봄호), pp. 53~64.
6) 황광수, "민족문제의 개인주의적 얼굴", 창작과 비평 (1985, 가을호), pp. 265~282.
7) 원윤수, "꿈과 좌절", 문학과 지성 (1976, 여름호).
   염무웅, "사회적 허위에 대한 인생론적 고발", 세계의 문학 (1997, 여름호).
   홍정선, "한 여자 작가의 자기 사랑", 역사적 삶과 지평 (문학과지성사, 1986).
   오생근, "한국 대중문학의 전개", 삶을 위한 비평 (문학과지성사, 1988).

불어 거듭 그 이상의 어떤 충격을 맛본다고 평가하고 있다.[8] 김영무는 박완서의 소설적 특성을 안이한 소시민적 인생관과 삶의 방식을 비판하는 것이라 하였고[9] 또한 박완서의 작품이 전체적인 삶의 방식에 대한 비판적 비유를 통해 생활의 무게와 모습을 사실적으로 제시한다고 하였다.[10] 김주연 역시 박완서의 소설은 물질문명의 발달이 인간과 부딪히면서 어떤 마찰을 일으키고 있는가를 말하고 있다고 하였다.[11]

이에 비해 이동하, 염무웅은 다소 부정적인 견해를 보인다. 이동하는 박완서가 활달한 언어와 칼날 같은 비판력으로 이 시대의 풍속적 혼란과 도덕적 타락을 고발하는데 천재적인 솜씨를 발휘하지만 그 고발은 사회 문제의 본질에 대한 심원한 통찰로 끌어올리지 못했다고 지적했다.[12] 그리고 대중소설의 개념을 규정하는 일이 쉽지 않음을 밝히면서 박완서의 『그해 겨울은 따뜻했네』를 대중소설에 포함시켜 세태 묘사의 솜씨는 뛰어나지만 냉정한 거리감이 결여되어 긴장미가 떨어진 소설이라는 평가를 하였다.[13]

셋째, 박완서는 모성으로부터 기인하는 생명주의를 시대상황과 사회·제도적 여건에 연관지어 비판한 작가라는 논의가 있다.[14]

---

8) 백낙청, "사회비평 이상의 것", 창작과 비평 (1979, 가을호), pp. 346~352.
9) 김영무, "박완서의 소설세계", 세계의 문학 (1997, 겨울호), pp. 240~241.
10) 김영무, "박완서의 단편들", 제삼세대한국문학·박완서 (삼성출판사, 1983), pp. 423~436.
11) 김주연, "순응과 탈출 – 박완서론", 문학과 지성 (1973, 겨울호), pp. 838~846.
12) 이동하, "1970년대의 소설", 한국문학의 현 단계 (창작과 비평사, 1982), pp. 141~153.
13) 이동하, "한국대중소설의 수준", 박완서론 (삼인행, 1991), pp. 309~316.
14) 이남호, "말뚝과 사회적 의미", 이상문학상 수상작가 대표 작품선 (문학사상사, 1989).
   권명아, "박완서 문학 연구 – 억척 모성의 이중성과 딸의 세계의 의미를 중심으로" (작가세계, 1994).
   오세은, "박완서 소설 속의 '어머니와 딸' 모티브", 한국여성문학비평론 (개문사, 1995).

이선영은 박완서 문학에 나타나는 뿌리 깊은 생명주의와 모성성은 그 자체를 방해하는 현대문명의 인간소외와 정치적·사회적 모순에 대한 비판의식으로 발전하여 인간의 참다운 삶의 가치를 돌이켜 보게 한다고 밝히고 있다.[15] 하응백 또한 박완서 소설이 천민자본주의에 대한 경고를 담으며 사랑과 평화를 지향하고자 하는 모성적 관점에서 비롯된 것이라고 말한다.[16] 가족을 이루고, 가족을 지키고, 그 가족 지킴의 모성적 원리를 사회로 확산하는 것, 그래서 사랑과 평화의 가족과 공동체를 이루는 것, 그것이야말로 박완서 문학의 한결같은 모습이다.

넷째, 여성주의 문학 비평의 관점에서 여성문제에 대한 작가의 관심을 고찰하는 논의가 있다.[17]

그 대표적인 예로 김주연은 부끄러움마저 잃고 사는 중산층 여인들의 탐욕스러운 일상을 리얼하게 묘사하는 작가로 박완서를 단연 손꼽으며 한국여성들이 겪고 있는 현대 여성의 문제에 상당한 접근을 보여

강인숙, 박완서 소설에 나타난 도시와 모성성 (둥지, 1997).

이선미, 우리 시대의 소설, 우리 시대의 작가 (계몽사, 1997).

이경식, "박완서 장편소설 연구" (경희대학교 대학원 석사학위 논문, 1986).

전창호, "여성의 글쓰기와 자기발견의 서사구조" (한남대학교 대학원 석사학위 논문, 1992).

이홍진, "박완서 초기 장편소설 연구" (계명대학교 대학원 석사학위 논문, 1995).

이두혜, "박완서「엄마의 말뚝」에 나타난 서사 전략 연구" (동아대학교 대학원 석사학위 논문, 1996).

15) 이선영, "세파 속의 생명주의와 비판의식", 그 가을의 사흘 동안 (나남출판사, 1985), pp. 411~425.

16) 하응백, 낮은 목소리의 비평 (문학과지성사, 1999), pp.13~31.

17) 송명희, "중년 여성의 위기의식-박완서의『살아있는 날의 시작』을 중심으로", 표현 (표현문학회, 1989).

고정희, "다시 살아있는 지평에 서 있는 작가, 박완서", 한국문학 (1990).

이광호, "여성에 대한 물음과 소설 쓰기-박완서의「꿈꾸는 인큐베이터」", 위반의 시학 (문학과지성사, 1993).

송지현, 페미니즘 비평과 한국소설 (국학자료원, 1996).

김경연 외 3인, "여성해방의 시각에서 본 박완서의 작품세계", 여성 (창작사, 1989).

준다고 긍정적인 평가를 하였다.[18] 박혜란 또한 박완서를 여성해방문학 작가로 불리지 않을 수 없다고 말했다.[19] 조혜정은 박완서가 종종 비평가들에 의해 부당한 대우를 받는다는 느낌을 받아 왔음을 밝히고 그동안의 박완서 문학에 대한 비평을 '남근 중심적 비평'과 '남성 중심적 비평', '여성 해방문학 비평'의 세 가지로 나누어 고찰하였다.[20] 이에 반해 정영자, 윤철현 등은 부정적인 견해를 보인다. 정영자는 박완서가 신들린 사람처럼 써내려 가면서 여성 심리를 묘사하고 있지만, 그는 너무나 가혹하게, 어떤 면에서는 무자비하고 잔인하게 여자들을 요리하고 있는 '여성 학대 소설가'이며, 보여주고 느끼게 할 뿐 더 이상은 없다고 단정적인 평가를 했다.[21] 윤철현도 박완서의 일부의 작품에서만 여성 내면의 부조리의식이 단편적으로 이루어졌고 80년대 소설은 매우 통속적인 수준에서의 성과만이 이루어졌다고 비판하였다.[22] 김경연 등은 중산층적 시각의 한계와 역사적·사회적 의식의 결여로 모든 문제를 개인의 일로 환원시켜 여성문제라는 이름 하에 계층 문제를 비롯한 사회 모순에 대한 천착은 회피하거나 왜곡하는 경향을 보인다고 말했다.[23] 김명호도 박완서가 유치한 여성권리 선언으로 우리 사회의 모순들을 은폐·방조하기 위한 또 하나의 그럴 듯한 구실을 여성이라는 이름에서 찾고 있을 뿐이라고 평가하였다.[24]

이와 같은 논의들은 여성학적 관점에서 박완서의 작품세계를 분석

---

18) 김주연, 앞의 책, pp. 838~846.
19) 박혜란, "여자다움의 껍질 벗기", 작가세계 (1991, 봄호), pp. 167~168.
20) 조혜정, "박완서 문학에서 비평이란 무엇인가", 작가세계 (1991, 여름호), pp. 322~323.
21) 정영자, "현대 인기소설의 특성과 문제점", 분단현실과 비평문학 (1986), pp. 328~329.
22) 윤철현, "박완서 소설 연구" (부산여자대학교 대학원 석사학위 논문, 1991), pp.156.
23) 김경연 외 3인, "여성해방의 시각에서 본 박완서의 작품세계", 여성2 (창작사, 1988), pp. 201~236.
24) 김명호 외, "여성해방문학론에서 본 80년대 문학", 창작과 비평 (1990, 봄호), pp. 48~74.

했기 때문에 다른 논의들보다 여성 특유의 경험을 인정하고 이해하는 경향이 짙다. 그리고 1980년대 말 이러한 논의들은 활기를 띠어 '박완서론'을 통해 페미니즘 비평이 한 단계 진전하기도 하였다. 그러나 여성문제를 바라보는 논자들의 관점의 차이는 기층 여성의 입장과 중산층 여성의 입장이 대립되면서 정작 작가가 드러내고자 하는 여성문제 인식의 본질을 간과하고 있다. 박완서가 좌담회에서 자신을 "여성해방문학의 작가로서 의식하거나 의도적으로 그러한 작품을 쓴 적이 없다"[25] 말한 것에서도 알 수 있듯이 여성해방론의 입장에서만 작품을 해석하는 것도 문제가 있다고 본다.

페미니즘 소설이란 여성 작가가 여성을 주인공으로 등장시켜 여성의 해방, 또는 남녀동권주의에 대한 인식을 반영한 것을 가리킬 때, 박완서의 작품세계가 페미니즘 소설로 분류되는 것은 당연하다. 또한 오늘날 페미니즘 문학이 여성에 대한 인식을 새롭게 하는 데 기여한 것도 사실이다. 그러나 훌륭한 문학이라면 자연스럽게 페미니즘 문학이고 민중문학에 포함될 것이라는 작가의 말처럼 박완서 문학은 목적의식을 가지고 쓴 작품이 아니다.

박완서의 여성주의 소설에 대해서는 평자들이 던진 또 다른 해석과 평가도 있다. 하응백은 작가가 소설 전개에 지나치게 개입하고 있어 소설의 가장 큰 함정인 주관성에 몰입해 버리는 위험성을 지닌다고 말하기도 했다. 또한 잠언투 혹은 단정형 어투로 소설을 설명적으로 그려냈다는 단점을 지적했고,[26] 조혜정은 박완서 소설들이 여성해방의 주제 의식에 치여 남성의 폭력성과 가부장적 가족 관계를 지나치게 도식화했다고 비난하기도 했다.[27] 이에 반해 김윤식은 소설의 특질인 묘

---

25) 좌담, "페미니즘 문학과 여성운동", 여성해방의 문학 (또하나의문화, 1987), p. 22.
26) 하응백, 문학으로 가는 길 (문학과지성사, 1996), p. 201.

사를 뛰어나게 구사하는 작가로 박완서를 꼽기도 했다.[28]

위에서 보았듯이 이제까지 박완서 소설에 대한 논의는 다양한 각도에서 이루어져 왔다. 이밖에 박완서 소설에 나타난 갈등문제에 관심을 둔 연구도 몇 편 있다.[29]

신선아는 박완서 소설에 나타난 '부부관계 갈등양상'으로 초점을 모아 부부관계의 허위성과 단절을 가정으로 한정하여 살펴보았다. 연구자는 부부관계의 갈등을 중산층의 물질중심의 가치관, 경제적으로 무능한 남편, 전통적인 가치관과 외도 등을 중점적으로 다루어 고찰하였다. 한초영은 '결혼'을 소재로 한 소설의 갈등양상을 연구하였는데 결혼의 관습적 모순과 불평등한 부부관계를 통하여 갈등을 고찰하였다.

이러한 연구는 박완서 소설에 나타난 갈등의 문제, 즉 갈등의 발생과 전개, 그리고 그 해소 과정에 대한 문제를 심도 있게 다룬 논문으로 볼 수 있다. 그러나 박완서 소설에 나타난 근원적인 갈등의 요인에 대한 종합적인 검토는 미흡한 점이 많다고 볼 수 있다.

앞에서 언급했듯이 본 연구는 박완서 소설을 갈등 발생 요인을 중심으로 살펴봄으로써 작가가 추구하는 작품 세계를 좀 더 근원적으로 살펴보고, 갈등을 겪는 인물의 행동과 결말을 통하여 작품과 작가 의식을 좀 더 깊이 천착할 것이다.

---

27) 박혜란, 앞의 책, p. 126.
28) 김윤식, "박완서론 – 기억과 묘사", 작가와의 대화 (문학동네, 1996), p. 47.
29) 신선아, "박완서 소설의 부부관계 갈등양상 연구" (한양대 교육대학원 석사학위 논문, 2003)
    한초영, "박완서 소설 연구 – '결혼'을 소재로 한 소설의 갈등양상 연구" (한양대 교육대학원 석사학위 논문, 2001)

3. 연구방법 및 연구범위

일반적으로 "갈등(conflict)이란 두 개 이상의 이질적인 욕구가 충돌하고 대립하여 부조화의 상태를 이루는 것"[30]을 말한다. 철학적으로는 "두 개 이상의 욕구가 동시에 일어났을 때, 그 선택에 망설이며 동요하는 상태"[31] 라고 정의하는데, 이 경우 욕구는 동시에 만족시킬 수 없으며 그 방향이 서로 반대일 경우가 많고, 그것을 원하는 사람에게 있어서 거의 동등한 중요성을 가지고 있다.

심리학에서는 인간이 가지는 욕구가 도덕이나 윤리, 생활관습, 법률 등의 사회적 제약이나 자기 양심의 가책으로 말미암아 그 현실이 좌절당하거나 거부당했을 때 느끼는 정서적 상태를 욕구좌절(frustration)이라 하고, "둘 내지는 그 이상의 욕구가 동시에 존재할 때 어느 것을 선택해야 만족할 수 있을 것인지를 결정하지 못하고 곤란을 느끼게 되는 상태"[32]를 갈등이라고 한다. 사회학에서는 갈등의 원인이 제거되더라도 인간은 고통스런 기억으로 인해 또 다른 문제에 부딪히게 되므로 갈등을 어떻게 완화, 제거하여 사회 통합적 측면을 이룩할 것인가 하는 점에 초점을 둔다. 이때 갈등의 원인과 결과는 문제의 핵심을 파악할 수 있는 가장 중요한 요소로 작용한다.[33]

소설에서 보여주는 갈등이란 한마디로 말해서 "인물이 욕망을 이루려고 행동하는데 있어서 자연이나 사회, 집단, 개인 등이 욕망 실현을 방해하고 좌절을 초래하여 인물로 하여금 대립하고 다투어 적대감이 발생되는 과정"[34]이라고 볼 수 있는데, 갈등 발생의 원인에서 본다면

---

30) 조동일, 한국소설의 이론 (知識産業社, 1977), p. 96.
31) O. F. 블로우, 최동희 역, 실존철학입문 (자작아카데미, 2000), p. 85.
32) 김명훈 · 정영윤, 심리학 (박영사, 1983), p. 194.
33) 길버트 아브카리안 · 몬테 팔머, 서사연 역, 갈등의 사회 이론 (학문과지성사, 1985), p. 79.

이를 다시 '외적 갈등'과 '내적 갈등'으로 나누어 볼 수 있다.

외적 갈등이란 개인과 운명, 개인과 자연, 개인과 사회, 개인과 개인 또는 사회와 사회의 관계 속에서 빚어지는 갈등처럼 주로 외적 요인으로 발생하는 갈등을 가리킨다. 그런데 인간이 겪는 갈등 중에는 내적 요인, 즉 "둘 내재 그 이상의 상반된 욕구가 동시에 존재하여 해결에 곤란을 느끼는 상태"[35]에 빠지는 경우가 있는데 이를 내적 갈등이라고 부른다.

박완서 소설의 특징은 주로 외적 요인에 의한 갈등이 주류를 이루고 있고, 갈등이 해소 되지 않고 고통이 심화되는 과정에 내적 갈등을 겪는 모습을 보여 주는 경우도 종종 나타나고 있음을 볼 수 있다.

따라서 갈등 발생 원인을 살핌에 있어서 필자는 한 작가의 작품들에서 끊임없이 되풀이해서 나타나는 요인들이 무엇인가를 살펴본 결과 크게 세 가지 이유, 즉 1) 전쟁 체험으로 인한 갈등 2) 전근대적 제도·관습으로 인한 갈등 3) 현대사회의 부조리로 인한 갈등으로 나나타고 있음을 볼 수 있었다.

한편 전쟁체험으로 인한 갈등을 겪는 주인공이 등장하는 소설들에는 오빠의 죽음, 경제적 궁핍, 이념적 대립, 이산가족의 상처로 인해 갈등을 겪는 모습들이 공통적으로 나타나고 있음을 볼 수 있고, 전근대적 제도 관습으로 인한 갈등을 겪는 경우는 크게 남편의 억압과 남아선호 사상으로 갈등을 겪는 문제를 첨예하게 다루고 있음을 볼 수 있었다. 그리고 현대사회의 부조리로 인한 갈등을 겪는 주인공의 이야기에서는 물질만능주의, 이기주의와 허위의식, 그리고 부정부패의 만연으로 갈등을 겪는 모습이 반복적으로 나타나고 있음을 볼 수 있었다.

---

34) 피터 베리, 한만수 역, 현대문학이론 입문, (시유시, 2001), p. 68.
35) 김명훈·정영윤, 위의 책, p. 265.

소설에서 갈등을 겪는 등장인물의 모습을 잘 보여주는 일은 독자에게 흥미와 긴장감[36]을 불러일으키는 장치로서 매우 중요하다. 본론에서는 위에 지적한 세 요인들로 인해 등장인물[37]의 정신적·육체적 생활을 혼란하게 하고 파괴하기도 하면서 결국 주인공의 내외적 갈등을 겪는 모습을 어떻게 보여주고 있는가를 살펴보고자 하였다.

이와 같은 갈등 양상을 잘 보여주는 작품을 제시하는 데는 장편과 단편을 구분하지 않았다. 박완서가 주로 어떤 문제로 갈등을 겪는 소설을 썼고, 그것을 어떤 방식으로 연관 지어 재미있고 의미 있는 소설을 썼는가를 알아보는 데 본 연구의 목적이 있으므로 그런 구분은 별로 큰 의미가 없다고 본다. 다만 논지의 초점을 흐리지 않기 위해 여러

---

36) 대체로 독자들이 소설에 대해 가장 먼저 기대하는 것이 있다면 그것은 긴장이다. 진리란 종종 그러하듯 갈등을 극복하는 과정을 통해 나타난다. 예술은 모두 그 속에 긴장을 조성하고 그것을 다시 해결함으로써 정서적 영향을 독자에게 미치려 한다. 이미 아리스토텔레스는 이러한 원리를 인지하고 있었고 그것을 토대로 비극론을 탄생시켰다. 또한 어떤 소설이 독자에게 긴장을 주었다 없앴다 함으로써 미학적 흥미를 불러일으키지 않는다면 그것은 단지 허구화된 현실의 정체된 복사물에 지나지 않을 것이다. 따라서 긴장이 소설의 포기할 수 없는 생명줄이라면 갈등 발생 요인에 대해 자세히 관찰해 볼 필요가 있다.
한스-디터 겔페르트, 정인모 역, 소설, 어떻게 해석할 것인가? (새문사, 2002) p. 80 참조.

37) 헨리 제임스는 소설 작품에서 '사건'과 '인물'은 매우 밀접하게 관련되어 있다고 말했다. 인물은 성격과 삶이 배제되고 행동만 있는 사물이 아니며 특정한 환경과 분리되어 실존하는 일반적 존재도 아니기 때문이다. 인물은 현실을 암시하고 반영하며, 현실과 매개되는 상징적으로 허구화된 존재이면서 작중에서 분명하게 역할을 부여받은 존재이다. 그러므로 인물에게는 환경이 있고 그를 따라다니는 상황과 그와 관련되는 사건이 수반된다. 인물은 작품 안에서 의미를 추구할 뿐만 아니라 그가 속한 세계 안에서 의미를 추구한다. 그렇기 때문에 인물의 연구는 인간상과 개성, 인물의 기능과 주제를 종합할 뿐만 아니라 인물간의 갈등관계를 캐고 그 의미를 세계관이나 당대 사회라는 거시적 틀 속에서 해명해야 한다. 또 인물의 성격은 소설 속에 나타난 다른 인물들과의 관계 속에서의 양상을 밝힐 때 그 정체가 드러나게 되는 것이다.
시모어 채트먼, 김경수 역, 영화와 소설의 서사구조 (민음사, 1990) p. 135 참조.

소설을 열거해서 논하기보다 가장 적절한 작품 몇 가지를 집중적으로 분석해 나가면서 이와 관련된 소설을 예시하는 수준으로 논문을 전개해 나가도록 했다.

연구 방법은 문학이론은 물론 다양한 분야의 갈등이론을 바탕으로 개인과 개인, 개인과 사회 안에서 벌어지고 있는 다양한 힘의 관계, 대립의 원인을 살펴볼 것이다. 갈등에 대한 문학적 관심은 사회학 분야에서도 중요한 연구 분야 중 하나로 자리매김 되어 왔으며 정신분석학, 심리학 분야에서도 인간의 내면 탐구의 방법으로 연구되어 왔다. 따라서 본고의 논지를 전개해 나가는데 있어서 사회학, 정신분석학, 심리학, 페미니즘 비평방법은 소설 속에 나타나는 다양한 갈등의 동기와 해소 과정을 해명하는데 도움이 될 것이다. 이는 사회와 문화, 인간의 문제 상황을 이해하는데 명확한 지표가 되기 때문이다.

먼저 박완서 소설 속에 나타나는 사회적인 문제와 의식 구조의 문제로부터 야기되는 갈등은 개인의 심정적 차원에서 지각되는 것이기도 하지만 사회 조직이나 빈부, 계급, 통제 등의 개념과 관련이 있으므로 사회학적 접근법도 갈등 발생 요인을 살펴보는데 중요한 방법이 될 것이라 생각된다.

그리고 박완서는 작품에서 대부분 여성을 주인공으로 여성의 갈등 문제를 다루었기 때문에 여성의 정체성과 여성문제를 일으키게 된 본질을 생물학적 차이로만이 아니라 그와 연유된 중요한 사회구조의 문제로 이해하는 페미니즘 비평 방법으로도 그 해답을 찾으려고 한다.

진정한 여성문학이란 여성해방문학이며, 여성해방문학이란 작가가 여자이든 남자이든 여성해방적 의식을 내세우는 것으로 볼 수 있다. 여성주의문학 이론가에 의하면 페미니즘 문학은 여성해방의 시각과 그 성숙 정도에 따라 고발 단계, 재해석 단계, 해방의 비전을 제시하는 단계로 나누기도 한다.[38] 고발문학의 단계는 여성이 억압받고 있다는 인식을 하면서 여성의 억울함을 드러내고 고발하는 여성문학의 시작 단계이고, 재해석의 단계는 여성의 시각으로 이때까지 남성의 입장에서 설명되어졌던 세계를 새롭게 해석하는 과정이며, 가장 성숙한 여성문학은 이 세계에 새로운 인간해방의 비전을 제시하는 단계이다. 필자는 이와 같은 여성주의 문학 이론에 입각하여 박완서의 소설 속에 나타나는 여성문제를 논의하고, 여권론적 관점에 입각한 '여성으로서의 독해'를 하려한다. '여성으로서의 독해'란 소설에 나타난 사회 및 가족구조에서의 여성의 경험을 여성 주체의 측면에서 새롭게 읽는 비평 행동을 뜻한다.[39] 이 방법은 기존의 텍스트 읽기가 현저하게 남성 위주의 가치체계를 반영한 편향된 행동과 달리 여성의 입장에서 바라보는 방법이다. 여러 형태로 가해지는 다중적 억압의 상황에서 여성 주인공이 어떻게 대처해 나가는지 살펴보는 것은 여성이 외부와의 관계를 통해 스스로의 주체성을 탐색해 가는 여성의 정체성 탐색의 과정이라고 할 수 있다.

에드워드 머레이는 「심리적 위상에서의 갈등론」에서 갈등은 한 개인이 두 개 혹은 그 이상의 상호배타적인 활동에 참가하도록 동기화된 상황이라고 규정한 다음, 갈등론에서 가장 중요한 것은 갈등이 일어나게 된 '동기'를 밝히는 것이라 하였다. 그리하여 갈등이란 말 대신 '동기부여적 갈등'이란 용어를 써야한다고 주장하였다.[40] 결국 박완서가

---

38) 좌담, "페미니즘 문학과 여성운동", 여성해방의 문학 (1978), p. 23.
39) 김경수, "페미니즘 문학이론과 현대 소설", 아세아 여성 연구 29집 (1990).
40) 에드워드 머레이, 김성주 역, 심리적 위상에서의 갈등론 (사회심리연구소, 1989), pp. 18~20 참조.

즐겨 다루는 인물과 사건, 주제 등을 살피기 위해서는 갈등의 동기, 즉 갈등 발생 요인을 밝혀야 할 것이다. 필자는 본 연구를 통하여 박완서 소설에 나타난 근원적인 갈등 요인에 대한 종합적인 검토의 미흡한 점을 보완할 수 있으리라고 기대한다.

Ⅱ. 전쟁 체험으로 인한 갈등

문학은 사회 현실을 반영한다. 특히 소설은 언어를 수단으로 우주의 모습과 인간의 경험을 재현한 것이며, 모방설에 의하면 작가의 꾸며낸 이야기는 창조인 동시에 사회 모방이라는 양면성을 갖는다. 문학이 즐겨 말하는 인생이란 결국 사회생활이 아닐 수 없다.

특히 인간은 끊임없이 어떤 욕망(desire)을 갖는 존재이며, 그 욕망을 이루기 위하여 수없이 목표를 세우고 행동하며 살아간다. 그러나 사회적 존재인 인간은 타인과의 관계 속에서 대립과 갈등을 겪게 된다. 작가는 복잡한 사회 속에서 살아가는 인간의 모습을 여실히 드러내는 것을 목표로 하기 때문에 인간이 겪는 갈등 문제는 항상 소설의 주된 관심사가 된다.

일반적으로 갈등을 유발하는 요인은 사회적 변화와 역사적 변동 같은 외부적인 것일 수도 있고, 개인의 미묘한 감정이나 독특한 성격과 같은 내부적인 것일 수도 있다. 또 외부적인 갈등 요인이 내적 갈등을 일으키는 동기나 원인으로 이어져 작중인물의 정신적·육체적 생활을 혼란케 하고 파괴하기도 한다.

박완서 소설의 경우, 작중인물들이 겪게 되는 갈등은 주로 6·25 전쟁 체험에서 비롯된 문제들이다. 작가는 6·25 전쟁 등 역사적 질곡을 헤쳐 나오면서 직접 겪은 체험과 그로 인해 파생된 한국 현실의 문제점들을 누구보다 끈기 있게 작품 속에 다루어 왔으며 다양한 주제를 작품화하는 폭넓은 소설 세계를 지니고 있다. 박완서 문학을 연구함에 있어 특히 6·25 전쟁 체험과 이산 문제를 다룬 소설을 제외하고 논의한다는 것은 거의 불가능할 정도이다.

박완서 소설에 반복되어 나타나는 문제는 6·25전쟁으로 인한 가족의 파괴이다. 작중인물들은 전쟁 체험으로 인해 끊임없이 고통 받고 이를 극복하기 위해 몸부림치지만 쉽게 극복하지 못한다. 인물이 벌이는 행동은 또 다른 대립을 불러일으키고 예기치 못한 사건의 동기가 되어 더 큰 갈등을 초래한다. 그럼에도 불구하고 인물들은 끊임없이 목표를 세우고 고통에서 벗어나기 위해 분주히 움직인다. 이처럼 박완서 소설에서 나타나는 전쟁이라는 갈등 발생 요인은 사회 질서와 가치관의 혼란을 초래하였고 작중인물의 삶에도 지대한 영향을 미쳤다. 그러므로 박완서 소설에 나타난 갈등 발생 요인을 깊이 있게 이해하기 위해서는 작품 속의 배경이 된 시대적 상황과 인물의 욕구가 어떻게 갈등하고 있는가에 대해 먼저 주목해야 한다.

이처럼 박완서 소설의 갈등 발생 요인은 개인적인 문제에서 비롯된 것이기 보다 사회적 문제로 빚어진 외적 갈등의 성격이 강하기 때문에 전쟁 체험으로 인해 고통과 갈등을 겪는 인물의 이야기를 살펴보는 것은 당대 사람들의 인식과 사회에 내재되어 있던 사회·역사적 문제의 핵심을 파악할 수 있고 이러한 문제를 해결하고자 하는 작중인물의 의지와 노력을 확인할 수 있게 된다.

박완서는 등단작『나목』(1970)을 비롯하여 수많은 작품들을 6·25 전쟁 체험을 바탕으로 형상화하였다.[1] 작가가 청년기를 보냈던 1950 년대는 개인에게는 물론 우리 민족 전반의 삶을 바꿔 놓았던 시기로 전쟁은 개인의 삶을 파괴하였다. 박완서가 전쟁 체험을 생생하게 형상 화한 자전작들은 전쟁 발발과 오빠의 죽음, 그로 인한 남은 가족의 죄 의식과 피해의식 등을 숨김없이 드러내었다.

먼저 사회적으로 볼 때 6·25 전쟁은 인적·물질적 손실은 물론 정 신적 피해에 엄청난 영향을 미쳤고, 동족상잔의 비극은 분단체제로 이 어져 전쟁의 후유증이 더욱 증폭되었다.[2] 그러나 전쟁 당시 개인들은 이념에 대한 인식이나 전쟁에 대한 준비가 전혀 이루어지지 않은 무방 비 상태였다. 따라서 전쟁으로 인한 물질적인 파괴는 물론 개인의 정 신적 혼란과 대립, 육체적 훼손은 당대의 문제로 끝나지 않고 현재까 지 지속되고 있다. 이런 점을 감안할 때 박완서 소설에서 전쟁에 대한 의미는 원론적인 집착이나 피상적인 태도를 벗어나 개인의 삶의 문제

---

1) 이를 다룬 작품을 년도 순으로 정리하면, 『나목』(1970), 「세상에서 제일 무거운 틀니」 (1972), 「부처님 근처」(1973), 「카메라와 워커」(1975), 「겨울 나들이」(1975), 「더위 먹은 버스」(1977), 「그 살벌했던 날의 할미꽃」(1977)『목마른 계절』(1978), 「공항에 서 만난 사람」(1978), 「엄마의 말뚝 2」(1981), 『그해 겨울은 따뜻했네』(1984), 「아저 씨의 훈장」(1983), 「저녁의 해후」(1984), 「어느 이야기꾼의 수렁」(1984), 「비애의 장」 (1986), 「복원되지 못한 것들을 위하여」(1989), 「엄마의 말뚝 3」(1991), 『그 많던 싱 아는 누가 다 먹었을까』(1992), 『그 산이 정말 거기 있었을까』(1995) 등이 있다. 위 의 작품의 주인공들은 오랜 시간이 흘렀지만 전쟁의 상처를 극복하지 못해 끊임없 이 현실에서 갈등을 일으키는 공통점을 갖는다.

2) 유엔에 제출된 한 보고서에 따르면 남한의 피해 상황은 (통계에 따르면) 전쟁 피해 자 총수는 약 131만 명에 달하며 그 중에서도 군인들의 경우에는 4만 3천 명이 사망 하고 18만 3천 명이 부상당했으며 7만 명이 포로 또는 행방불명되었다. 수많은 사람 들이 강제로 납북되었으며 무려 36만 4천 명이 북한 당국에 의하여 정치적인 이유 로 살해되었다고 한다. 또한 적어도 20만 명의 남한 청년들이 북한의 이른바 의용군 에 가입하였고, 5백만이 넘는 남한 인구가 집을 잃고 방황한 것으로 집계되었다. 이 채진, "한국전쟁의 숨은 뜻", 사상 (1990, 봄호), pp. 185~187 참조.

로 접근해야 한다. 따라서 박완서 소설에 나타나는 이데올로기의 갈등이나 대립 또한 문학적 상상력으로서 개인의 삶의 문제로 수용해야 한다. 박완서 소설에 나타난 전쟁이라는 대분규가 개인의 삶에 어떤 의미로 심화되어 나타나는지 갈등 발생 요인을 살펴보도록 하겠다.

1. 가족 상실

전쟁 피해는 삶의 터전을 파괴하는 등 경제적인 기반을 잃게 하고 기본적인 생존의 위협으로까지 이어졌다. 그러나 이러한 외형적인 피해는 시간을 두고 복구될 수 있거나 새롭게 생산 가능하지만, 의미없이 희생당한 죽음은 남은 이들에게 지울 수 없는 상처와 고통으로 남는다. 혈육의 죽음을 목격한 자는 한(恨)으로 남아 전쟁이 끝난 후에도 일상으로 돌아가지 못하는 고통을 겪게 된다.

포이에르 바하는 "우리 인생의 주체는 인류의 역사를 뒤흔들어 놓는 몇몇의 영웅이나 혁명가의 삶이 아닌 소리 없이 하루하루를 살아내는 대중 한 사람 한 사람의 일상 속에 숨겨진 삶의 진실"[3]이라고 주장한 바 있다. 박완서 소설은 포이에르 바하의 말과 같이 전쟁의 무자비한 횡포와 그 횡포에 가차 없이 짓밟힌 개개인의 처참한 운명과 그로인해 고통스럽게 살아가는 사람들의 이야기가 담겨져 있다. 그러므로

---

3) 포이에르 바하는 "…우리 시대는 사실보다는 이미지를, 원본보다는 사본을, 실재보다는 표상을, 존재보다는 형상을 더 좋아한다. … 우리 시대에 있어서는 성스러운 것은 환상일 뿐이며, 범속한 것 그것이 진실이다." 라고 말하면서 개인의 일상이 바로 삶의 진실이라고 하였다.
M. 마페졸리, H. 르페브르 외 저, 박재환 역, 일상생활의 사회학 (한울아카데미, 1994), pp. 23 참조.

작중 인물들이 느끼고 있는 갈등은 거대한 역사의 층위에서 논의되기보다는 일상 속에서 벌어지는 경험 세계의 반영이라 할 수 있다.[4]

박완서는 전쟁으로 인해 한 가족이 겪어내야 하는 상처와 혼란 그리고 그것을 치유해가는 힘겨운 과정을 그리는데 주력하였다. 특히 6·25 체험은 작가에게 문학의 근원적인 축이 되었다고 할 만큼 큰 충격과 상처를 주었는데, 작품에서 주인공 '나'가 갈등을 겪게 되는 발생요인은 '오빠가 죽는 사건'이다.

등단작『나목』(1970)에서는 이경의 두 오빠가 행랑채에 숨어 있다가 폭격을 당해 사망한 것으로 그려지고, 『목마른 계절』(1971~1972 「여성동아」에 연재)에서는 의용군에서 탈영하여 숨어 지내다 극도의 불안과 공포로 정신이상 증세까지 보이다가 후퇴하는 인민군의 총에 맞아 즉사하는 것으로 그려진다. 「부처님 근처」(1973)에서는 좌익의 동무와 함께 온 총잡이에게 반동으로 몰려 총살당하며, 「엄마의 말뚝 2」(1981)에서는 의용군으로 끌려갔다가 돌아온 오빠가 피난길 대신 숨어든 현저동에서 보위군관의 총에 다리를 맞고 사망하는 것으로 그려진다. 「카메라와 워커」(1983)에서는 생후 4개월 된 조카를 두고 오빠와 올케가 참혹한 죽음을 당하고, 『그 산이 정말 거기 있었을까』(1995)에서는 의용군으로 끌려갔다 돌아온 오빠가 오발사고로 다리에 총상을 입은 채 서울에 남아 있으면서 8개월 동안 폐인이 되어 서서히 죽어갔다. 주인공들이 오빠를 우상과 같이 여기며 따랐기에 오빠가 죽는 사건은 더 큰 상처로 남게 되었다.

---

4) 여기서 작중인물은 현실을 파악하는 매개자로서의 역할을 하기도 하는데, 현실은 일상성 속에 직접적으로 또 총체적으로 포함되어 있는 것이 아니라 단지 몇몇 국면에 있어서만 포함되어 있기 때문에 역사적 층위에서 논의되기에는 무리가 있다. 카렐 코지크, 구체성의 변증법 (거름, 1985), pp. 66~76 참조.

나는 처음으로 오빠를 딴 사람과는 다르다고 생각했고 거기에 대
해 묘한 긍지를 느꼈다. 나야말로 무엇을 알아서라기보다는 전형적
인 속물의 세계에서 별안간 우뚝 솟은 어떤 정신의 높이를 본 것 같
은 환각이었다. 그런 건방진 느낌은 그 무렵 왕성해진 독서체험과도
무관하지 않을 듯하다.

―『그 많던 싱아는 누가 다 먹었을까』 중에서

위에 나타난 것과 같이 오빠는 어려운 이웃을 돌볼 줄 아는 인정이
있으며 폐결핵에 걸린 여인을 헌신적으로 사랑할 줄도 아는 멋진 인물
이었다. 유년시절 '나'는 오빠를 "우뚝 솟은 어떤 정신의 높이"로까지
인식하였을 만큼 오빠는 특별한 존재였다. 아버지를 일찍 여읜 주인공
은 어려서부터 오빠를 아버지처럼 따랐고, 어머니 또한 아들을 삶의
희망으로 여겼다. 박완서의 많은 소설들, 특히 자전적 소설『나목』,
『목마른 계절』,『그 많던 싱아는 누가 다 먹었을까』,『그 산이 정말 거
기 있었을까』에서 등장하는 오빠는 어려서부터 총명하고 다정한 인물
이었다.

한편『그 많던 싱아는 누가 다 먹었을까』에서 오빠는 돼지 잡는 모
습을 본 후에 고기를 먹지 못하는 성격을 보이기도 한다. 오빠의 나약
한 모습은『나목』과『목마른 계절』등에서도 나타나는데, 전쟁의 잔혹
한 폭력 현장을 목격한 뒤 극도의 불안과 공포에 사로잡혀 살다가 정
신이상의 증세까지 보이게 된다. 이처럼 인간적이면서도 약한 오빠의
성격은 희생양의 순결성을 드러내는데 적합한 장치이며, '나'를 더욱
안타깝게 만드는 이유로 적합하다.[5]

---

5) 신수정은 오빠에 대한 작가의 미화를 세계의 폭력성을 유감없이 드러내고자 하는
   작가의 전략적인 기억의 산물로 보고 있으며, 순결하고 성스러운 인간이 어떻게 전

주인공 '나'에게 있어서 아버지를 대변하는 오빠는 해방 후 잠시 좌익에 몸담은 적이 있어 북쪽에선 반동으로, 남쪽에선 빨갱이로 몰아 오빠는 비참한 죽음을 당하고 마는데, 이런 오빠의 죽음은 일제 말기 봉건적 무지에 희생당한 아버지의 죽음을 반복한 것으로 볼 수 있다. 아버지의 죽음은 오빠의 죽음을 통해 참상이 상기되고 오빠의 죽음은 다시금 아버지의 부재, 그 총체적인 상실감을 확인시켰기 때문이다. 또 이러한 죽음을 지배하는 것은 집단적 광기의 폭력성, 이데올로기의 허위성, 그리고 그 허구적 환상을 여실히 드러낸다.[6]

이처럼 오빠가 죽는 사건은 주인공에게 고통과 갈등을 겪게한 요인이 되는데, 남성이 부재한 삶은 여성들의 삶에 또 다른 갈등을 불러일으킨다. 전쟁 체험이 직접적으로 투영된 작품들은 여성들, 특히 어머니와 딸의 모습을 통해 비극성이 드러나고 이는 결국 오빠의 죽음에서 비롯된 것임을 알 수 있다.

> 나는 어머니가 싫고 미웠다. 우선 어머니를 이루고 있는 그 부우연 회색이 미웠다. 듬성듬성 검은 머리에 궁상맞게 섞여서 머리도 회색으로 보였고 입은 옷도 늘 같은 찌들은 행주처럼 지쳐 빠진 회색이었다.
>
> 그러나 무엇보다 견딜 수 없는 것은 그 회색빛 고집이었다. 마지못해 죽지 못해 살고 있노라는 생활 태도에서 추호도 물러서려 들지 않는 그 무섭도록 만만한 고집. 나의 내부에서 꿈틀대는, 사는 것을 재미나 하고픈, 다채로운 욕망들은 이 완강한 고집 앞에 지쳐가고 있었다.

쟁에 의해 파괴되고 있는가 하는 점을 보여준다고 파악했다. 이러한 해석을 통해 박완서 문학이 세계의 폭력적인 힘에 대한 인식에서 출발한다고 주장했다.
신수정, 푸줏간에 걸린 고기 (문학동네, 2003), pp. 236~237 참조.
6) 신수정, 앞의 책, pp. 140~141.

회색빛 벽지에 몸을 기대듯이 앉은 어머니의 부옇고도 고집스러
운 모습, 의치를 빼 놓은 보기 싫은 다묾새, 이런 것들을 피하듯이 나
는 건넌방으로 건너와 불을 켰다.

—『나목』 중에서

주인공 '나'는 아들을 잃은 후 딸에 대한 애정이 결여된 어머니의 모
습을 보면서 두 오빠의 죽음이 자기 때문이라는 죄의식을 갖게 된다.
그러나 행복한 삶을 살고픈 20대 초의 '나'는 어머니의 "회색빛 고집"
때문에 활기찬 삶을 살 수 없어 어머니를 미워한다. "마지못해 죽지 못
해 살고" 있는 어머니는 딸의 존재 자체를 인정하려들지 않기 때문에
'나'는 내부에서 꿈틀대는 재미나게 살고픈 욕망을 펴지 못하여 어머
니를 증오하게 된다. 결국 '나'는 어머니로부터 벗어나고 싶은 심리적
고통으로 이어진다. 이렇듯 주인공은 오빠의 죽음으로 인해 모녀간에
대립과 갈등을 겪게 되는데, 이는 박완서 소설에 나타나는 갈등 구조
의 특징이다.

전통적으로 아버지는 한 집안의 중심인물로 주춧돌 역할을 하는 존
재이다. 그런데 박완서의 소설에는 이런 아버지가 처음부터 부재하고
있다. 박완서 소설은 즉 모계가족의 소설이라고 할 수 있는데, 이는 박
완서 소설의 특징으로 전쟁을 겪은 세대들이 전쟁 체험을 배경으로 한
소설들, 즉 '아버지 부재'와 '아버지 찾기(세우기)', 이데올로기의 본질
탐색 및 통일의 당위성 등을 역설한 작품들과 구별되는 중요한 점이
다.7) 또 박완서 소설에는 주인공에 의해 전쟁 체험을 증언하는 방식으

7) 전쟁 체험의 세대들인 김주영, 김원일, 한승원, 이동화, 이문열 등은 전쟁의 처참한
   상황과 좌·우 이데올로기의 대립을 탁월하게 형상화한 작가들이다. 김원일의 『마
   당 깊은 집』, 이동하의 『장난감 도시』, 이문열의 『영웅시대』, 김주영의 『고기잡이는

로 기술되는데 대부분의 작품이 자전적이라는 것과 그 주체가 '남성'
이 아닌 '여성'이라는 점도 다른 작가의 작품들과 구별되는 점이다. 작
가는 여성을 주체로 지독하게 힘겨운 생존의 서사를 그려내고 있는 것
이다.

이렇듯 박완서는 「엄마의 말뚝」 연작에서 자전 소설 『그 많던 싱아
는 누가 다 먹었을까』[8]에 이르기까지 모녀의 삶을 다루었는데, 주인
공 딸에게 어머니는 절대 뛰어넘을 수 없는 타자의 모습으로 등장한
다.

갈대를 꺾지 않는다』 등은 전쟁 상황과 현실을 통해 '아버지 부재' 현실을 인식하고
'아버지 찾기'를 통해 통일의 당위성을 역설한다. 또 80년대 중·후반 우리 문학은
50년대 이후 지속적인 반공 이데올로기에서 벗어나 그동안 금기시했던 소재를 본
격적으로 다루기 시작했는데 그 대표적인 것이 바로 남한 빨치산의 이념이나 행적
을 다룬 문학으로, 이병주의 『지리산』, 조정래의 『태백산맥』, 김원일의 『겨울골짜기』
등이 있다. 이들 소설은 그 당시로부터 지금까지 상당한 화제와 반향을 불러일으켜
왔다.

하응백은 전쟁 체험 세대의 소설을 다음과 같이 요약 정리하였다.

"80년대 이전까지의 분단 문학의 주요 주제가 김동리, 황순원 등의 '생존 위기에의
의식', 손창섭, 장용학 등의 '실존 혹은 존재론적 불구 의식', 서기원, 이호철, 하근
찬 등의 '윤리적 파탄과 역사적 수난 의식', 최인훈의 '분단의 이념적 인식', 김승옥,
이청준 등의 '내면화 혹은 성장기적 각성', 윤흥길, 김원일 등의 '혈연적 유대감에
의지하여 남북 대결에 어떤 화해의 접점'을 모색하였다." (하응백, 문학으로 가는 길
(문학과지성사, 1996), p. 204 참조)

위의 작품들 대부분도 역시 '남성'을 주체로 갈등이 전개되며 한 가족과 사회의 모
습도 '아버지 상실'로 상징화되어 나타난다. 이는 남성 상실을 가져온 외부적 조건
에 의한 것이라는 측면도 있지만 정치적 의식이 아버지(남성)을 통해 나타나는 결과
이기도 하다. '전통'이라는 아버지 부정과 상실을 통해 새로운 아버지를 세우려는
경향과도 관련이 있다. 그러나 박완서 문학에서 '아버지의 부재'는 다르다. 대부분
의 작품에서 아버지가 부재하지만 아버지의 빈자리를 원망하거나 새로운 아버지를
찾으려고 애쓰지 않는다. 박완서는 아버지가 아닌 어머니와 딸의 이야기를 끈질기
게 하면서 모녀 관계의 갈등을 보여주고 진정 화합되기 어려울 수밖에 없는 갈등 요
인의 속성을 강조하면서 주인공 딸은 힘겹게 자기 존재와 삶의 진실을 찾아간다.

8) 김윤식은 『그 많던 싱아는 누가 다 먹었을까』(웅진출판사, 1995)의 해설에서 이 작
품을 「엄마의 말뚝 4」라고 칭하면서 박완서 문학의 근원이 모녀의 대결양상에 있다
고 지적하였다.

앞에서 언급했듯이 아버지가 부재한 가정에서 아들의 죽음은 가족의 붕괴를 의미하는 것과 마찬가지여서 남은 모녀의 삶은 정신적으로나 경제적으로나 비참할 수 밖에 없었다. 이런 현실에서 모녀는 억척스러운 여성으로 변모하게 되는데, 서로를 위로하기보다 중오하면서 적대시하는 것이 특이하다. 딸과 어머니의 복잡하고도 모순된 욕망이 중첩되어 있음을 알 수 있다.

여기서 아들 잃은 어머니가 억척 모성이 될 수밖에 없는 이유를 살펴보면 사회적 현실과 관련이 있다. 전쟁과 같은 혼란기에는 가족 구성원의 갑작스런 죽음, 경제적 토대의 상실, 이산 등의 붕괴 위험에 직면해 있기 때문에 전쟁 당시를 배경으로 하는 한국소설은 가족 지키기를 둘러싼 살아남은 자의 억척스러움과 살아남았다는 죄의식을 잘 보여준다.[9) 이 과정에서 아버지의 상실은 어머니 중심의 가계를 구성하게 만들었고 어머니는 모성과 부성 기능을 동시에 해야 하는 존재가 된다. 그러므로 전쟁 당시의 격동기를 살아가면서 어머니는 매우 강해질 수밖에 없었다. 전쟁 중에는 생존을 담당하는 어머니로서, 이후에는 가정 경제를 일으키는 주부로서 여성의 지위는 그 어느 때보다 확고해질 수밖에 없는 것이다. 이처럼 박완서 소설 속의 어머니는 이를 악물고 억척스럽게 살아가지만 아들의 죽음이라는 상처만은 극복하지 못한 채 비극적인 삶을 사는 인물로 그려진다.

『나목』의 어머니는 두 아이들이 죽은 후 말을 잃고 스스로 "회색빛 고집" 속에 자신을 가둔 채 죽어있는 것과 다름없는 삶을 살다 죽고, 『목마른 계절』에서 어머니는 폐인이 되어 돌아온 아들이 총살당하자 실성하여 "허구한 날 아들이 묻힌 땅을 쓰다듬으며" 자장가를 부른

---

9) 조혜정, 성찰적 근대성과 페미니즘 (또하나의문화, 1998), pp. 283~234.

다. 「엄마의 말뚝 2」에서 어머니는 아들이 죽은 지 30년이 지났지만 고통과 상처를 씻지 못한 채 살다가 수술 후 광기와 같은 모습으로 과거의 기억을 고스란히 드러내고, 「부처님 근처」의 어머니 또한 20여 년이 지난 현재까지 억울하게 죽은 남편과 아들의 망령에 얽매여 살고 있다. 이런 어머니는 "아직은 젊고 발랄함을 즐기며 행복을 꿈꾸는" 나이의 딸과 의식의 차이를 빚을 수밖에 없는 것이다. 이런 어머니로부터 억압받는 딸의 모습, 즉 주인공이 갈등을 겪는 모습을 분석하기 위해 초기 자전작『나목』과『목마른 계절』을 중점적으로 살펴보겠다.

『나목』은 전쟁을 겪었던 시절의 뼈아픈 상흔과 젊은 시절의 고뇌와 방황, 애절한 사랑이 담겨 있으며, 오빠의 죽음과 황폐화된 삶에서 벗어나고자하는 딸의 모습을 보여준다. 두 오빠의 죽음 이후 어머니는 완전히 달라지는데, 생계를 꾸려가는 딸과의 관계마저 단절한 채 고립되어 살아간다. 극심한 우울증세를 보이는 어머니의 모습은『목마른 계절』에서 실성한 어머니의 모습과도 유사하다. "손질 안 한 회색빛 머리가 이마며 귓바퀴에 함부로 늘어진 모습"이나 "마치 잘못 꿰맨 상처 자국처럼" 의치를 빼놓은 어머니의 입은 늘 굳게 닫혀 있으며 먹는 것조차 거부하며 고가(古家)에서 칩거와 같은 생활을 한다. 어머니는 정돈되지 않은 모습으로 생기라곤 전혀 없다.

아들을 잃고 의치를 뺀 어머니의 입 모양은 '생명 잃은 상처 난 몸이자 동시에 생명을 거부하는 몸의 상징'[10)]이라고 할 수 있다. 그런 어머니를 보면서 '나' 또한 삶의 욕구를 잃어버리지만 딸인 '나'는 어머니처럼 살기가 너무나 억울한 젊은 나이이며 자혜(慈惠)에 대한 절실함이 느끼고 있다. 이런 딸의 성격은『목마른 계절』에서 죽은 오빠와 실

10) 황도경, "생존의 말, 생명의 몸 – 박완서론", 우리 시대의 여성 작가 (문학과지성사, 1999), p. 21.

성한 어머니를 곁에 두고도 올케에게 "나는 행복해지고 싶다는 욕망이 너무 강하니까. 그가 안 돌아오면 안 돌아오는 대로 딴 행복을 발견할 수 있을 거예요."라고 말하는 장면을 통해서도 나타나는데 "죽은 고가처럼 회색빛"으로 묘사되는 어머니와 대조적이기 때문에 더 많은 갈등이 야기되는 것이다. 이렇듯 주인공 '나'는 어머니와의 단절 관계로 인해 죽고 싶으면서도 살고 싶은 욕망이 간절한 인물이다.

> 나는 "말예요" "말예요"에 힘을 주다 못해 그만 기타를 쳐들고 방바닥에 내동댕이쳐서 산산이 부수고 싶은 광폭한 충동을 느꼈다.
> "이 놈의 기타 소리가 아니었단 말예요."
> 드디어 나는 기타를 높이 쳐들었다.
> "안 된다, 안 돼!"
> 별안간 어머니의 목소리가 이십 년은 젊어진 듯 쇳되게 울리더니 기타를 뺏으려고 나에게 달려들었다. 나는 더욱더 안 뺏기고 부숴놓고야 말겠다는 강한 충동으로 몸을 떨며 기타를 높이 쳐든 채 맴을 돌았다.
> 어머니도 지지 않고 덤볐다. 어머니는 이미 그림자가 아니었다. 힘찬 맥박이 뛰는 뜨거운 여인이었다.
> 드디어 내 팔을 할퀴다시피 매달린 어머니의 손에 기타의 한쪽이 잡혔다. 나도 필사적으로 기타의 대가리를 부둥켜안고 당기다가 어머니가 힘차게 나꾸치는 바람에 방바닥에 동그라졌다. 그래도 나는 놓지 않았다.
> 우리 모녀는 기타를 사이에 놓고 미친 듯이 방바닥을 뒹굴고 짐승처럼 씨근대며 자신의 육신을 돌보지 않고 처절한 싸움을 했다.
> 한참 만에 나는 가쁜 숨을 몰아쉬며 빈손으로 물러났다. 이긴 쪽은 어머니였다. 모처럼 시도해 본 과거와의 단절은 이렇게 해서 수포로 돌아갔다.
> 다시 기타와 유도복이 제자리에 걸리고 앨범이 꽂히고 평상시와

똑같은 모양이 되자 우리 모녀는 마주앉아 아무 일도 없었던 것처럼
다 식은 김치국을 후룩후룩 마시며 덤덤히 저녁 식사를 했다.

—『나목』중에서

위의 장면은 모녀가 대립하는 상황으로 모녀간의 갈등을 구체적으
로 보여주고 있다. '나'는 죽은 듯 살아가는 어머니에 대해 분노를 터
뜨린 것인데 굉장한 힘으로 달려드는 어머니와 몸싸움을 하면서 죽은
아들에게 지독하게 묶여있는 어머니를 발견해 더욱 좌절한다. 이처럼
어머니는 젊은 딸의 삶을 이해하려고 하기보다는 죽은 아들에 매여 더
욱 비극적으로 변해 가는데, 그런 어머니의 행동을 통해 아들의 의미
를 느낄 수 있다. 즉 아들은 어머니의 의식 전체를 사로잡을 만큼 강한
힘을 지닌 '절대적 타자'의 존재인 것이다. 남편이 죽은 이후로 아들이
라는 타자성에 자신의 모든 것을 걸었던 어머니는 두 아들이 죽음으로
써 자신의 삶을 더 이상 영위하지 못하고 삶을 거부하고 있는 것이다.

사회학적으로 볼 때, 개인이 강력한 사회(전쟁)와 대립이 심해지면
인물은 비극적 색채를 띨 수밖에 없다. 그것은 힘의 불균형에서 오는
불가피한 결과이다. 김현은 박완서 소설에 나오는 어머니에 대해 "타
락한 사회에서 타락한 방법으로 진정한 가치를 추구하다 보면 죄인이
나 광인과 같은 문제제기적 인물이 생겨난다"[11] 고 말하면서 칩거를
통해 문제적 인물의 모습을 보여준다고 설명하였다.

이처럼 반실성 상태인 어머니를 지켜보는 '나'는 "가슴 밑 명치께가
아프고", "체중 비슷한 거북함으로 보깨"는 신체적 통증으로 이어져
모녀의 갈등은 좀처럼 해결될 기미가 보이지 않는다. 다음의 내면 묘

11) 김현, 문학사회학 (민음사, 1983), pp. 90~92.

사는 그 심각함을 잘 보여준다.

> ① … 나는 미치지 않을 자신이 있었다. 나는 내 속에 감추어진 삶의 기쁨에의 끈질긴 집념을 알고 있다. 그것은 아직도 지치지 않고 깊이 도사려 있으면서 내가 죽지 못해 사는 시늉을 해야 하는 형벌 속에 있다는 것에 아랑곳없이 가끔 나와는 별개의 개체처럼 생동을 시도하는 것이었다.

> —『나목』중에서

> ② 나는 곧장 건넌방에 가 누웠다. 기침 소리는 자꾸 반복되었다. 늘 귀에 익은 목기(木器)를 두드리는 것 같은 공허한 소리가 아닌 탁하고도 고통스러운 울림이었다. … 나는 숨을 죽이고 어머니가 나를 부르기를 기다렸다. 하다못해 물을 달라든가 고통을 호소한다거나 하기 위해 딸을 부름직했다. 그러나 육성이라고는 아이고 소리 하나 들리지 않았다.

> —『나목』중에서

주인공 딸은 "미치지 않을 자신이" 있다고 말하면서도 실은 어머처럼 될 것 같은 두려움에 떨고 있는 장면이다. 흔히 "여성의 인격은 남성에 비해 관계적"[12]이라고 하듯이 딸은 어머니와의 관계에서 자유롭지 못하다. 딸은 모녀라는 관계 속에서 자신도 모르게 어머니와 비슷하게 닮아간다고 볼 수 있다. 어머니의 부정적인 면에 대하여 딸은 적대감을 드러내지만 딸은 무의식중에 어머니에 대한 동질성을 갖게 된 것이다. 박완서 소설에서, 특히 오빠의 죽음으로 특수하게 맺어진 어

---

12) 조혜정, 한국의 여성과 남성 (문학과지성사, 1988), p. 103.

머니와 딸의 관계는 어머니를 거부하면서도 동일시하는 감정과 행동을 읽을 수 있다.

융(Jung)은 "어머니란 어린아이에게 최초의 동일시 대상이자 경외의 대상으로 전능한 존재"[13]라고 말했다. 그래서 문학에서 어머니는 비옥함과 풍요로움을 상징하기도 한다. 그러나 아이에게 어머니는 무섭고 부정적인 존재이기도 하여 무덤이나 죽음과 같은 두려움, 공포감의 상징이 되기도 한다. 그래서 '나'는 어머니처럼 살게 될지도 모른다는 두려움을 갖는 것이다. 그렇지만 식욕처럼 청춘의 욕망을 느끼고 또 그런 자신을 주눅 들게 하는 어머니에 대한 복잡한 심정은 '나'를 한없이 고통스럽게 한다. 두 오빠가 죽었던 장소인 동시에 어머니가 살아계신 고가(古家)에서의 삶은 바로 '나'가 불행한 삶을 살고 있는 현실이자 그렇게 될 수밖에 없는 이유이다. 자신과 어머니가 살고 있는 고가(古家)는 과거와의 싸움이 멈추지 않고 계속되는 고통스런 장소인 것이다.[14]

> 아무리 뒹굴어도 나는 내가 이 드넓은 고가, 한쪽 날개를 잃은 흉가에서 완전히 혼자서 살고 있다는 무시무시한 생각을 덜 수는 없었다. 나는 이 고가 밖에는 그래도 사람이 살고 있다는 생각으로 나를 달래며 바깥사람과의 대화를 궁리했다.
>
> ―『나목』 중에서

---

13) C. G. 융, 설영환 역, 융심리학 (선영사, 1989), p. 85.
14) 장소나 공간이 인물이나 사건 못지 않게 중요한 의미를 나타내는 요소가 될 경우, 그 세부 묘사는 어떤 분위기를 제시하거나 행위 또는 플롯과 상징적으로 관련을 맺게 된다. 이것은 노스롭 프라이의 지적처럼 자연을 동일시하는 원시적 사고가 아직도 여전히 배경 설정에 남아 있는 현상이라고 보아야 한다.

어머니와의 갈등을 해결할 수 없는 '나'는 고가에서 벗어나고자 몸부림치고, 그러한 욕망은 "바깥사람과의 대화"를 원하는 형태로 나타난다. '나'는 고가에서 할 수 없는 대화를 바깥에서나마 이루어 누군가와 소통하고 싶은 것이다. 그런 점에서 볼 때『나목』에서 '나'는 어머니와의 소통을 간절히 원하고 있음을 알 수 있다. 그러나 모녀는 서로를 회피하며 살아가고 어머니의 죽게 된다.

어머니가 죽음으로써 모녀간의 갈등은 일단락지어진다. 어머니라는 대립항이 사라진 '나'는 자신의 욕망대로 생기 있는 삶을 살기 위해 노력한다. 그러나 '나'는 결혼 도 하고 안정적인 일상 속에 안주하고 나서도 "끊임없이 나를 아프게" 하는 생활과, "아직도 해체되지 않은 한 모퉁이가 내 은밀한 곳에 남겨진 것"을 알게 된다. 어머니가 안 계시지만 모녀 사이를 가로막았던 견고한 벽은 허물어지지 않고 여전히 '나'의 내부에 남아있었던 것이다. 이러한 결말은 전쟁으로 인한 오빠의 죽음은 주인공의 삶을 "폐허가 된 고가"처럼 만들어 행복을 영위할 수 없게 만들고 있다는 것을 보여주면서, 오빠가 죽은 상처는 쉽게 치유되거나 회복될 수 없음을 비극적으로 보여준다.

『나목』과『목마른 계절』이 주인공이 오빠의 죽음을 목격한 직후에 겪는 갈등 이야기라면, 「부처님 근처」, 「카메라와 워커」, 「재이산」, 「엄마의 말뚝」시리즈는 이십 여 년이 흐른 뒤에도 전쟁으로 인한 정신적 외상, 즉 오빠의 죽음과 그로 인한 죄의식에 시달리면서 살아가는 주인공의 비참한 삶을 다루고 있다.[15]

---

15) 정신적 외상(trauma)란 정신분석학 용어로 극심한 공포나 슬픔, 감동, 놀람 등으로 인해 마음 속 깊이 난 상처를 말한다. 어떤 강렬한 사건으로 충격을 받아 현재의 삶을 방해하는 원인이 되는데 신체적 장애를 유발하기도 한다. 전쟁 같은 치명적인 사건, 외부의 압력으로 잘 생기는데, 정신적 외상은 외상을 일으킨 사고의 순간에 대한 고착으로 성격 발전의 저해나 왜곡을 초래한다. 특히 인간 존재의 전체를 부

「부처님 근처」의 주인공 '나' 역시 전쟁 당시 아버지와 오빠를 잃었다. 한 가정은 가족 상실로 인해 파괴되었고, 남은 모녀는 부자가 빨갱이여서 죽은 사실을 감추기 위해 "앙큼하고 태연하게 한 죽음을 꿀깍" 삼켜 행방불명으로 만들었다. 그 후에 '나'는 결혼도 하고 자식도 낳았지만 과거에서 벗어나지 못하고 괴로워하다가 이기심의 굴절까지 보이게 된다.

> ① 내가 삼킨 죽음은 여전히 내 내부의 한가운데 가로 걸려 체증처럼 신경통처럼 내 일상을 훼방 놓았다. 나는 여전히 사는 게 재미없고 시시하고 따분하고 이가 들끓는 누더기처럼 지긋지긋해 벗어던질 수 있는 거라면 벗어던져 흠뻑 방망이질 해주고 싶었다.

> —「부처님 근처」 중에서

> ② 나는 그것들을 삼켰으니까. 나는 망령들을 내 내부에 가뒀으니까. 망령은 언젠가는 토해내지 않으면 치유될 수 없는 체증이 되어 내 내부 한가운데 가로놓여 있을 수밖에 없었다. 차차 더 묘한 걸 깨닫게 되었다. 내가 망령을 가둔 것이 아니라 실상은 내가 망령에게 갇힌 꼴이라는 것을. 나는 망령에게 갇힘으로써 온갖 사는 즐거움, 세상 아름다움으로부터 완전히 격리당하고 있다는 것을.
> 나는 늘 죽음을 억울하고 원통한 것으로 생각해 왔는데 그 생각조차 바뀌어 갔다. 정말로 억울한 것은 죽은 그들이 아니라 그 죽음을 목도해야 했던 나일지도 모른다 싶었다. 그 나이에, 내 인생의 가장 빛나는 시기에, 가장 반짝거리고 향기로운 시기에 그런 것을, 그 끔찍한 것을 보았다니, 그리고 그것을 소리 없이 삼켜야 했다니! 정말이지 정말이지 억울한 것은 그들이 아니라 나인 것이다.

> —「부처님 근처」 중에서

정하게 되는 경향이 많다. 미셸 아리버, 최용효 역, 언어학과 정신분석학 (인간사랑, 1992), pp. 69~70 참조.

「부처님 근처」의 주인공 '나'는 처녀시절 아버지와 오빠의 죽음을 목격한 후 "무서운 게, 무서워하며 사는 게 지긋지긋할" 정도로 충격의 고통에서 벗어나지 못하고 살고 있는 것이다. 그리고 충격에서 벗어나는 길은 "처자식만 아는 착실한 남자"와 결혼해 계속해서 출산을 하는 것이라고 생각한다. 그러나 "처자식만 아는 남편과 많은 아이들"도 '나'를 행복하게 만들지 못한다. 모녀는 겉으로 보기에 편안하지만 늘 '망령'에 시달리면서 살고 있기 때문이다. 이 소설에 등장하는 모녀는 집안의 가장이자 기둥인 남자들의 비극적 죽음으로 인해 밝고 넉넉한 삶을 근본적으로 빼앗긴 것이다. 아버지와 오빠의 부재는 결국 정신적으로나 물질적으로 불안정한 삶을 모녀에게 남겨준 셈인데, 이는 전쟁과 가족의 죽음이라는 것이 한 가정과 개인의 삶에 얼마나 끈질긴 갈등를 불러일으켰는가를 실감하게 한다.

「부처님 근처」의 모녀처럼 전쟁과 죽음의 충격에서 벗어나지 못해 오빠대신 조카라도 "주말이면 카메라 메고 야유회 나가는" 안정된 직업을 갖도록 집요하게 애쓰는 「카메라와 워커」의 '나'와 승진에서 밀려난 원망으로 폭력을 휘두르는 남편 앞에서도 분단 현실(6 · 25때 의용군으로 끌려간 오빠가 간첩으로 남파될지도 모른다는 두려움)과 사회적 제약을 탓하며 꼼짝달싹 못하는 여주인공은 자신이 처한 불행을 극복하지 못하는 인물이다.

> 지랄같이 무책임한 전쟁이 만들어 놓은 고아인 저 녀석(조카)을, 온 정성을 다해 남부럽지 않게 키운 게 결코 내 어머니를 떠맡기고자 함이 아니었음을 어떻게 납득시킬 수 있담. 제가 잘 되고 잘 사는 것으로, 다만 그것만으로 나는 내가 겪은 더럽고 잔인한 전쟁에 대해 통쾌한 복수를 할 수 있고 그때 받은 깊숙한 상처의 치유를 확인받을

수 있다는 걸 어떻게 저 녀석에게 알릴 수 있을 것인가.

―「카메라와 워커」 중에서

예문을 통해 알 수 있듯이 '나'는 조카가 무사 안일한 삶을 살게 하
는 것으로 죽은 오빠에 대한 죄의식을 씻으려 하기 때문에 조카와 대
립하게 된다. '나'와 어머니는 조카가 원하지 않는 공과대학에 입학시
키고, 의지를 꺾어서라도 "착실한 직장 가지고 결혼해서 일요일 날 처
자식 데리고 카메라 메고 놀러나가는" 안정된 직장을 갖게 하려고 애
를 쓰면서 조카와의 갈등이 심화된 것이다. 주인공의 이러한 행동은
주인공이 전쟁을 겪으면서 오빠의 죽음을 목격하게 되고, 어머니의 억
압 속에 살면서 죄의식과 피해의식에 사로잡혀 살다가 세속의 이기적
욕망 추구로 이어져 상처 씻기의 왜곡된 모습을 보여주고 있다. 갈등
이 해소되는 것이 아니라 지속적으로 갈등이 발생되어 주인공의 고통
은 심화되었다.

이처럼 작품에서 반복되는 오빠의 죽음은 전쟁이 끝난 후에도 여전
히 기억과 회상을 통해 갈등을 일으키고 의미를 발생시키는데, 이는
가족 상실로 인해 상처받은 딸의 고통스런 몸부림이라고 할 수 있
다.16)

---

16) 회상은 내부와 외부 사이의 분열을 화해시키고 파편화된 과거로부터 잠시 벗어나
그것을 온전하고 분명한 것으로 보이게 해준다. 회상이 환멸뿐인 현실에 불만족스
러워 화해의 과거 상태로 되돌아가고 싶은 떠올림이라면 기억은 현재의 외상을 이
해하기 위해 조각난 과거를 짜 맞춰 보려고 떠올리는 고통스러운 행위이다. 과거의
사실들은 너무나 외면하고 싶고, 외면하고 싶기 때문에 찢기고 조각난 채 무의식의
저편에 저장되어 있다가 증언할 계기가 주어지면서 무질서인 상태 그대로 나타나
게 되는 것이다. 회상은 환멸뿐인 현재로부터 벗어나기 위해 과거로 돌아감으로써
잠시 편안함을 느끼기도 하지만 기억이라는 무의식적 작업도 동시에 일어나 고통
이 수반된다.

라캉에 따르면 정신적 외상, 즉 트라우마성 기억의 반복은 지독한 상처를 겪은 사람의 고통의 원인을 설명하고자 하는 작가의 의도이다. 그리고 이런 트라우마는 문학에서의 반복적 재현을 통해 자주 나타난다.[17] 프로이트의 이론을 좀 더 보충하여 들면 트라우마, 즉 정신적 외상을 입었을 경우에 그 인물의 정신 구조는 외상을 입었던 당시의 상황으로 돌아가고자 하는 강박의 형태를 보인다.[18] 그러므로 주인공 또는 작가의 반복적 회상과 글쓰기 행동은 트라우마를 유발했던 순간으로 되돌아가고자 하는 움직임이다. 이러한 반복을 통해 얻을 수 있는 것은 현재 상실된 정체성을 재발견할 수 있다는 점이다. 다시 말해 주인공의 기억과 회상을 통해 재생되는 과거는 주인공이 현재 갈등을 겪고 있는 발생 요인을 여실히 보여주어 고통을 피력하기 위한 것이다. 동시에 과거에는 해결하지 못하고 의식 내부에 가두었던 기억을 현재화하여 당시의 상황을 탐색하고 더불어 현재 모순된 자신을 탐색하는 행위이다. 더욱 고통스러운 현재의 '나'를 과거를 통하여 정립하고자 하는 자기와의 힘겨운 싸움임을 알 수 있다.

전쟁 때 죽은 오빠로 인해 갈등을 겪는 이야기를 그린 소설로 「엄마의 말뚝 2」[19]가 있는데, 지금까지 살펴본 작품들과 달리 모녀간의 대

안느 끌랑시에, 이준오 역, 정신분석학과 문학비평 (숭실대학교출판부, 1998), pp. 121~123 참조.

17) 서동욱, 차이와 타자 (문학과 지성사, 2000), p. 95.
엘리자베스 라이트에 의하면, 기억으로부터 떨쳐버릴 수 없고 그렇다고 환상이나 사고로서 소화시킬 수도 없는 정신적 외상은 상실을 나타내는 것이다. 이는 박완서 소설에서 모녀가 끊임없이 과거를 떠올리면서 서로 이해, 거부하는 갈등의 심화 과정을 이해하는데 도움이 된다. (엘리자베스 라이트, 박찬부 역, 페미니즘과 정신분석학 사전 (한신문화사, 1997), pp. 106~115)

18) 지그문트 프로이트, 박찬부 역, "쾌락의 원칙을 넘어서", 정신분석학의 근본 개념 (열린책들, 1997), pp. 272~275.

19) 「엄마의 말뚝 2」는 이상 문학상 수상작(1981)으로 분단과 이산문제를 다룬 작품으로 박완서 소설 중에서 가장 많이 논의된 작품이다. 그러나 주로 이런 논의들은

립이 점차 긍정적으로 변해간다. 모녀는 공동의 상처를 안고 있는 유일한 가족이라는 사실을 매개로 공감대를 갖게 되어 연민을 느끼는 유대관계로 발전하게 된다. 이렇게 대립 관계가 점차 나아지게 되는 계기는 어머니가 내지르는 광기서린 울부짖음 때문이다.

> "안 된다 이노옴" 이라는 호통과 "군관 나으리, 군관 선생님, 군관 동무"라는 아부를 번갈아 하며 몸부림치는 서슬에 마침내 링거 줄이 주사바늘에서 빠져버렸다. 혈관에 꽂힌 채인 주사바늘을 통해 피가 역류해 환자복과 시트를 점점 물들였다. 피를 보자 어머니의 광란은 극에 달했다.
>
> ―「엄마의 말뚝 2」 중에서

어머니는 세월이 많이 흘러 "부처님을 닮은 곱고 자비롭고 진지한 얼굴로" 늙어갔지만 여전히 원한과 독기를 품은 채 고통스런 기억 때문에 시달리고 있었다. 이런 모습을 통해 '나'는 감춰왔던 자신의 모습을 보게 되어 진정으로 어머니를 위로하게 된 것이다.

오빠의 죽음과 전쟁을 겪은 당시의 기억 때문에 환각 증세를 보이던 어머니는 의식을 회복 한 후에 딸에게 유언을 한다. 그 유언은 아들의 죽음을 처리했던 것처럼 자신도 죽으면 화장해주길 바란다는 것이다. 오빠가 죽었을 당시 어머니는 무덤을 만들어주는 대신 가족의 선영이

"억척어멈의 자리 잡기"(권명아), "농경문화에 싹튼 한국적 거모상"(강인숙, 앞의 책), "모성의 이미지와 생명성 중시"(오세은, 앞의 책), "엄마―딸이 겪는 성장"(이선미) 등 페미니즘 측면에서 해석한다. 그러나 본고에서는 이 작품이 전쟁의 외상, 즉 오빠의 죽음으로 인해 딸 겪는 갈등에 초점을 두었다. 어머니가 자식의 교육을 위해서 고향을 떠나 서울에 정착하는 과정을 다룬 내용인 「엄마의 말뚝 1」이 서울에 말뚝을 박게 되는 이야기를 그린 반면 「엄마의 말뚝 2·3」은 전쟁 때 죽은 오빠와 그 상처를 다스리려는 모녀의 후일담 형식을 취하고 있다.

지척에 보이는 강화도 앞바다에 훨훨 날렸었다. 오빠처럼 화장을 원하는 어머니의 행동은 "한 줌의 먼지와 바람으로써 너무도 엄청난 것과의 싸움"을 시도한 것이며, "어머니를 짓밟고 모든 것을 빼앗아간, 어머니가 도저히 이해할 수 없는 분단이라는 괴물을 홀로 거역할 수 있는 유일한 수단"으로, 어머니는 아들의 뒤를 따르기로 마음먹은 것이다. 이는 분단의 문제가 개인의 의지와 희망으로 해결될 수 있는 문제가 아님을 시사하는 것이기도 하다.

이처럼 박완서 소설에서 인물들이 겪는 갈등 발생 요인은 전쟁으로 인해 오빠가 죽게 된 사건이며, 남성의 부재로 인해 남은 모녀의 삶에 또 다른 갈등을 유발하게 하였다. 아들을 잃은 어머니에게는 삶의 의미를 사라지게 했고 딸에게는 살아남았다는 죄의식을 갖게 하여 모녀는 끊임없이 서로를 증오하였다. 같은 외상을 가진 모녀는 서로 동일시하면서도 적대시하는 이중감정을 지닌 채 대립하게 되었다. 주인공 딸이 겪는 갈등의 심화를 통해 오빠의 죽음이 개인의 삶에 얼마나 치명적인 상처와 고통을 가져다주는지를 보여주면서 작가는 전쟁과 분단의 폭력성을 고발하였다. 또 주인공의 내적 갈등을 통하여 상처는 여전히 잠재되어 있어 오랜 시간이 흘러도 언제든지 불시에 폭발할 수 있다는 것을 보여주고 있다. 결국 모녀의 삶을 통해 드러나는 오빠의 죽음은 단지 전쟁으로 인한 비극에 그치는 것이 아니라 그 비극을 환기시킴으로써 분단극복에 대한 인식의 확대와 작가의 강한 의지까지도 표출하고 있음을 알 수 있다.

2. 인간성 상실

전쟁으로 인한 생활 기반의 파괴는 절대적인 빈궁으로 이어져 전후 문학의 하나의 전형을 이루고 있다. 이러한 전쟁의 파괴성으로 인해 생명과 물질적 손실은 물론 광범위한 사회변동으로 사회적 근절(根絶), 심리적 허탈 및 소외 같은 현상을 경험하게 되었고, 전통적인 농촌 중심의 사회로부터 도시지향적인 사회로 옮아가게 되었다.[20] 이러한 사회적 혼란은 기존의 가치체계의 붕괴와 새로운 가치체계의 미정립으로 인해 개인의 삶을 상황 중심적이고 생존 위주의 선택을 강요하는 원인이 되기도 하였다. 이러한 시대적 배경은 인간이 오직 살기 위해 윤리와 도덕, 최소한의 자존심마저 버리게 하는 상황을 가져오기도 하였다.

박완서 소설에 나오는 인물들은 생존의 강박에 시달리다가 인간으로서의 존엄성마저 버리고 마는데, 이러한 생존의 강박관념과 전쟁으로 인해 팽배한 패배주의는 개인의 자기 정체성에 대한 회의로 이어지고 있다.[21] 주로 모녀로 등장하는 여성 주인공들은 전후라는 시대적인 열악함과 여성에 대한 차별의식으로 이중적 고통을 받을 수밖에 없었다.

『목마른 계절』을 비롯하여 박완서 소설의 인물들은 경제적 궁핍으로 인해 자존심을 버리고 인간성을 상실하여 더 큰 갈등을 겪게 된다. 유독 주인공이 경제적 궁핍으로 갈등을 겪는 까닭은 전쟁으로 인해 파

---

20) 이채진, 앞의 책, p. 185.
21) E. 프롬, 이규호 역, 자유로부터의 도피, 세계사상전집 (삼성출판사, 1977), p. 30 참조.
　　정체성은 인물인 '나'가 개체화(indviduation)되기 전인 기본적 관계(primary ties)가
　　무너지고 난 후 자신의 전체, 즉 자기 원형(Archetype des Selbst)를 추구한다는 것을
　　의미한다.

괴된 현실 때문이기도 하지만 인간성을 상실한 주변 사람들과의 관계 때문이기도 하다.

> 누군가가 저 놈 잡아라, 저 놈 빨갱이였다고 소리를 친다. 앞으로 만 움직이던 군중이 갑자기 한 점을 향한 소용돌이가 되더니 일제히 죽여라, 죽여라, 죽여라, 이를 부득부득 갈고 발을 쾅쾅 구른다. 누군가가, "우리는 빨갱이처럼 사람을 죽여서는 안 됩니다. 이성을 잃지 말고 그자를 경찰에 넘깁시다. 함부로 사람을 죽이는 것은 빨갱이나 할 짓입니다."하고 외친다. 이런 일들이 진이는 다 꿈속 같다. 다시 군중의 움직임에 몸을 맡긴다. 때로는 박수도 치며 만세도 부른다. 그러나 물에 뜬 기름처럼 군중으로부터 소외된 스스로를 느낀다.
> 자기는 결코 누구에게도 "죽여라, 죽여라, 죽여라" 할 수는 없는 것이다. 그러나 누군가가 한 마디 "저 년 빨갱이다" 하기만 하면 지금 이렇게 어깨를 나란히 걸고 있는 군중이 일제히 자기에게 "죽여라, 죽여라, 죽여라" 할 수 있는 것이다.
> 한동안 그렇게 걷던 진이는 격앙(激昻)한 수많은 벽보 사이에 희미한 먹글씨로 초라한 모조지에 아무렇게나 갈겨쓴 「자유주의 만세」란 문구를 본다.

—『목마른 계절』중에서

위에서 보듯이 전쟁 상황은 이웃뿐만 아니라 한 집안에서도 적과 내 편의 판가름을 불가능하게 만들었으며 서로 불신하고 의심하는 상태에 이르게 하였기 때문에, 한때 이념운동을 했던 주인공 가족은 경제적 문제를 해결하는 데 있어서 남들보다 더 큰 어려움을 겪을 수밖에 없었다. 6·25 전쟁은 폭격이나 무기로 많은 사람들이 살상된 전쟁이긴 하지만, 더 중요했던 것은 그 "전쟁을 통과하면서 변화한 인간 내부의 가치관"[22] 과도 연관이 있으며 이로 인해 주인공은 더더욱 경제적으로 궁핍하게 되었던 것이다.

『목마른 계절』에서 "그러게 내가 늘 뭐랍디까? 그저 빨갱이들은 아는 대로 일가고 친척이고 가릴 것 없이 죽여야 한다지 않았어요?"라고 날뛰는 당숙모를 비롯하여 하진과 함께 서울에 남아 있던 사람들은 적과 내편을 구분하는 것이 생존 그 자체와 직결되는 문제였다.

> 그래, 우리 집안은 빨갱이다. 우리 둘째 작은아버지도 빨갱이로 몰려 사형까지 당했다. 국민들은 인민군 치하에다 팽개쳐 두고 즈네들만 도망갔다 와가지고 인민군 밥해 준 것도 죄라고 사형시키는 이딴 나라에서 나도 살고 싶지 않아. 죽여라, 죽여. 작은아버지는 인민군에게 소주를 사 먹였으니 죽어 싸지. 재강 얻어먹고 취해서 죽은 딸년의 술 냄새가 땅 속에서 아직 시지도 았을라. 우리는 이렇게 지지리도 못난 족속이다. 이래 죽이고 저래 죽이고 여기서 빼 가고 저기서 빼 가고, 양쪽에서 쓸 만한 인재는 체질하고 키질해서 죽이지 않으면 데려가고 지금 서울엔 쭉정이밖에 더 남았냐? 그래도 뭐가 부족해 또 체질이냐? 그까짓 쭉정이들 한꺼번에 불 싸질러 버리고 말지.

> ─『그 산이 정말 거기 있었을까』 중에서

『그 산이 정말 거기 있었을까』에서 숙부의 행적을 누군가 고발하여 주인공이한 함께 연행당하는 장면이다. 주인공은 형사들에게 악의와 분노를 퍼부으면서 살기 위해 인간성을 상실한 당시 민중들의 의식을 적나라하게 드러낸다. 사람들은 새로운 질서에 빨리 적응하여 살아남기 위해서 인민군이냐 군인이냐에 과민반응을 나타내게 된 것이다. 사람들은 인간의 다양성이나 심리적 복합성들을 고려하지 않고 인간을

---

22) 강인숙, 박완서 소설에 나타난 도시와 모성성 (둥지, 1997), p. 68.

간단하게 적과 내편, 즉 빨갱이와 빨갱이가 아닌 자로 양분하여 서로를 고발하는 행태[23]가 벌어져 제대로 일자리를 구할 수 없게 되었다.

> 주검 앞에 흥분한 군중들은 주검 앞에 다시 죽음을 제물로 바칠 것을 다짐하고 이를 갈고 발을 구른다. 수갑 채운 죄수를 그득 실은 트럭이 뽀얀 먼지를 일으키고 달려간 뒤를 어린 소년이 힘껏 돌팔매질을 하며, "죽여 버려라, 빨갱이들"
> 「죽」자에 강한 악센트에 진이는 정신이 든다. 동심에게까지 살의(殺意)를 도발하는 끔찍하고 소름끼치는 무더기의 주검들, 그 숱한 죽음의 원한은 반드시 또 하나의 무더기 주검만으로 갚아질 것인가?

-『목마른 계절』중에서

『목마른 계절』의 주인공 하진도 전쟁 전에 좌익운동에 가담했다는 이유로 빨갱이로 낙인찍혀 소외당하는 자신의 가족을 "역신조차 외면하는, 지옥으로 가는 축에서조차 따돌림을 당한 저주(咀呪)받은 족속"이라 비하한다. 그러면서 "살아남은 것이 신의 은총을 거부하고라도 여럿이 함께 지옥으로 떨어져 가고 싶은"심정이라고 토로하고 있다. 그러나 마음 한켠에는 진정코 지옥 속에서라도 여럿이 함께 있고 싶은 마음이 있어 그리움과 두려움을 드러냈다.

> … 많지 않은 이웃끼리는 결코 친하지를 못했다. 친하기는커녕 서로 마주칠까봐 꺼리는 듯 흘금흘금 피했다. 서로의 뱃속 서로의 빛깔을 모르기 때문이었다. 사람의 피부빛깔 말고 굳이 마음에까지 빛깔을 지녀야 한다는 것은 불편하기 이를 데 없었다. 하다못해 찬의 기저귀를 빨러 시냇가로 나가려다가도 누가 먼저 자리를 잡고 있으면

---

23) 강인숙, 위의 책, p. 69.

말동무가 생겼다고 반가워하기는커녕 주춤하고 집으로 돌쳐 와 울타리구멍으로 엿보다가 상대방이 빨래를 다 하고 돌아간 후에 나가서 역시 누가 또 올까봐 대강대강 빨아가지고 돌아왔다. 대화를 나누다가 섣불리 빛깔을 드러낼까봐 두려워서였다. (중략) 섣불리 무슨 말끝에라도 빨갱이인 듯한 짐작을 상대방에게 줬다가 곧 이 마을을 점령할 군인이 국군이면 어쩐담. 섣불리 흰둥이인척 했다가 이다음에 나타날 점령군이 인민군이면 어쩐담. 이런 치사한 생각으로 사람이 그리우면서도 사람을 피해야만했다.

피는 물보다 진하다가 아니라 이념은 피보다 진한 셈인가. 제기랄 하고 집구석에서 시누이, 올케끼리 마주보고 앉았자니 답답하고 싱겁기가 이를 데 없었다. 도대체 사람과 사람과의 관계 중 시누이, 올케 사이처럼 재미없는 사이가 또 있을까.

─『목마른 계절』 중에서

위의 예문은 가족끼리 조차 서로에게 조금치의 도움도 될 수 없음을 보여주고 있다. 이처럼 전쟁으로 인해 인간성을 상실한 채 자신과 가족을 극한 상황으로 내모는 친척, 이웃들과 대립하고 갈등하면서도 원망과 증오보다 더 큰 고독감과 외로움에 몸서리치는 인간의 서글픈 모습을 잘 보여준다. 그러나 주인공이 자신의 처지를 비관하고 있지만은 않다. 다음 예문은 조카 찬이를 바라보는 장면인데 주인공에게 살아야겠다는 의욕을 갖게 하는 중요한 장면이다.

어둡고 긴 밤, 지축을 흔드는 폭음과 포성, 마치 죽음의 촉수가 목덜미를 스치는 불길감 같은 쌔앵하는 차고 날카로운 박격포탄의 공기를 가르는 긴 여운. 서울은 온갖 최신 화력으로 격렬한 공격을 당하면서도 아직도 모진 집념과 독기 서린 악의의 지배하에 있었고 이 틈바구니에서 사람들은 이래 죽고 저래 죽고, 앉았다가도 죽고 섰다가도 죽고, 폭격에 죽고 포판에 죽고, 반동이라 죽고 원한을 사 죽고, 이렇게 파리 목숨만도 못하게 명분 없이 죽어 가고도 더 많은 사람들은 아직도 살아남아 죽을까봐 떨며 끈질기게 평화를 기다렸다.

다만 갓 난 찬이 만이 그런 것에 아랑곳없이 잘 먹고 또 억세게 잘 울었다. 빨갛고 조그만 발바닥에 손을 대면 발버둥의 힘찬 율동이 손바닥을 통해 전신에 전해 오고 그럴 때마다 진이는 이 작은 생명에 연민과 외경이란 상반된 감정을 동시에 느꼈다.

―『목마른 계절』 중에서

주인공은 조카인 갓난아이를 보면서 끝까지 살아야 겠다는 생존의 이유를 발견하게 된 것이다. 하진은 "전쟁이 아닌가. 아무도 응석부리거나 위무(慰撫)받을 수만은 없는 것이다. 자기 몫의 재앙은 조만간 자기 몫이다"라고 생각하면 현실을 정직하게 받아들이고 감당하기로 한다. 하진은 어려운 현실을 이겨내기 위해 "며칠이고 계속해 넋이 빠진 듯이 망연히만 있으려드는 어머니와 올케를 다그쳐가며" 집안일을 야무지게 해나간다. 그런데 하진은 "식구를 굶기지 않아야지" 하는 강박 관념으로 "제정신이 아닐 만큼 핏발이 서 있었고 때로는 지나치게 육신을 학대"하기도 한다. 그런 하진은 "악착같이 하루의 양식을 구하는 일" 때문에 "부끄러움도 아픔도 모르는" 상태가 되는데 친구 순덕도 마찬가지이다. 콩깍지를 얻기 위해 "가시를 무릅쓰고 장미 덩굴 속으로 손을 마구 넣어 휘젓고 손등에서 피가 흐르고 찢기면서도" 먹을 것을 얻는 기쁨을 느끼고, "폭이 넓은 치마를 걷어 올리고 흰 인조 속치마를 볼썽사나운 꼴"을 하게 되어도 자랑스럽기만 하다. 이렇게 행동의 변화를 겪는 하진과 순덕은 친화감을 느끼게 된다. 인물들이 느끼는 이런 자랑스러움과 기쁨은 예의나 윤리, 자존심을 모두 버린 인간

끼리의 공감에서 오는 것으로 볼 수 있다.[24)]

경제적 궁핍을 해결하기 위해 자존심을 버리는 모습은 『그 산이 정
말 거기 있었을까』에 나오는 주인공에게서도 엿볼 수 있다. 다음은 주
인공이 생계를 위해 미군 피엑스에 첫 출근하는 날 시장통을 스케치한
대목이다.

> … 봉지쌀에서도 단 한 움큼이라도 벗겨먹으려는 싸전 영감과 안
> 속으려는 어린 새댁 간의, 됫박을 평평하게 미는 방망이를 가지고,
> 배가 부르다거니, 눈깔이 뼛냐? 나처럼 홀쭉한 방망이로 미는 싸전
> 있으면 나와 보라거나 하는 사생결단의 치열한 싸움. 온종일 목이 쉬
> 게 싸구려와 떨이를 외쳐대도 물건은 안 줄고 허기만 지는 푸성귀와
> 과일 장수, 점심 거르고 새우젓 조금 씹어 먹고 냉수 한 대접 마시는,
> 고깃배 냄새가 몸에 밴 젓갈 장수. 그런 것들 사이를 놀이터 삼아 요
> 리조리 싸다니다 운수 좋아 남의 걸 슬쩍해서 입정질해도 야단맞지
> 않는 장돌뱅이 새끼들.
>
> ─『그 산이 정말 거기 있었을까』 중에서

위에서 보듯이 주인공은 주변 사람들에 대하여 차가운 시선으로 비
판하듯 묘사하는 방법을 기술하는데, 자신뿐만이 아니라 가족과 이웃
이라는 타인을 경멸하지만 받아들임으로써 이기적인 자신의 모습을
정당화하고 있다.[25)]

---

24) 주인공 하진이 식량을 구하기 위해 도둑질을 일삼고, 장교에게 몸을 팔기 위해 길
거리에서 장교를 기다리는 모습은 주체의 물질성과도 연관된다. 물질적 삶은 존재
의 익명성으로부터 벗어나는 것을 가능케 하는 것이다. 따라서 물질성을 바탕으로
하는 일상적 삶은 인간 존재의 '타락'이나 '비본래성'으로 가치 절하되어야 하는
부분이 아니라 자신의 존재를 유지해 가는 경향의 표현이며, 거기에 대한 구속으로
부터 해방되고자 하는 노력의 표현이라고 볼 수 있다.
E. Levinas, 강영안 역, 시간과 타자 (문예출판사, 1996), pp. 58~63 참조.

『그 산이 정말 거기 있었을까』에서도 주인공이 오빠와 엄마 대신 생계를 꾸려 가는데, 여성에 대한 사회적 편견과 전쟁 상황에서 일자리를 얻기란 쉽지 않다.

> 진이는 초조하게 어떤 일을 눈으로 재촉해 오고, 혜순은 진이의 이런 눈이 두려워 자꾸만 열의 자리 밑으로 파고들며 구원이라도 청하듯이 열의 아프지 않은 쪽 다리의 발목을 은근히 잡아당긴다. 이런 혜순의 커다란 눈은 한층 퀭하니 깊게 들어가고 이마에 진땀이 솟는다. 그래도 열은 눈도 안 뜨고 잠잠히 누워 있다. 이들 셋의 말없는 갈등은 숨 막히게 오래 계속됐다.
>
> ―『목마른 계절』 중에서

주인공은 음식을 얻기 위해 "보급투쟁"에 나서고 "설명되어질 수 없는 무자비한 식욕"을 채우기 위해 올케와 빈집털이를 한다. 어머니는 이를 모른 척 하는데, "한마디 위로의 말조차 아낌으로써 당신만 그 치욕스럽고 께적지근한 짓으로부터 결백하려는" 양반의식을 버리지 못하기 때문이다. 이런 상황에서 주인공이 갈등을 겪게 되는 문제는 바로 궁핍한 현실, 즉 배고픔인 것이다.

> 진이가 결심하고 도둑질하러 나가려 하자, 혜순이 "며칠만 참아요. 며칠 굶어보지도 않고 도둑질부터 하면 못 써요. 제발 며칠만……"하자 진이가 단호하게 말한다.

---

25) 인간은 존재 유지를 위해서 이기성을 지닐 수밖에 없는 존재이지만 타자와의 윤리적 관계를 통해서 윤리적 주체로의 초월을 할 수 있는 존재이다. 타자를 받아들이고 타인에 대해 책임을 지는 윤리적 주체로의 초월이야말로 인간의 존재론적 본질이라고 불 수 있다.
E. Levinas, 앞의 책, p. 150 참조.

"거짓말쟁이. 오빠나 찬이를 한 끼도 굶기고 싶지 않으면서…….
도둑질 궁리를 먼저 해낸 것은 누군데 마지막 고비에 가선 혼자 착한
척하려 들다니. 좋아요. 혼자 가죠."

　　　　　　　　　　　　　　　　　　－『목마른 계절』중에서

　　결국 하진은 오빠와 올케의 만류와 질책에도 불구하고 본격적으로
도둑질을 하는데, 식량을 충분히 비축한 후에도 야밤에 남의 집 담을
넘는 하진의 행동은 전쟁으로 인해 극단으로 치닫는 인물의 변화를 실
감나게 보여준다. 이를 보다 못한 오빠 하열이 부끄러움이나 수치심을
느끼지 못하는 하진을 저지하자 하진이 올케와 오빠를 향해 위선자라
고 쏘아붙이면서 그동안의 도둑질을 묵인했던 오빠내외를 날카롭게
비판하면서 대립이 팽팽해진다. 그럼에도 불구하고 식욕은 "아귀처럼
사정없이 그 거칠고 험한 딱지를 정복하고 속살을 배가 터지게" 탐하
며 도둑질해온 음식은 "가장 맛있고 비참한 식사"로 기억된다. 결국
"무자비한 식욕"으로 비롯된 궁핍한 현실 문제는 "허기라는 결핍의
다른 이름으로 가족끼리의 끈끈한 유대감"마저 상실케 했다.
　　「엄마의 말뚝 2」와 「부끄러움을 가르칩니다」에서도 전쟁으로 인해
파괴된 인간의 윤리관이 잘 나타난다. 인물들은 경제적 궁핍으로 인해
더 심하게 변모하여 법도 질서도 사라진 광기의 모습으로 나타난다.

　　① 식구들은 이럴 수도 저럴 수도 없이 만들면서 오빠가 바라는
　　건 자기는 가만히 앉았고, 식구들이 무슨 수를 써서든지 그걸 입수
　　해다 주는 거였다.
　　"어머니, 다 팔아요. 집이고 세간이고 다 팔면 그까짓 시민증 하나
　　못살라구요. 그까짓 거 애꼈다 뭐 하려고 안 팔아요."

이런 터무니없는 응석으로 어머니의 피눈물을 흘리게 하는가하면 나한테 까지도 못할 소리를 마구 해댔다.

"야아, 너 빽 있는 놈 하나 물어서 이 오빠 좀 살려주면 안 되니? 누이 좋다는 게 뭐냐?"

— 「엄마의 말뚝 2」 중에서

② "이년아, 똑똑히 봐둬라. 이 인정머리 없는 독한 년아, 이 에미 꼬락서니를 봐두란 말이다. 어디 양갈보 짓이라도 해먹겠나. 어느 눈먼 양키라도 뎀벼야 해먹지. 아무리 해먹고 싶어도 이년아, 양갈보 짓을 어떻게 혼자 해먹냐. 우리 식군 다 굶어죽었다. 죽었어. 이 독살스러운 년아, 이 도도한 년아. 한강 물에 배 떠나간 자국 있다던? 이 같잖은 년아."

— 「부끄러움을 가르칩니다」 중에서

①과 ②의 예문에서 보이듯이, 인물들은 최소한의 부끄러움마저 잃어버리고 방향감각을 잃은 채 헤맨다. 이런 행동 양상은 『나목』의 경아를 통해서도 나타난다. 경아는 어머니로부터 겪은 자신의 존재에 대한 무가치함, 그로 인한 반항과 자기 파멸의 충동으로 미군 병사 죠오와의 정사를 갈구하는데, 경아의 행동은 인간의 죽음에의 본능을 단적으로 보여준다.[26] 즉 경아가 죠오를 통해 보이는 행동은 그동안 자신

26) 프로이트는 인간에게 자아본능인 죽음에의 본능이 있어서 성적 본능과 생의 본능을 파괴하려 든다고 보았다. 그래서 인간은 상당히 비관적인 존재이며 모든 생명체의 목적은 죽음이라는 극단적인 결론을 내리기도 한다고 덧붙였다. 박완서 작품 속의 여주인공들은 도둑질을 하거나 성적 일탈을 하거나 살아남은 자들까지 모두 전쟁 속에 짓밟혀지기를 꿈꾸는데 이런 파괴적인 부정적 사고는 바로 이 죽음에의 본능이 강하게 나타났기 때문이다.
지그문트 프로이트, 박찬부 역, 쾌락원칙을 넘어서 (열린책들, 1997), pp. 275~277 참조.

이 오빠들을 희생시키고 살아남은 존재라는 죄의식을 떨쳐 내고 그로부터 벗어나기 위해 벌인 행동은 자기 파멸의 행동이다. 프로이트는 이러한 인물의 변화를 두고 전쟁이 가져온 두 가지 정신적 고통이라고 지적했다. 즉 환멸과 죽음에 대한 태도 변화인 것이다. 환멸은 도덕의 집행자로 행세하던 국가가 실제로는 위선적이고 비도덕적이라는 것과 문명화된 개인들이 잔인성을 행동으로 보여준다는 것에 기인한다. 또한 수많은 죽음이 축적되면 더 이상 우연이 아니게 되며 오히려 삶이 흥미로워진다고 하였다.[27] 즉 전쟁으로 인해 법과 질서가 모두 사라졌다는 것, 그리고 도덕이라는 것이 사회적 불안과 다를 바 없다는 것은 전쟁의 성격과 근본 취지를 더욱 알 수 없게 만들었다. 이처럼 『목마른 계절』에서 하진의 행동 변화를 유심히 살펴보면 경제적 궁핍으로 인해 갈등을 겪으면서 변화하는 인간의 행동과 심리를 파악할 수 있다.

> 진이는 매일 밤 도깨비에 홀린 듯이 이런 사람들의 생활 모습에 이끌려 집을 나섰다. 그녀는 훨씬 덜 외로워지고 명랑해졌다. 많은 친구를 가까운 곳에 가지고 있는 듯한 착각은 착각이라기엔 너무도 흐뭇했다. 밀가루도, 밀도, 보리쌀도, 쌀까지 생겼다. 인제 더 이상 도둑질을 나설 아무런 명분도 없었다. 그래도 여전히 밤 그맘때가 되면 진이는 설레이고, 흘금흘금 눈치를 보다가 집을 빠져나오고 마는 것이었다.
>
> 곧 어떤 순박한 서민의 숨소리가 들릴 듯한 방이나, 부엌, 살던 그대로의 모습에 조그만 치의 위장(僞裝)도 가하지 않은 생생한 생활의 모습들을 보고픈 갈망으로 먹을 것을 구하려는 당초의 목적은 점점 잊어버려가고 있었다. 당초의 그녀가 핑계 삼던 보름달도 점점 기울어 거의 칠흑의 밤이 돼도 그녀는 그 일을 끊지 못했고, 산으로 올라

---

27) 지그문트 프로이트, 김석희 역, 문명속의 불안 (열린책들, 1997), p. 39.

가는 비탈엔 완전히 길이 생겼다.

—『목마른 계절』 중에서

하진의 의식은 자신과 가족이 살기 위해 먹는 것을 훔치는 일 외에
다른 목표는 없는 것처럼 보이는데, 식량을 충분히 훔쳤음에도 불구하
고 도둑질을 나서는 모습은 실상 자신에게조차 의아스럽다. 그러면서
도 하진은 자신의 행동에 대해서 "손톱만큼의 가책도" 느낄 줄 모르게
된다.

자전소설『그 많던 싱아는 누가 다 먹었을까』에서도 주인공 '나'는
어린 시절 도벽이 있었다. 현저동에서 매동국민학교를 다닐 때 아이는
어머니가 바느질로 집을 비운 사이 심심해서 집 안을 뒤적이다가 어머
니의 지갑에서 조금씩 꺼내 군것질을 한다. 도둑질은 한동안 계속되다
어머니에게 들키지만 어머니는 빈틈과 침묵으로 넘긴다.

> 그러나 만약 그때 엄마가 내 도벽을 알아내어 유난히 민감한 내
> 수치심이 보호받지 못했다면 어떻게 되었을까? 민감하다는 건 깨어
> 지기가 쉽다는 뜻도 된다. 나는 걷잡을 수 없이 못된 애가 되었을 것
> 이다. 하여 선한 사람 악한 사람이 따로 있는 게 아니라, 사는 동안 수
> 없는 선악의 갈림길에 있을 뿐이라고 생각한다.

—『그 많던 싱아는 누가 다 먹었을까』 중에서

앞에서 언급했듯이 인물들이 멈추지 못하는 도벽과 같은 행동은 프
로이트의 죽음 충동으로 해석할 수 있다. 인간의 본능은 삶 충동 못지
않게 죽음 충동이 있는데, 태어나기 이전의 흙으로 돌아가고 싶은 충

동이다. 그래서 인간은 살아가다가 되돌릴 수 없는 시련과 좌절을 겪으면 우울중에 빠지거나 자살충동에 빠진다. 이런 심리로 인해 스스로를 파괴하거나 타인을 파괴하는 폭력성을 드러내는 것이다. 또 인간의 내부에 잠재한 폭력성이나 잔인성은 그것을 삶 충동으로 전환할 때 잠 잠해지는데 그 갈등 발생 요인이 완전히 제거된 것은 아니다. 결국 하진이 도둑질을 멈추지 못하는 것은 "생생한 생활이 모습들을 보고픈 갈망"이며 벗어날 수 없는 현실과의 갈등에서 오는 "악의(惡意)"였고 "사치스러운 듯한 세간"으로 대리되는 가진 자에 대한 "저주와 악담"이 된 것이다.

그러나 이런 죽음 충동은 좌절된 삶 충동에서 기인된 것이기에 하진을 비롯한 인물들의 비도덕적이고 자기 파괴적인 행동 속에는 전쟁으로 인해 파괴된 생활과 일상을 되살려 가족을 살려야 한다는 절박한 통찰이 담겨 있다고 볼 수 있다. 그 통찰은 전쟁이 자신과 가족을 짓밟았지만 그럼에도 불구하고 자신은 더 끈질기게 살아갈 것이라는 의지로 이어진다. 그러나 도둑질을 묵인했던 오빠와 다시 의식의 대립을 하게 되는데 다음 장면은 전쟁 중에 변모한 남매의 모습을 잘 보여준다.

> 열의 표정은 착잡했다. 처음 진이가 도둑질 나가는 것을 묵인한 날 밤처럼 얼굴에 핏기가 가시고 미간을 잔뜩 찌푸린 채 밥도 몇 숟갈 뜨는 둥 마는 둥 하더니,
> "그 동안 그렇게 도둑질을 많이 해 쌓았다 이 말이지. 그럼 다시는 네가 밤에 나가는 걸 보지 않아도 되겠구나. 그렇지 진이야?"
> 열의 음성은 부드러웠으나 꼭 어떤 다짐을 받아두려는 뼈 같은 게 느껴진 진이는 고분고분 고개를 끄덕이고 말았다. (중략) 둘의 보이지 않는 싸움은 어두운 공간에서 소리 없이 맞부딪치고 주춤 물러나

고 하면서 지칠 줄을 모르고 계속됐다.

―『목마른 계절』 중에서

　여기서 하열이라는 인물을 살펴보면, 열이야말로 전쟁으로 인해 인간다움을 상실한 비극적 인물이다. 전쟁이 난 후 인민군으로 전쟁에 끌려간 하열은 전쟁터에서 탈출을 시도한다. 이념의 모순과 괴리를 보았기 때문이기도 하지만 그는 이념의 희생자가 되고 싶지 않았기 때문이다. 탈출하여 집으로 돌아오는 중에 하열은 죄도 없이 무더기로 학살당하는 사람들과 시체더미를 목격하게 되고 이념에 대한 이상을 상실하여 좌절한다. 결국 하열의 정신세계는 망가져 가는데 동생 하진과는 다른 양상으로 나타나는 것이다.

　준수하고 총명했던 하열은 대인기피와 불면증, 신경쇠약증세로 폐인이 되고 만다. 정신적으로 무력해진 것만이 아니라 생존하기 위해 식구들을 괴롭히기까지 하는 몰염치하고 비굴한 자가 되어버린다. 무슨 수를 써서라도 식구들이 자신의 시민증을 구해다 주기를 바라며, 피난 중에 인민군을 만났을 때는 실어증에 걸린 사람처럼 "짐승 같은 신음 소리"를 내는 상태로까지 간다. 이런 아들을 지켜보던 어머니도 아들이 인민군에게 총살당하는 모습을 본 후에 결국 실성하고 마는데, 『나목』에서 세상과 단절하고 고립된 채 살다가 죽은 어머니의 모습과 유사하며, 정신병을 앓다가 비극적 죽음을 맞게 된 아들과도 같은 희생자로 이해될 수 있다.

　　열은 심한 피해망상에 사로잡혀 있어 자주 놀라고 까닭 없이 불안해하고 오랜 만에 만난 식구들에겐 서먹서먹하고 냉담했다. 자기 없는 사이에 태어난 찬이에게 조차 전혀 무관심했다. 하다못해 아들인 가 딸인가 조차도 물으려 들지 않았다. 이것이 가장 혜순을 슬프게도 놀라게도 했다. 아내에게조차 그는 낯선 타인일 따름이었다. 늘 깊은 우수에 잠긴 듯하면서 착하고 다정하던 눈매는 이유 모를 불안으로 핏발 섰다가는 조그만 소리에도 곧 튀어나올 듯이 퉁그러졌다.

—『목마른 계절』중에서

이처럼 하열은 심한 피해망상에 사로잡혀 폐인이 되고만다. 주인공에게 있어 "우뚝 솟은 정신의 높이"였던 오빠가 무너지는 모습은 개인의 삶을 무참히 파괴한 전쟁의 폭력성을 상징적으로 보여준다.

소설에서 흔히 거론되는 성격 분열이란 작중인물이 극도로 악화된 상황에 빠져 마침내 비현실적이고 기이하게 생각하고 행동하는 인물로 변화된 것을 가리킨다.[28] 소설 속에서 정신 질환을 앓고 있는 사람이란 정서적으로 괴로움을 느끼는 사람인 것이다. 그들이 느끼는 고통은 갈등에서 야기되는데 그 갈등이란 내면의 요구와 사회적 요구 사이에서 생기는 것이고 이들 요구들에 대해 적절하게 대처하지 못하기 때문에 고통을 느끼게 되고 그 고통을 해소하기 위해서 정신적 증후가 생기게 된다. 그 결과 대인 관계에서 불편을 겪게 되고, 그 때문에 더욱 고립되어 정신적인 고통이 심해지게 된다. 이들이 스스로 고통의 악순환에서 벗어나기란 매우 힘들 수밖에 없다. 따라서 도둑질을 하고, 길거리에서 군인 장교에게 몸을 팔려는 하진과 식량을 구하기 위해 부끄러움도 모르는 뻔뻔한 사람으로 변한 어머니, 아들이 죽자 실성하고 마는 어머니의 모습은 하열과 같이 전쟁이라는 폭력과 혼돈의 시대 속에서 살기 위해 본능만을 추구하는 문제적 개인의 모습으로 변형된 것

---

28) 이상우, 소설의 이해와 작법, (월인, 1999), p. 164.

이다.[29)]

위에서 살펴본 것과 같이 박완서는 전쟁의 폭력성과 경제적 궁핍으로 인해 겪는 갈등을 보여주면서 인물들이 생존 억압에 의해 심리적 갈등을 겪다가 오직 살기 위해 자존심마저 버리는 모습을 탁월하게 형상화하였다. 작가는 궁핍한 현실로 인해 인간성을 상실해가는 과정을 치밀하게 보여줌으로써 전쟁의 의미와 평화의 갈구가 얼마나 절실한가를 역설적으로 보여주었다.

3. 이념적 대립

박완서의 전쟁 체험 소설들은 이데올로기에 대한 이야기보다는 가족과 개인의 피폐한 삶을 중심으로 전개된다. 그런데 비하여 『목마른 계절』은 하진과 하열을 통해 이념적 대립 문제를 보다 중점적으로 다루고 있으며 이데올로기에 대한 이상과 혼란, 대립과 갈등, 전환의 과정을 상세히 살펴볼 수 있는 작품이다.

『목마른 계절』은 이념의 대립으로 인해 벌어진 전쟁과 그 상황에서 살아남기 위해 몸부림치는 생존의 문제를 중심으로 사건과 갈등이 야기되는데, 주로 하진과 하열 남매의 행동과 대화를 통해 구체화된다.

---

29) 개인이 강력한 사회 또는 어려운 상황(전쟁)과 대립이 심해지면 그 인물은 비극적 색채를 띨 수밖에 없다. 그것은 힘의 불균형에서 오는 불가피한 결론이다. 김현은 타락한 사회에서 타락한 방법으로 진정한 가치를 추구하다 보면, 죄인이나 광인과 같은 문제 제기적인 인물이 생겨난다고 말했다. 하진과 같은 개인은 타락한 가치를 지향하는 사람들이고, 폐인이 되어 비극적 죽음을 맞는 하열과 실성한 어머니는 광인과 같은 인물이다. 소설에 있어서는 인물과 세계 사이에 뛰어 넘을 수 없는 단절이 있기 때문에 개인은 사회에서 밀려나 문제적 개인이 되는 것이다.
김현, 문학사회학 (민음사, 1983), pp. 90~91 참조.

먼저 하열이라는 인물을 살펴보면, 열은 한때 좌익운동에 가담했지만 전쟁이 터진 후 공산주의자들의 이중성과 잔혹함에 환멸을 느끼는 인물이다. 그렇다고 공산주의에서 선뜻 민주주의로 전향하지도 못하고서 방관자적인 태도를 취한다. 이에 비해 하진은 하열과 함께 좌익에 가담했었으며 상황과 의지에 따라 과감히 결단을 내리는 분명한 성격의 소유자로 우유부단한 하열의 행동에 불만을 갖는다. 함께 좌익운동을 했던 남매는 의식의 대립을 벌이게 된다.

> 사실 그들은(남매) 며칠씩 얼굴을 맞대고 지내면서도 대화를 피하고 눈싸움만 해온 셈이었다. 진이는 책(責)하듯이 격려하듯이 적극적인 어떤 행동을 열에게 촉구했고 열은 또 그 나름으로 의연하고 애정 깊은 태도로써 외곬으로 줄달음치려는 그녀를 용케 견제해왔다고 믿고 있다. 그러나 그런 팽팽한 대립에서 잠깐 놓여난 지금 열은 진이에게나 또 자신에게나 관대해졌달까, 무책임해졌달까, 생각에 융통성이 생긴다.
> '차라리 진이로 하여금 체험의 기회를 줄까? 뛰어들게 내버려둬야지, 그 외고집은 스스로 겪어 보지 않고는 깨닫기 틀렸으니까. 그렇지만 남매가 똑같은 어리석음을 되풀이해 겪을 필요가 있을까. 더구나 상처 입지 않고 살짝 체험만 할 수 있으란 법은 없지. 그렇지만 어쩌면 진이가 옳을지도 모르지. 그들은 지금 승리자고 앞으로도 쭈욱 승리자 일지도 모른다. 그렇다면 영광의 승리자의 모습은 와신상담의 지하운동자나 냉혈의 혁명투사들과는 좀 다른 모습을 하고 있을지도 모르지 않나? 누구나가 다 혁명가일 수는 없어도 밝은 정치 밑에서라면 누구나가 다 착한 국민일 수는 있지 않은가.'

— 『목마른 계절』 중에서

하진은 하열처럼 "풍랑이나 그물로부터 영원히 소외된 해구(海溝)

를 발견한 어류처럼 안심하고 싶다"고 생각하지만 공산주의 이념을 추구하기 위해 반동분자의 명단도 작성하고 비행기 기금 모집도 하는 등 스스로를 혁명의 대열에 세우면서 협력하는 모습을 보이고자 노력한다. 그러나 시간이 지날수록 하진도 하열처럼 비인간적인 당원들의 행동을 보면서 회의감에 빠진다. 오빠 열이가 인민군에 의해 전쟁터로 끌려가는 사건은 결정적으로 하진에게 이상에 대한 좌절과 분노를 일으키는 분규로 작용한다. 하진은 강제로 끌려가는 다른 가족들을 보면서 이상과 현실의 괴리를 맛보고 점차 혼란에 빠진다.

> 열이 끌려간 밤부터 어쩔 수 없이 그녀의 의식(意識)의 표면으로 부상(浮上)한 공산주의에 대한 반발과 증오가 결코 동기간을 잃은 데서 비롯한 단순한 사감이 아니라는 확증, 즉 많은 사람, 특히 당이 자기들 편이라고 믿고 있는 무산계급도 결코 공화국의 하늘 아래서 행복하지 않다는 확증을 될 수 있는 대로 많이 봐두고 싶었다.
> 그녀는 또 열을 그렇게 되게끔 내버려두고 도와주지 못한 자기가 미워 견딜 수 없다. 그 미움은 열무장수라든가 오이장수, 그밖에 식구들을 위한 힘에 겨운 노동, 또 뭇사람의 적의와 조소 앞에 자기를 세우는 것쯤으로 도저히 갚아질 것 같지 않게 절실하면서도 그렇게라도 하지 않고는 못 배겼다.

─『목마른 계절』 중에서

서울이 인민군에 함락되어 반대쪽을 선택할 수도 없는 상황이지만, 정작 열이 머뭇거리는 까닭은 목적을 위해 수단방법을 가리지 않은 인민군의 실상을 보면서 당원들의 비난과 보복이 두려웠기 때문이다.

공산주의 이념을 고수하는 하진과 회의감에 빠진 하열이 대립하는 부분에서 하열은 자신이 갖고 있는 진실을 보다 솔직하게 털어놓았는데, 그것은 하진도 자신과 같은 생각에 미치고 있다는 것을 알아차렸기 때문이다. 둘은 공산주의 사상에 관심을 가졌던 남매로서 전쟁 중의 처지가 똑같아 심리적인 갈등도 비슷함을 서로 꿰뚫어보고 있는 것이다. 하진은 공산주의 이념을 지향하다가 겉으로는 충실하려고 노력하지만 내면적 갈등에 빠져 결국 이념의 허상을 보게 된 것이다.

> 폭격과 기총소사는 쉬 무슨 끝장을 보고야 말듯이 나날이 격해가, 이제 아주 절정에 다다른 듯했고 이에 따른 처참한 주검과 파괴의 참상에 사람들은 익숙다 못해 목석처럼 무심해갔다. (중략) 죽음이 도처에 있으면서도 상가(喪家)나 통곡은 없었고, 파괴에 뒤따른 건설이 있을 리 없었다.
>
> ─『목마른 계절』중에서

공산주의 사상을 지지하던 하열과 하진이 혼란을 겪으면서 상이하게 변하지만 이데올로기가 진정한 이상이 되지 못함을 깨닫게 된다. 주인공들이 벌이는 의식의 대립과 갈등은 의식의 변화를 보여주는 과정으로서 작품의 주제와 연관된다.

동족간의 싸움이 격해질수록 하진의 갈등은 극심해져 광기보다 더 무서운 무감각과 침묵의 방법으로 폐허가 된 전장을 바라본다. 결국 진이에게 전쟁은 다음과 같이 정의된다.

> 전쟁은 빨갱이라는 손가락질 한 번으로 세상으로 간 목숨, 반동이라는 고발로 산 채로 파묻힌 죽음, 재판 없는 즉결처분, 혈육 간의 총질, 친족 간의 고발, 친우간의 배신이 만들어낸 무더기의 죽음들, 동족간의 이념 싸움이다.
>
> ─『목마른 계절』중에서

위의 대목은 전쟁의 공포와 잔혹함, 극복될 수 없는 후유증을 보여준다. 전쟁을 통해 본 이념의 대립은 진정한 낙원이 아닌 인간의 삶을 파괴하는 무의미한 명분에 지나지 않았던 것이다. 하진은 사상의 대립으로 벌어진 전쟁이 오직 비극을 만들 뿐 어떤 이상도 실현하지 못했다는 이데올로기의 허위성에 대한 비판에 이른다.[30]

그런 와중에 이념에 대한 분명치 않은 열의 행동과 입장은 하진 가족이 공산주의나 자유주의 양쪽 모두에게 매도당하는 결정적 원인이

---

[30] 그러나 이 작품에서 하열과 하진을 통해 제시되는 이데올로기 측면과 비판에 대한 작가 인식은 체험에서 오는 한계를 지닌다. 체험의 소설화는 생생한 상황을 보여주지만 체험에 갇혀버릴 경우에는 '이데올로기' 본질을 제대로 파악할 수 없는 제약이 따른다. 이홍진이 지적한 것처럼 작가가 이데올로기에 대한 허위성을 판단하는 데 객관적 기준이 설정되지 않았기 때문이다. 정규웅도 『목마른 계절』에 대한 글에서 문학 작품이 이데올로기 문제를 다루는 것이 작가의 주관이 객관적 진실을 외면하게 될 가능성이 있기 때문에 어려운 일이라고 지적하였다. (정규웅, "목마른 계절의 세계", 제삼세대 한국문학 - 박완서, 1983, p. 420 참조.)
결국 박완서의 1970년대 한국전쟁 체험을 다룬 소설들에서 특히 이데올로기를 다룬 작품은 위와 같은 한계를 지니고 있음을 이해해야 한다. 이는 작가의 말에서도 어느 정도 입증된다.
"6·25전쟁에는 두 가지 형태의 죽음이 있었습니다. 그 하나는 반동이라고 해서 이북에서 죽인 것이고, 다른 하나는 빨갱이라고 해서 이남에서 죽인 죽음입니다. 그런데도 저는 모든 죽음을 빨갱이가 반동해서 죽인 것으로만 썼었습니다. 이렇게 정직하지 못했던 것, 정직할 수 없는 것이 앞으로의 전쟁문학에서도 큰 문제라고 생각됩니다. 양쪽이 다 이데올로기에 눈이 멀어 얼마나 비인간적이며 잔혹했던가를 똑같이 증언하고 싶은데 못했던 것, 이것은 제 경우만 아니라 다른 작가들에게도 공통되는 문제라고 생각합니다." (박완서, "6·25분단문학의 민족동질성 추구와 분단극복의지", 한국문학 (1985. 6), p. 49)
이렇게 6·25전쟁을 객관화시켜 작품화할 수 없었던 것은 6·25 동란이 지닌 문제점과 그 상처가 개인적·민족적·역사적으로 아직까지 해소되지 못했기 때문이라고 볼 수 있다. 『목마른 계절』은 한국전쟁의 본질적인 측면에서 이데올로기에 대한 심도 있는 접근은 아니지만, 그럼에도 불구하고 이 작품은 작가의 체험을 바탕으로 당시 전쟁의 명분으로 표방되었던 이데올로기의 허상이 인간의 삶을 얼마나 파괴시킬 수 있는가를 직접적으로 드러내고 있어 의미가 있다. 이처럼 박완서는 이념적 대립과 혼란, 갈등을 작가의 체험을 기초로 비판하면서 한 개인이 살아남아야 하는 생존의 문제를 새롭게 부각시키고 있다.

되고 만다. 소심하고 내성적인 열의 성격은 그를 비극으로 몰아 전쟁터에 의용군으로 끌려가 큰 충격을 받는다. 이념이 분명치 않은 하열에게 전쟁터에서의 싸움은 이미 의미가 없는 것이며, 공산주의자들에겐 비겁한 인민군으로 자유주의자들에겐 빨갱이로 총살의 대상이 되어버린다.

이렇게 하열은 갈등을 해소하지 못하고 더욱 악화되어 비극적 삶을 살게 되었다. 이는 갈등 발생 요인이 개인의 의지로 쉽게 해결할 수 없는 이유때문이기도 하지만, 주인공의 성격과도 관련이 있다. 일반적으로 소설에서 주인공의 행복과 불행한 결말을 낳게 하는 필연성은 주인공을 중심으로 일어나는 사건들을 살피는 데서 나타난다. 주인공은 누구며, 주인공은 어떤 정신의 소유자인가, 다시 말해서 주인공은 어떤 성격을 지닌 자인가, 자기에게 닥친 문제를 해결할 수 있는 사고 능력 수준은 어느 정도인가, 그리고 주인공에게 영향을 미칠 수 있는 외적·환경적 요인으로서의 운명이나 구원자의 유무에 대해 살펴보는 것이 중요하다.[31) 그런데 하열은 지적인 사람이긴 하지만 우유부단한 성격의 소유자로 심약하여 자신에게 닥친 문제를 해결하지 못한다. 그렇다고 하열을 고통으로부터 벗어나게 도와주는 구원자도 나타나지 않고 환경의 변화도 일어나지 않는다. 하열은 결국 갈등을 적절히 해소할 수 있는 길을 찾지 못하고 정신이 황폐해지는 지경에까지 이르게 된다.

결말에서 하열은 1·4 후퇴 때 광기서린 인민군에게 총살당하고 마는데 하열이 인민군 장교 황소좌의 총에 맞아 죽게 되는 사건 또한 상징적이다. 겉으로나마 이념에 충실했던 하진이 이념을 포기하고 생명

---

31) 이상우, 앞의 책, p. 323.

을 중시하는 모습으로 돌아가는데 결정적인 계기가 된 사건이기 때문이다. 이념의 대립으로 인해 비참한 죽음을 맞게 된 오빠의 기억은 바로 박완서와 작중 인물을 끊임없이 괴롭히며 내·외적 갈등을 일으키는 중요한 원인으로 되풀이되었다.

『그 산이 정말 거기 있었을까』에서 주인공 가족은 『목마른 계절』에서와 같이 인민군의 강요에 의해 북한으로 피난을 가는데, 피난길에서 본 불탄 마을은 이념의 대립이라는 명목으로 인간이 저지른 참혹한 죄악을 묘사한다.

> 특히 국도 연변 마을의 파괴상은 참담했다. 꽤 큰 마을이 장독만 남겨 놓고 잿더미만 남은 데도 있었다. 초가집이 불타, 가볍고 고운 잿더미로 폭삭 내려앉은 집터를 지키고 있는 장독대의 아름다움은 너무 천연덕스럽고 기품이 있어 혼령이 깃들여 있는 것처럼 보였고, 그 마을의 고요는 묘지의 그것처럼 유구해 보였다. 평화로운 농촌을 이렇게 철저하게 파괴한 게 미군의 폭격이든 인민군의 방화이든 잊거나 용서한다면 인간도 아니라는 생각이 들었다. 그러나 평화의 이름으로도 용서할 수 없는 이런 정당한 분노가 바로 인간스러움일진대 어찌 이 땅의 평화를 바라겠는가 싶은 것도 우리를 혼란스럽게 했다.

> ─『그 산이 정말 거기 있었을까』 중에서

위의 예문에서 가족이 죽고 첫 추위가 닥쳐 한 방을 쓰게 된 모습은 어머니, 올케, 나 세 사람이 겉으로 표현하지는 않으나 서로를 미워하고 원망하는 갈등 관계를 보여준다.

> 보셔요, 엄마. 두고 보셔요. 엄마가 그렇게 억울해하는 건 당신의 생쌀을 찧어서 남의 가문에 준다는 생각 때문인데 두고 보셔요. 나는

어떤 가문에도 안 속할 테니. 당신이 나를 찢어내듯이 그이도 그의
어머니로부터 찢어낼 거예요. 우린 서로 찢겨져 나온 싱싱한 생살로
접붙을 거예요. 접붙어서, 양쪽 집안의 잘나고 미천한 족속들이 온통
달려들어 눈을 부릅뜨고 살펴봐도 그들과 닮은 유전자를 발견할 수
없는 전혀 새로운 돌연변이의 종(種)이 될 테니 두고 보세요.

─『그 산이 정말 거기 있었을까』 중에서

주인공 '나'가 어머니에게 내뱉는 독설은 모녀의 갈등의 상태를 보
여줌과 동시에 그녀의 내부에서 혼란스럽게 갈등을 일으키던 이념의
대립이 이제는 무의미해졌음을 보여준다. 하열이 죽기 전, 피해망상에
사로잡힌 채 하열이 버럭 악을 썼던 장면과 같은 의미를 지닌다. 똑같
은 상황의 반복은 하열이 처음 공산주의에 대한 이념에 충실하려는 하
진을 보면서 상처받지 않을까 염려했던 것이 실제가 되었음 보여준다.
결국 생존의 위협을 견디며 집으로 돌아온 하진에게 있어서 인민군에
게 총살당한 오빠의 죽음은 작품의 클라이맥스로 공산주의의 한계와
이데올로기의 비판의식으로 전환하는 최종적인 결말을 암시한다.

"이 동족간의 전쟁의 잔학상은 그대로 알려져야 한다고 나는 생
각해요. 특히 오빠의 죽음을 닮은 숱한 젊음의 개죽음을, 빨갱이라는
손가락질 한 번으로 저세상의 간 목숨, 반동이라는 고발로 산 채로
파묻힌 죽음, 재판 없는 즉결처분, 혈육 간의 총질, 친족 간의 고발,
친우간의 배신이 만들어낸 무더기의 죽음들, 동족간의 이념의 싸움
아니면 도저히 있을 수 없는 이 끔찍한 일들을 고스란히 왜래 기억돼
야 한다고 나는 생각해요." (중략) 결국 이데올로기라는 것도 사람을
잘 살게 하기 위해 사람이 만들어 낸 거지 이데올로기 나고 사람 난
건 아니잖나하고."

─『목마른 계절』 중에서

하진에게 이념은 "세상에 널린 숱한 불공평에 대한 분노"에서 출발 했으나 "전쟁이 살육과 파괴만이 목적이 아닐진대 반드시 썩고 묵은 질서의 붕괴의 찬란한 새로운 질서의 교체가 뒤따를 것이 아닌가?"하 고 생각했다. 그러나 역시 본질적으로 그 실상이 무엇인지도 모르는 자들이 가진 이데올로기에 대한 막연한 환상이었던 것이다.

> 오빠는 죽어 있었다. 복중의 주검도 차가웠다.
> 그때가 몇 시인지 우리는 묻지 않았다. 엄마도 자다가 옆에서 끼 쳐 오는 싸늘한 냉기 때문에 깨어났을지도 모른다. 체온 외엔 오빠가 살아 있을 때하고 달라진 건 아무것도 없었다. 눈 똑바로 뜨고 지키 고 앉았었다고 해도 아무도 그가 마지막 숨을 쉬는 순간을 포착하지 못했을 것이다. 총 맞은 지 팔 개월 만이었고, 거기(오빠의 죽은 전 처 가댁)다녀온 지 닷새 만이었다. 그는 죽은 게 아니라 팔 개월 동안 서 서히 사라져 간 것이다.

> —『그 산이 정말 거기 있었을까』중에서

오빠의 죽음을 묘사한 부분은 이념에 대한 이상을 갖고 있던 젊은 청년이 이데올로기로 인한 대립을 겪으면서 좌절하고 절망하면서 죽 어간 삶을 처참하게 보여준다. 전쟁의 막바지에 인민군 황소좌가 하열 을 총살하는 장면은 이데올로기의 허상을 보여줌과 동시에 먹고 먹히 는 당시의 광포한 보복의 극치인 것이다. 황소좌 역시 "내 식구도 너희 국방군 놈의 총에 죽었어!"라고 말하는 대목에서 알 수 있듯이 복수심 에 의해 거듭되는 광기는 이미 이데올로기의 의미를 가려버린 것이다. 결국 이념적 대립으로 인해 오빠와 갈등하면서 본인 스스로 혼란에 빠 져 내적 갈등을 겪게 되었고, 남과 북의 이념적 대립의 광포한 잔학성

을, 무엇보다 비참한 죽음을 당한 오빠를 보면서 하진은 이데올로기의
허상을 본 것이다.

> 어떤 집 담장 안에선 큰 목련나무가 빈틈이라곤 없이 피어있었다.
> 목련으로선 좀 늦게 핀 게 그 집도 비어 있으리란 추측과 함께 돌아
> 보고 또 돌아보게 했다. (중략) 백색의 맨 밑바닥 같기도 극에 달한
> 절정 같기도 했다. 북으로 피난 가면서 폐허가 다 된 마을에서 막 부
> 풀기 시작한 목련 꽃봉오리를 보고 외친 미쳤어! 소리가 또 나오려고
> 했다. 이번엔 광기에 대한 겁먹음이었다. 불길한 걸 피하듯이 그 집
> 앞을 지나쳐오면서 그 백색과 꼭 닮은 또 다른 백색이 의식의 밑바닥
> 에 늘러 붙어 있다가, 오래 전에 굳어 버리고 딱지 않은 감수성을 긁
> 어 대는 듯한 가려움증을 느꼈다.
> 마침내 그건 흰 옥양목을 미전하고 또 미전하고, 들입다 방망이질
> 하고, 또 미전하기를 원수지듯 되풀이해서 도달한, 마지막 빛깔로 해
> 입은 청상의 소복하고 똑같은 백색이었다는 걸 깨달았다.

─『그 산이 정말 거기 있었을까』 중에서

이념적 이상도 현실과의 괴리를 통해 서서히 사라져 갔음을 상징적
으로 나타내는 대목을 자연물에 대한 묘사로 표현한 부분이다. 소설가
는 주인공의 감정을 액면 그대로 토로하지 않고, 그것을 객관화하기
위하여 어떤 심상, 사건, 상징, 즉 객관적 상관물을 이용한다.[32] 위의
예문은 목련나무라고 하는 객관적 상관물을 이용하여 묘사한 부분으
로, 인간의 감성까지 변화시킨 이념적 대립과 갈등이 얼마나 허무한
것이었는지를 탁월하게 나타내고 있다. 사물의 묘사를 통하여, 즉 객
관적 상관물을 이용하여 간접적으로 주인공의 내면세계나 주인공의 .

---

32) 이상우, 앞의 책, p. 101.

감정을 객관화하고 있는 것이다. 더불어 이데올로기로 인한 갈등과 그로 인해 겪게 된 인간의 비극적 삶을 한층 강조하면서 작품의 주제를 객관화하는 데 크게 성공하고 있다.

이처럼 이념적 대립으로 인해 친척과 이웃들 간에 겪는 갈등은 물론 한 가족 내에서 벌어지는 대립을 살펴볼 수 있었다. 무엇보다 주인공 남매를 통하여 내적으로 극심한 혼란과 갈등을 겪는 이유가 이념적 대립으로 인한 것임을 알 수 있었다.

요약하건데, 『목마른 계절』과 『그 산이 정말 거기 있었을까』에서 나타난 이데올로기로 인한 대립과 갈등은 전쟁과 이념이 개인의 삶에 있어서는 비극을 만들뿐이었으며, 이상은 이상일 뿐 허상에 불과했다는 이데올로기의 허위성에 대한 비판 의식이 깔려있음을 알 수 있었다. 하진과 하열 남매가 이데올로기로 인해 대립하고 갈등하는 모습은 표면적으로는 다른 양상을 보이는 것 같지만 이데올로기 전쟁의 희생양이라는 점에서 동일하고, 이념적 대립으로 인한 갈등은 이데올로기 비판과 부정의 작가 의식을 보여주는 동시에 생존 문제의 비극성을 강조하고 있다.

4. 이산가족의 상처

박완서 소설의 주인공들은 전쟁이 끝난 뒤에도 여전히 다양한 갈등을 겪게 되는데 그 요인은 바로 이산가족의 상처 때문이다. 이산가족과 실향민의 상처와 그들이 현실의 벽에 부딪혀 갈등하는 이야기는 「세상에서 제일 무거운 틀니」, 「겨울 나들이」, 「재이산」, 『그해 겨울은 따뜻했네」등에 잘 나타난다.

「세상에서 제일 무거운 틀니」는 친척의 월북이나 친공 행동으로 인제 연좌제로 신음하는 한 가정의 이야기를 다룬 소설이다. 가정주부인 '나'가 6 · 25 전쟁 때 의용군으로 나간 오빠가 간첩으로 남하한다는 사실 때문에 겪는 내용인데, 그로 인해 식구가 정보기관에 연행되고 미행당하는 수모를 겪는 일, 간첩 처남을 두었다는 이유로 남편이 승진에서 밀려난 일은 주요 분규이다.

① 남편이 나를 보는 그 시선, 성한 사람이 문둥이를 보는 것 같은 증오와 연민의 시선으로부터 자유로워지자. (중략) 실상 나는 두려웠다. 이혼 이야기를 하자면 꼭 '그 일'을 털어놔야겠고, '그 일'을 안다면 그녀(옆집 설희 엄마) 또한 내 남편처럼 성한 사람이 문둥이 보듯 나를 보면 어쩌나 싶어서였다.

―「세상에서 가장 무거운 틀니」 중에서

② 오빠가 나타나기 전에 이미 그 전능한 선글라스(정보기관 사람)에 의해 십팔 평 블록집의 안일은 빼앗긴 거나 마찬가지였다. 남편이 점점 거칠어지며 폭음이 잦아졌다. 장가를 잘못 가서 신세를 망쳤다는 것이다. 간첩 처남을 두었으니 무슨 수로 승진을 하겠느냐. 승진은커녕 모가지가 날름 날아갈지 몰라 전전긍긍하다가 집구석이라고 찾아 들어와야 언제 또 간첩 처남이 돌아와 총을 들이댈지 모르니 술이라도 안마시면 어쩌겠느냐고 고래고래 고함을 쳤다.

―「세상에서 제일 무거운 틀니」 중에서

①과 ②의 예문에서 보듯이 남편은 아내를 문둥이 보듯 대하다 못

해 폭력을 일삼아 주인공은 이혼을 생각해야 하는 내적 갈등에까지 이른다. 그러나 '나'에게 있어 이혼이란 생활이 송두리째 망가지는 것과 다름없다. 그런데도 불구하고 이혼까지 생각하는 까닭은 북에서 넘어와 언제 찾아올지 모르는 오빠 때문이다. 남편은 간첩 처남 때문에 자신의 욕망이 좌절되었다고 생각하고 갈수록 '나'를 괴롭혀 '나'는 이중으로 중압감을 느끼면서 살고 있다. 주인공은 전쟁 때 헤어진 오빠가 못 견디게 그립지만 오빠와의 만남은 그리움을 해소시키는 화합의 의미보다는 현재의 삶이 또다시 파괴될 수 있다는 불안으로 다가와 오빠와 남편에 대한 죄의식이 더욱 커진다. 그렇게 고통 받다가 '나'는 급기야 자신을 "문둥이"와 같은 존재로 비하한다. 이렇게 '나'를 비참하게 만든 근원은 이산과 분단의 현실이다. 개인의 의지로 어찌해볼수 없는 '나'는 자신에게 갈등을 겪게 한 국가와 사회 현실에 대해 부정적일 수밖에 없다. 한편 옆집 설희 네는 한국에서의 삶에 희망을 갖지 못하고 이민을 가게 되는데 이민 가는 설희 네를 배웅하는 장면은 이 작품에서 의미심장하다.

> 움짝달싹할 수 없으면서도 펄펄 뛰지 않고는 또 못 배길 것 같은 중압감과 동통이 여전하지 않은가. 이미 입 속엔 빼버릴 틀니도 없는데……. (중략)
> 나는 비로소 깨닫는다. 여직껏 얼마나 교묘하게 스스로를 이중 삼중으로 기만하고 있었나를. 내 아픔은 결코 틀니에서 기인한 아픔이 아니었던 것이다. (중략)
> 나는 설희 엄마가 부러워서, 이 나라와 이 나라의 풍토가 주는 온갖 제약으로부터 자유로워진 그녀가 부러워서, 그녀에의 선망과 질투로 그렇게도 몹시 아팠던 것이다.
>
> ─「세상에서 가장 무거운 틀니」 중에서

작품의 결말이기도 한 위의 예문에서 '나'가 느끼는 틀니의 통증은 매우 중요하다. 중압감과 동통은 분단현실에서 이산가족이 겪는 고통스런 삶을 상징적으로 보여주기 때문이다. 빼버릴 틀니도 없는데도 아픔이 여전하다는 것은 개인의 삶을 짓누르는 사회적 제약과 이산가족의 상처를 나타내는 것이며, 쉽게 나을 수 없는 사회 현실, 이산가족의 심리적 고통을 안타깝게 보여주고 있다.

『그해 겨울은 따뜻했네』와 「재이산」 또한 6·25 전쟁으로 인해 가족이 해체될 수밖에 없었던 시대적 상황과 그 이후 이산가족들이 다시 결합하는 과정에서 겪는 갈등을 잘 보여주고 있다.

『그해 겨울은 따뜻했네』에서 수지가 오목이를 내버린 데에는 전쟁중이라는 시대적 배경이 불가항력적으로 작용하기도 했지만, 수지라는 위선적 인물의 간교함 때문이기도 하다. 전쟁으로 인한 상처를 가지고 있고 이로 인해 동생을 잃어버렸다는 비극을 가지고 있지만 동시에 핏줄보다는 자신들의 행복만을 추구하는 이기심이 수철과 수지를 통해 나타난다. 그리고 오목이의 삶을 통하여 전쟁으로 인해 혈육으로부터 유기당하는 운명, 고아원의 생활과 고학, 애인에게 버림받고 죽어가는 모습을 보여주는데, 이것은 전쟁과 분단문제로 인해 비극적 운명의 삶을 살다 간 인간의 모습을 형상화한다. 전쟁과 분단의 사회적 변화 속에서 긴장과 갈등이 발생하게 되며 오목이와 같이 일방적인 희생을 치르는 하층 계급의 절망과 분노가 뒤따르게 된다. 그 구체적 상황을 보면 다음과 같다.

> 그들이 그의 사치와 안일과 온갖 향락을 얼마든지 누릴 수 있는
> 상류사회 귀부인들이기 때문에 미담의 영향력은 더욱 컸다. (중략)
> 한번 헐벗은 아이를 안아주고 나면 손을 씻고 또 씻고 옷 갈아입고

나야 자기 아이를 안아 줄 수 있고, 고아와 자기 자식을 같은 식탁에 앉히는 일은 감히 상상도 할 수 없는 게 그들의 실상이었지만 비친 그들이 성녀인한 그들은 성녀였다. 그들은 한동안 세상에 비친 자신의 허상을 자신의 참모습으로 착각하며 자연스럽게 성녀의 꼭두각시놀음을 해냈다.

—『그해 겨울은 따뜻했네』 중에서

오목과 성장 배경이 다른 수지와 수철의 이기심 또한 오목과의 화합을 더욱더 불가능하게 만들어 결국 오목을 비참한 죽음으로까지 몰고 가게 만드는데, 이들 작품에서는 이산가족이 다시 만났지만 가족 구성원 내에서 상반된 계층의 양극을 보여줌으로써 가족 간의 절대적인 이질감을 좁히지 못해 또 다시 갈등하게 된 것이다.

햇빛 말고는 넉넉한 거라곤 아무 것도 없는 동네였다. 찌그러진 상자곽 모양의 간살 좁은 집들이 루핑 아니면 슬레이트 조각으로 간신히 하늘을 가리고 서 있었고 꼬불꼬불한 골목길은 사람이 오로지 일방통행밖에 못하게 좁아터졌고, 지칠 대로 지쳐 뵈는 행인이 손에 든 거라곤 겨우 봉지쌀이나 새끼에 꿴 한두 장의 연탄이 고작이었다.

—『그해 겨울은 따뜻했네』 중에서

수철, 수지 남매와 몽동필 씨 친척들의 중산층 편입과 오목이와 몽동필 씨네 하층민 생활은 계층의 극명한 대조를 보여주며 이산가족의 만남만으로 해체된 가족이 화합될 수 없음을 시사하고 있다. 그에 비해 「겨울 나들이」는 아직 이산가족을 만나지 못해 더욱 고달픈 삶을 사는 사람의 이야기이다. 남쪽에서 이미 한 가정을 이루고도 북쪽에 두고 온 가족에 대한 그리움과 상처를 가슴에 묻고 사는 남편과 이를 지켜보면서 살아야하는 아내의 힘겨운 삶을 통해 역시 극복될 수 없는 전쟁과 분단의 문제가 드러난다.

여자의 질투를 위해선 휘어잡을 머리채가 마련돼 있어야 하는 법이다. 그러나 나는 지금 누구의 머리채를 휘어잡을 수 있단 말인가. 나는 점잖게 예사롭게 굴 수밖에 없었고, 그건 여간 고통스러운 게 아니었다. 발산시키지 못한 질투심은 여직껏 산 게 온통 헛산 것 같은 허탈감으로 이어졌다.

―「겨울 나들이」 중에서

주인공으로 하여금 갈등을 겪게 만든 요인은 분단과 이산 문제로 고통을 마음껏 발산할 수조차 없어 더욱 힘겹다. 그렇다고 개인의 힘으로 해결할 수도 없는 문제인 것이다. 이렇듯 작가는 이산가족의 상처 때문에 갈등이 발생되어 주인공이 고통에 처하게 되는 이야기를 반복적으로 그리면서 이산가족에 대한 그리움이 간절함에도 불구하고 그들을 화합할 수 없게 만드는 분단 상황과 사회적 문제점을 지적하고 있다.[33]

이밖에도 이산의 문제와 세대 간의 도덕관의 차이로 대립과 갈등이

---

33) 전쟁으로 인해 죽은 사람들과 피난민, 이산가족의 문제는 전쟁이 낳은 비극이다. 특히 전쟁으로 인한 강제적 인구 변동은 전쟁이 끝난 후에도 더 큰 상처로 사회문제를 야기했다. 이러한 인구 변동의 충격은 뒤이어서 벌어지는 사회적 현상으로서의 계급 변동, 기존 사회 질서의 변질, 가치 체계의 혼란 등의 선행 요인으로 작용하기도 했다. 이러한 계급 변동은 전쟁 후 대부분의 사람들은 영세민이 되었고 기존의 중산층이 경제적 토대를 잃어버리게 되고 이어서 새로운 중산층 계급이 형성되었다.
김경동, 전쟁 사회학과 시론 (현대사, 1980), pp. 253~254 참조.

벌어지는 「아저씨의 훈장」과 역시 전쟁으로 파괴된 윤리관이 잘 나타
난 「부끄러움을 가르칩니다」, 동화작가가 6 · 25 방송 특집극에서 이
데올로기 대립에 대한 극복 방안을 구상하는 「어느 이야기꾼의 수렁」,
「아저씨의 훈장」등도 이산가족의 문제, 분단현실로 인해 갈등을 겪는
이야기들이다. 작중 인물들은 대부분 상처와 피해의식으로 현실 앞에
서 무력함을 느끼는데 이들 작품은 분단이라는 사회 현실이 전쟁 이후
사람들을 어떻게 위축시키고 황폐화시켰는지를 잘 보여준다.

> 월북 당시 삼촌은 미혼이었으므로 남긴 가족도 없는데다가 나는
> 삼촌에 대해 아무 얘기도 안 했으므로 그 때까지 아이들에게 삼촌은
> 없었던 거나 마찬가지였다. 그러니까 나는 의식적이었든 무의식적
> 이었든 간에 삼촌을 말살해 버렸던 것이다. 그런 삼촌이 느닷없이 소
> 생해서 아들의 장래를 가로막고 나선 것이다.
>
> ― 「돌아온 땅」 중에서

「돌아온 땅」에서는 분단 이후 우리 사회의 냉전적인 사고가 뿌리
깊게 자리 잡혀 이산가족 찾기의 열정만큼 이기주의와 현실적인 속내
를 신랄하게 폭로하면서 이산가족의 이중적 고통과 갈등을 보여주고
있다.

> 그는 전화 목소리가 그가 찾고 있는 가족이거나, 최소한 가족의
> 소식이라도 알고 있는 사람이려니 짐작하면서도 예상한 감동이나
> 기쁨은 일지 않았다. 이질감 때문이었다.
>
> ― 「재이산」 중에서

「재이산」에서도 전쟁 통에 고아가 된 몽동필 씨를 친척들이 돌보지 않아 할아버지가 직접 고아원에 버리는 사건이 발생한다. 두 작품 모두 이산가족의 재회문제를 다룸으로써 분단과 이산문제로 인해 개인과 가족이 겪는 갈등과 분열을 보여주고 있으며 개인의 힘으로는 어쩔 수 없는 요소 외에 개인의 이기심에 의해 고의적으로 행동한 결과라는 것도 갈등 원인으로 날카롭게 제시한다.

> 지금 울고 있는 건 사랑 때문이 아니라 비애 때문이었다. 그러나 젊디젊은 수의사가 그것을 어찌 알 수 있으랴. 인간의 첩첩하고도 깊고 깊은 오지(奧地)에 있는 그 알 수 없는 비애(悲哀)에 대해 나 또한 그것을 막아내지 못해 통곡했을 뿐 거기에 대해 무엇을 안다고 할 수 있으랴.
>
> ─「비애의 장」 중에서

'이산가족 찾기'가 빚어내는 가족들 간의 얽히고설킨 이해관계를 풍자적으로 그리고 있는 「재이산」과 「비애의 장」 등은 인물이 갈등을 해소하기 위해 소극적이나마 의지를 보이기도 하지만 개인의 삶을 망가뜨린 역사적·사회적 현실 앞에 분노하다가 결국에는 절망하고 만다. 이렇듯 이산가족의 상처는 재회한 순간부터 또 다른 갈등을 야기해 화합의 열망을 실현할 수 없게 되는 비극적 현실을 보여준다.

『그해 겨울은 따뜻했네』, 「재이산」, 「비애의 장」, 「아저씨의 훈장」 등은 이산가족의 상처로 인해 갈등을 겪는 모습을 사회적 구조 속에서 나타나는 갈등으로 확대하였다. 이산가족이 진정으로 화합될 수 있기 위해서는 개개인의 인식의 확대와 사회구조적인 측면에서의 해결이 먼저 이루어져야 함을 강조하고 있다. 주로 이산가족들의 헤어짐과 재

결합을 소재로 하여 이산가족의 상처로 인한 갈등을 보여주는 작품들은 심층적으로 중산층과 하층민의 대립적 상황을 신랄하게 비판하면서 이산가족들의 진정한 화합이 불가능한 이유를 가진 자들의 의도적인 회피 때문이라고 꼬집고 있다. 특히『그해 겨울은 따뜻했네』는 분단과 이산 문제를 처음부터 사회와 역사의 역동적 구조와 연결시켜 다룸으로써 이전의 작품에서 꾸준히 등장하던 오빠의 죽음, 모녀 관계라는 가족사적인 모티프에서 완전히 벗어나 사회적 차원에서 분단과 이산 문제를 바라보고 있어 더욱 의미심장하다. 이렇듯 작가는 이산가족의 상처로 인해 발생된 갈등을 보여주면서 중류계층의 일상성과 속물근성에 대한 비판으로까지 나아간다. 이러한 작가 의식은 인간적 가치 상실이라는 사회·윤리적인 문제로 집약된다고 볼 수 있다.

지금까지 살펴본 바와 같이 전쟁 체험으로 인한 갈등은 개인의 삶을 고통스럽게 만들었다. 주인공의 삶을 갈등의 연속으로 만든 구체적인 갈등 발생 요인은 오빠의 죽음과 인간성 상실, 이념적 대립과 이산가족의 상처로 정리할 수 있다.

작가는 이러한 갈등 발생 요인으로 고통스럽게 살아가는 인물의 이야기를 함으로써 전쟁 체험과 분단 현실 속에서 뒤틀리고 마비된 윤리 의식과 사회 곳곳에 산재하는 가족 갈등을 계층 간의 갈등, 세대 간의 갈등으로 형상화시켜 그 갈등을 해결하기가 얼마나 어려운가를 탁월하게 보여주었다. 핏줄보다는 자신들의 안위만 추구하고 이기심만을 찾는 사람들, 전쟁과 혈육으로부터의 유기, 고아가 되어 성장한 사람들, 사회의 편견으로 또다시 갈등하는 모습을 리얼하게 보여줌으로써 박완서는 이산의 비극상을 보여주었다. 또한 분단 현실을 유지시키고 있는 이기심과 사회적 편견으로 인해 분단 상황은 더욱 견고하게 자리 잡아 간다는 의미심장한 주제 의식을 내포하고 있음을 알 수 있다. 작가는 전쟁과 분단 체제로 인해 겪는 개개인의 갈등을 보여주면서 개인적 상처가 아니라 우리 모두의 무참히 토막 난 상처라는 인식을 강조하고 있는 것이다.

Ⅲ. 유교적 가부장제로 인한 갈등

박완서 소설에서 주인공들은 전근대적 제도와 관습으로 인해 갈등을 겪는데 구체적으로 유교적 가부장제에서 비롯된 문제들이다.

인류학자 말리노프스키(Bronislaw K. Malinowski)는 "가족 간의 갈등을 일으키는 커다란 원천이 가부장제(家父長制)에서 비롯된다"[1]고 주장한 바 있다. 남성이 절대적 권위를 부여하는 가부장제 사회로 변하면서 가족 간의 갈등이 유발되기 시작했다는 것이다. 가부장(家父長)이란 가족의 우두머리인 가장을 의미하며 가부장제란 가장의 가족 성원에 대한 지배를 가능케 하는 체계를 뜻한다. 그러한 지배체계는 남성간의 위계질서와 여성에 대해 남성 우위의 위계질서로 나타난다. 하트만(Hartmann)은 이러한 가부장적 체계가 "물적 기반을 지닌 사회관계이며, 동시에 여성을 통제할 수 있도록 남성들 간에 위계와 결속이 나타나는 일련의 사회적 관계"[2]라고 정의하였다. 따라서 가부장제

---

1) 거다 러너, 강세영 역, 가부장제 (당대, 2004), p. 49.
2) 여성평우회, "자본주의 · 가부장제 · 성별분업", 제 3세계 여성 노동 (창작과비평사, 1985), p. 179.

란 남성에 의한 여성 지배를 뜻한다고 볼 수 있다.

사회학자들에 의하면 한국의 가부장제는 초기 국가형태를 띠어 온 삼국시대부터 형성되었다고 한다. 그 후 고려 말에 주자학이 도입되면서 가부장제가 강화되었으며, 이어 조선시대에 들어오면서 유교적 이념의 사회질서가 확립됨에 따라 가부장제는 보편적 사회제도로서 확립되었다.[3]

가부장제의 결과 남성들은 경제권을 독점하고 사회적 지위를 얻었고 반면에 여성은 순수한 부계혈통을 유지하기 위해 오로지 아이를 낳아 집안의 대를 이어가는 남성의 예속적인 존재로 떨어졌다. 예컨대 남편은 아내의 하늘이므로 아버지처럼 공경하고 섬겨야 했다. 남편 앞에서는 몸가짐을 조심스럽게 하고 잘난 체하지 않으며 매사에 순종하고 그 뜻을 거스르지 않아야 했다. 아내는 집안에서 옷과 음식을 만들고 손님을 접대하는 일을 주관하되 가정의 중요한 일에 대하여 자기주장을 해서는 안 되고 정치에 관여해서도 안 되었다. 총명하고 재주가 있는 여자라 할지라도 아내는 자기를 낮추고 가장을 내조하는 일에만 힘써야 했다.

시대가 많이 바뀌었지만 예나 지금이나 한 가정의 어머니는 가부장제 가족의 구성원으로 남아선호사상을 가지고 있다. 특히 전통적 여성은 '출가외인(出嫁外人)'으로 가부장제 울타리 안에 시집 와서 아들만 낳으면 어머니라는 지위로 격이 올라갔다. 그 아들이 장가를 들어 아내를 얻으면 당당한 권위자인 시어머니가 된다. 아들을 낳지 못하는 것을 '칠거지악(七去之惡)'의 하나로 받아들이며 살아온 우리의 어머니들에게 있어서 아들에 대한 집착은 당연한 것인지도 모른다. 개인의

---

3) 여성한국사회연구회, "한국여성의 과거와 현재", 여성과 한국사회 (사회문화연구소, 1994), p. 45.

삶보다 가문의 대를 이을 수 있는 아들을 낳아야만 진정한 가족 구성원으로 자리 매김을 할 수 있었기 때문이다. 자신의 자궁에서 나온 아들을 통해 가족 내의 지위를 얻고 사회적인 대우를 받을 수 있었기 때문에 여성은 아들 낳아 잘 키우는 일에 정성과 헌신을 쏟아야 했다. 그러다 보니 여자보다는 남자를, 딸보다는 아들에게 집착하며, 여성(딸)보다 남성(아들)들이 좀더 우월하다고 여기는 남성우월주의 사고가 생겨났다.

이렇듯 여성을 가혹하게 몰아붙였던 가치관과 규범은 수없이 많았다. 삼종지도(三從之道), 칠거지악(七去之惡), 남녀유별(男女有別)과 같은 가치관은 남성이 여성의 위에서 군림하도록 거들었던 문화적 장치이다.[4] 이러한 가치관은 강제적으로 여성의 삶에 자리 잡고 여성 스스로 이를 받아들임으로써 남성지배 문화가 지속되어왔다. 이에 대해 페미니스트들[5]은 여성도 남성과 똑같이 평등하다는 것을 강력히 외치기 시작했다. 그 결과 여성들은 남성들의 독점지대였던 산업전선에 본격적으로 뛰어들기 시작했고 차츰 경제적으로나 정신적으로 독립해 나갔다.

우리나라에서도 80년대 후반부터 여성해방운동이 활발히 전개되었다. 해방 후 한국사회가 비교적 빠른 속도로 진행된 산업화·도시화

---

4) 여성을 위한 모임, 일곱 가지 여성 콤플렉스 (현암사, 1992), pp. 44.
5) 페미니즘(Feminism : 여성주의)은 여성의 사회적 지위가 불평등하다는 문제 인식에서 출발하여 그 현상을 파악하고 개선하기 위해서 필요한 전략과 방법을 연구한다. 이를 위해 페미니스트들은 남녀불평등의 본질과 기원, 변천과정을 연구해왔는데 여기서 페미니즘의 여러 입장이 나타난다. 여성의 불평등은 교육이나 각종 기회, 법률 등 여성에게 불리한 사회제도에 문제가 있다고 보는 자유주의 페미니즘, 정치·경제·문화 등 사회구조 차원의 문제에서 비롯된다고 보는 사회주의 페미니즘으로 나눠진다.
거다 러너, 앞의 책, pp. 98~100 참조.

과정은 한국 가족구조와 가치관을 변화시켰고 이에 따라 한국여성의 위치는 과거와 비교해 볼 때 많은 변화를 가져왔다. 산업화에 따른 가족구조는 핵가족화, 여성의 고학력화를 가져왔고, 사회참여로 여성은 아내, 어머니, 그리고 직장여성으로서의 다중적인 역할을 하게 하였다. 과거 전통적인 가부장제에서의 여성의 역할과는 달리 현대 여성은 이중 또는 삼중적인 역할에 부담을 느끼면서 살고 있는 것이 오늘의 현실이다. 그러나 아직도 사회와 가족 내에서의 여성의 위치는 가부장제의 뿌리와 가치의식이 잔존하고 있어 여성은 남성과 동등하고 평등한 위치에 서기에는 미흡한 실정에 있다. 그래서 남녀불평등 문제나 여권신장 문제는 우리나라 작가의 깊은 관심사 중의 하나가 되었다.[6]

---

6) 우리나라는 1930년대와 1980년대에 여성문학이라는 용어가 자주 사용되었다. 1930년대 여성문학의 주된 내용은 궁핍한 현실을 배경으로 여성이 남존여비의 관습 때문에 갈등을 겪는 이야기였다. 이러한 여성문학은 한동안 침체되었다가 1980년대 이후 다시 활발히 전개되었다. 1980년대에 들어오면서 여성문제에 대한 인식의 틀이 크게 전환되었는데, 사회운동권의 확산 등의 영향으로 과거의 중산층, 지식층 여성의 자기계층 중심적인 사회참여나 여권운동의 차원에서 탈피한 민중여성을 대변하는 여성연구 및 운동이 전개되었다. 또한 여성억압의 체계 및 기저에 대한 관심이 증대되었다. 특히 여성문제가 사회전반에 걸친 구조에서 파생되는 문제이며 따라서 그 해결방식도 전체 사회운동과 동시적이고 통일적으로 이루어져야 한다는 기본입장에서 출발하고 있다.
국내 페미니스트들은 외국문학서, 영미와 프랑스에서 거세게 일고 있는 페미니즘 비평의 심화된 이론을 많이 번역, 소개하였다. 그러나 일반 대중은 이론서가 딱딱하고 난해한데다 우리나라 실정과 동떨어져 여성주의에 대하여 깊이 이해하지 못했다. 그런데 비해 박완서는 철저한 리얼리즘 정신으로 당대의 관습과 제도로 인해 갈등을 겪는 인물의 삶을 탁월하게 형상화하여 많은 감동을 주었다. 또한 여성이 인식하지 못하고 있는 문제를 날카롭게 짚어줄 뿐만 아니라 갈등을 극복하기 위한 방편까지 제시해 주어 대중은 물론 여성학자들의 주목을 받았다. 이런 사회적 분위기를 바탕으로 여성문제에 관심을 보이는 작품들이 발표되기 시작했다. 이 시기 박완서는 여성주의 시각으로 가장 앞서서 작품을 발표하였는데, 장편『살아있는 날의 시작』을 시작으로『서 있는 여자』,『그대 아직도 꿈꾸고 있는가』를 연속 발표하여 가부장제 문화로 인한 여성문제를 첨예하게 그린 대표적인 작가로 주목받았다. 그 외에도 이경자, 윤정모 등이 있다.
송지현, 페미니즘 비평과 한국소설 (국학자료원, 1996), pp. 158~160 참조.

우리나라의 가족제도7)는 전통적으로 유교적 원리에 지배받고 있으며 부계가족 형태를 기본으로 가문의 번영을 중요하게 여겼기 때문에 가족은 사회를 이루는 가장 작은 단위의 집단이지만 개인의 삶에 직접적인 영향을 미치고 가족이 확대되어 사회를 이룬다는 의미에서 사회와의 연결고리로 이해할 수 있다.

이러한 남성 중심의 가족제도는 여성이 가족의 중심이 되는 것을 차단하였으며 유교 중심의 이데올로기인 남녀유별(男女有別), 남아선호(男兒選好) 강조는 여성의 삶을 위축시켰다. 또한 가문의 지속과 번창이라는 과제는 남성 중심의 가치관으로 이어지고 가족의 정서적 유대보다 권위적인 부모의 모습이 바람직한 것처럼 잘못 인식되어왔다. 전통적으로 유교적 가치체계에 충실한 가족주의는 가족의 구성원들 간에 갈등을 빚는 원인이 되었고 다음 세대로 이어지는 사회 문제가 되었다. 그러므로 유교적 가부장제의 모순과 부적절한 측면에 대한 반성은 가족 간의 갈등을 해소하여 새로운 가족관계를 모색할 수 있는 계기가 된다. 이는 유교적 가부장제에 대한 비판8)이며 이는 사회 현실의 변화에 의한 필연적인 결과라고 볼 수 있다.

박완서는 한국여성이 안고 있는 문제점과 해결과제에 대하여 관심을 보이는 작가로서 가정과 사회에서 가장 많은 피해를 입고 있는 여성의 삶을 통해 갈등을 전개해 나간다. 남성우월적인 사회에서 한 여성이 살아가기란 얼마나 힘들고 어려운 길인지, 아들을 낳지 못하거나 변변한 아들로 키우지 못한 여성의 삶이 얼마나 비천한지 적나라하게

---

7) 가족주의란 개인이나 다른 어떤 집단보다도 가족집단을 중요시하면서 그것의 유지와 번영을 추구하며, 가족의 질서를 다른 사회의 질서로 확대하는 태도 또는 가치체계를 말한다.
  최시한, 가정소설 연구－소설형식과 가족의 운명 (민음사, 1993), p. 14 참조.
8) 정영자, 한국 페미니즘 문학 연구 (좋은날, 1999), p. 10.

묘사한다.

이제 박완서의 장편소설 『살아있는 날의 시작』, 『서 있는 여자』, 『그대 아직도 꿈꾸고 있는가』와 단편소설 「가는비 이슬비」, 「길고 재미없는 영화가 끝나갈 때」, 「환각의 나비」, 「마른 꽃」, 「너무도 쓸쓸한 당신」을 중심으로 전근대적 제도·관습으로 인해 갈등을 겪는 이야기를 살펴보기로 하겠다.

1. 남성우월주의

우리 사회는 유교적인 가부장제 문화로 인해 가정에서나 사회에서나 남녀를 구별하고, 또 이 구별을 차별로 만들어 여성에 대한 남성의 문화적 통제와 지배를 가능하게 한다. 이런 불평등은 사회적 불평등 구조 속에서 재생산되어 사회적인 문제로 이어졌다. 이런 남성지배문화는 여성의 불평등 문제를 '여성이기 때문에'라는 말로 당연시되어온 셈인데 여성의 생활을 직접적으로 억압하고 남성과 대립하게 만들며 사회적인 갈등을 야기했다. 즉 남성지배문화는 여성의 차별을 은폐하고 정당화하여 여성의 생활을 억압하는 기제로 작용되었다. 한국 사회에서 여성이 겪는 갈등의 대부분은 바로 가부장제 문화로 인해 귀결된 여성의 불평등 문제이다.

산업사회로 이행하면서 모든 물질생산이 공장에서 이루어짐에 따라 가족은 노동자의 의식주를 해결해 주고 장래의 노동자가 될 자녀를 양육하는 일만을 맡게 되었다. 그리고 여성의 자리는 가정이라는 이데올로기에 의해 남성은 일터로 여성은 가정에 남게 되었다. 실제적으로 경제활동을 하는 여성들이 많지만 여성의 주된 임무는 가정을 지키는 일이라는 이데올로기에 의해 취업여성은 가정일과 직장 일을 함께 해야 하는 이중적 부담을 갖게 되었고, 노동시장에서도 여성이 생계책임자가 아닌 생계보조자라는 생각 때문에 남성 노동자와 다른 대우를 받고 있는 현실이다.

『살아있는 날의 시작』은 1980년대 동아일보에 연재되었던 작품으로 본격적으로 여성문제를 다룬 소설이다. 작가가 작품 후기에서 밝혔듯이 "그 동안 문학의 도전을 안 받으면서 보호 조장되어 왔던 남녀 사이의 억압관계"를 그린 이 소설은 중년 여성 문청희가 전통적 가부장제의 가정에서 자타의 억압으로 오직 '일부종사(一夫從事), 현모양처(賢母良妻) 되기'의 삶을 살다가 가부장제의 모순을 인식하여 자기를 발견하고 갈등을 극복해가는 과정을 그린 작품이다.

내용을 정리해 보면 첫째, 청희는 지방대학 교수인 남편(정인철)과 연애 결혼하여 20년간 현모양처로 살아온 여성이다. 청희도 한때 대학의 전임 물망에 올랐으나 남편보다 먼저 전임이 되리란 소문이 떠돌자 "기분이 가장 먼저 상한 인철"이 아내의 "기를 꺾고" 자신의 자존심을 찾기 위해 아내를 못살게 굴어 결국 청희는 강사직을 포기하고 집안일을 돌보며 주부로서 최선을 다한다. 둘째, 동시에 미용실과 미용학원 원장으로 일에 있어서도 성공한 여성이다. 그러나 남편은 두 가지 일을 병행해내는 아내를 오히려 "날친다", "매력 없다", "여성스럽지 못하다"는 말로 폄하하며 군림하려든다. 20년간 모신 시어머니가 치매에 걸려 임종을 맞은 후 홀로 남겨진 친정어머니를 모시려할 때도 남편은 못 마땅해 한다. 계산적인 속셈으로 친정 부모를 모시기로 한 남편은 청희가 집에 데려다 놓은 가난한 소녀(옥희)와 외도를 한다. 헌신적으로 남편과 아이들, 부모를 모시면서 살아온 청희는 남편의 외도를 지켜보고, 또 옥희의 뒷일을 담담하게 마무리한 후에 안심하고 있던 남편에게 이혼을 요구한다. 이러한 가족 내의 갈등을 살펴보면 일반적으로 가족 구성원이 가정의 안락함이 저절로 존재하는 것이라고 생각하기 때문에 문제가 발생한다. 가족 전체를 위해 헌신하는 어머니, 아내의 노고에 대해서 당연한 듯 받아들이고 그 어머니가 갖는 인간적 고뇌에 대해 관심을 두지 않았기 때문에 여성이 고통을 겪는 것이다.

이처럼 그녀는 높은 학력에 능력 있는 여자이지만 대부분의 여성이 그렇듯이 자신의 생각과 의지를 적극적으로 드러내지 못하며 살아왔다. 남편에게 순종하고 노망난 시어머니를 지극정성으로 모시며 자식밖에 모르는 여성이야말로 가장 훌륭한 아내요, 자식이고 어머니로 여겨져 왔기 때문에 청희는 자신의 재능은 물론 본능적인 감성마저 억누르며 살아온 것이다. 청희는 자신의 의지를 억누르고 '여성다운 여성'이 되기 위해 갈고 닦아온 세월을 돌아보면서 가부장제의 모순을 인식하게 된다. 남편과의 대립, 시부모와의 갈등, 자신과의 싸움을 통해 청희는 자아를 발견하게 되고 억눌러왔던 갈등의 실마리를 풀기 위해 이혼을 선택하는 것이다. 소설 후기에서 언급했듯이 작가는 비정상적인 남녀 관계의 억압구조가 너무나도 당연하게 여겨지며 때로는 바람직한 풍속으로 호도되는 것에 의문을 제기하고 있는 것이다.

소설 도입부에 묘사된 청희의 외모에 대한 이중성은 지금껏 그녀를 억압해온 문제가 얼마나 강경했었나를 짐작케 하면서 긴장감을 갖게 하며 갈등의 결말을 암시하고 있다.

그 여자의 앞모습과 뒷모습은 판이했다. (중략) 그러나 그 여자의 앞모습엔 분명하고도 멀지 않은 노추(老醜)의 예감 같은 게 서려있었다. 세필화(細筆畵)처럼 공들인 화장 밑엔 물빨래해서 다림질한 비단결처럼 섬세하고 확실한 주름살이 은폐되어 있었고, 목의 주름살은 숫제 적나라했다.

　판이한 건 그 여자의 앞과 뒤뿐이 아니었다. 그 여자의 큰 눈은 뭔가를 주장하고 나설 것처럼 강경했지만 그 여자의 입술은 시들은 꽃잎처럼 아무것도 주장하고 있지 않았다. 타고난 눈썹을 싹 밀어버리고 새로 그린 눈썹은 간드러지게 요염했지만 턱은 완강했다. 발목은 날씬하고 발은 유리 구두라도 신겨주고 싶게 앙증맞고 귀여웠지만 손은 거칠고 튼튼하고 엉뚱한 곳에 옹이처럼 질긴 못까지 박혀 있었다. 그래서 그 여자가 상스럽도록 투박한 손가락이 간간이 자신의 길고 결 좋은 머릿속 깊숙이 집어넣었다가 빗질해 내리는 게 마치 타인의 손처럼 무엄해보였다.

　　　　　　　　　　　　─『살아있는 날의 시작』 중에서

　위의 예문은 청희라는 인물에 대해 작가가 간접적으로 제시해 놓은 것이다. 인물의 심리, 의식, 인격에 대하여 직접적으로 언급하지 않고 인물의 외양과 그밖에 관련되는 정보를 통해 보여주는 장면을 통하여 독자는 스스로의 추리력과 상상력 및 판단력을 동원하여 그 인물의 속성을 파악할 수 있게 된다. 위의 예문을 통해 짐작할 수 있는 것처럼 청희를 "시들은 꽃잎처럼 아무것도 주장하고 있지 않게" 만들고 "멀지 않은 노추(老醜)의 예감 같은 게" 서리게 만든 것은 남성우월주의와 현모양처의 삶 때문이었다. 청희의 육체적인 외모와 버릇, 습성을 묘사하여 현모양처의 삶에 억눌려온 주인공의 성격을 구현하고 있다. 유교적 가부장제 사회 관습은 한 가족 안에서 부부관계의 갈등으로 나타난다.

① 그들(부부) 사이의 모든 소유관계가 명백하고도 당연하게 그의(남편) 것도 그의 것, 아내의 것도 그의 것이었던 것처럼 아내의 시간 역시 그에게 속했다. 아내만의 시간이란 걸 그는 의식적으로 인정하려 들지 않았다.

—『살아있는 날의 시작』 중에서

② 그의(남편) 수입은 생계비에 훨씬 못 미치면서도 불확실했었으니까. 아내의 돈벌이라고 처음부터 잘된 건 아니지만 어떻든 살림을 전적으로 남편에게 의존하지 않아도 될 만큼은 이끌어 갔다. 그때 그는 아내의 이런 내조에 감사했었다. 그러나 지금 생각하니 결코 감사할 일이 아니었다. 그는 자기가 마치 아내의 유능함 때문에 어쩔 수 없이 경제력과 출세에의 의욕을 상실하고 무력자가 되어 버린 것처럼 느껴졌다. 모든 게 아내 탓이었다. 빌어먹을…, 그는 아내와 이 세상의 모든 유능한 여자에게 이를 갈았다.

—『살아있는 날의 시작』 중에서

①과 ②의 예문에서 알 수 있듯이 부부관계는 불화가 끊이지 않는다. 남편은 아내를 자신의 소유물로 여기며 아내와의 약속을 어기는 것을 남성다움으로 여기고, 외도하는 일도 당연시하며 아내의 인격을 무시한다. 남편은 아내가 경제적으로나 사회적으로 자신보다 우월한 입장이 되면 모욕당한 기분을 느끼고, 아내가 "돈을 번다는 목적 외에 일 자체에 관심을 가진다면 그것은 남성에 대한 도전"으로 용서할 수가 없는 사람이다. 주인공 청희가 남성우월주의로 인해 갈등을 겪는 모습은 이런 남편으로부터 비롯될 수밖에 없다.

사회심리학자들은 인간의 행동을 형성시키고 있는 사회적 요소들과 심리적 요소들의 상호작용을 통해 갈등을 설명한다. 한 사회를 유지하고 통합시켜주는 인간 상호간의 연관 관계의 유형은 곧 그 사회 속에 변동과 분열을 조성하게 되는 사회 갈등의 기본 원인이라는 것이다. 그러므로 각 집단 간의 갈등은 개인적 혹은 집단적인 욕구 불만의 가설이 전제된다. 개인의 욕구 불만은 사회의 규범이나 관습, 제도, 그밖의 환경이 개인의 욕구를 충족시켜 줄 수 없을 때 발생한다. 이 때 개인은 고통과 불안을 경험하게 되고 이러한 욕구불만의 지속은 개인에게 심각한 불만족과 정신적 고통을 안겨주게 된다는 것이다.[9]

『살아있는 날의 시작』이 가부장제 억압 속에서 여성이 갈등을 겪는 과정의 이야기라면, 『서 있는 여자』는 전통적인 가부장제 사회에서 강요받았던 현모양처의 삶, 일부종사의 희생적인 삶 때문에 세대가 바뀌어도 여전히 갈등을 겪는 모습으로 문제가 대물림되고 있음을 보여주는 작품이다.

> ① "도대체 여자답다는 건 뭐야?"
> "부드럽고, 따뜻하고, 너그럽고, 겸손하고, 남자 기고만장할 땐 애교 부리고 응석부려 그 기분을 고조시켜 주고, 남자가 의기소침했을 때는 지혜로운 격려와 꽁꽁 뭉쳐놓은 비상금으로 재기할 수 있는 용기를 주고, 남자가 집에 있을 동안만이라도 철저하게 왕이나 승리자의 환상을 가질 수 있도록 시녀나 패자의 연기에도 능한 여자, 섹시한 여자, 돈 적게 들이고 옷 잘 입는 여자 등등……."
>
> —『서 있는 여자』 중에서

> ② "내가 돈 버는 일에다 밥 짓는 일 하나를 더 보태서 하기만 하면 우리는 앞으로 아무런 문제가 없을까요?"

---

9) 박재환, 갈등과 소외 (단국대학교출판부, 1989), p. 33.

"그걸 왜 나한테 물어? 가정의 행복은 여자한테 달린 거 아냐?"

"그럼 가정이 아무리 불행해져도 남자에겐 책임이 없단 소리도 되겠네요?"

"그렇다고 볼 수 있지. 현명한 여자가 누가 남자한테 집안 걱정을 하게 하나?"

－『서 있는 여자』 중에서

『서 있는 여자』의 주인공인 연지는 어머니와 같은 삶은 살지 않겠다는 지적인 여성이지만 가정과 사회에 전반적으로 뿌리 깊게 박혀있는 가부장적 사고방식으로 인해 갈등을 겪는다. 『서 있는 여자』는 『살아있는 날의 시작』에서 한 단계 나아가 진정한 남녀평등의 삶을 이루기 위해 대립하고 갈등하는 모습까지 보여주는데 내용을 좀 더 살펴보면 다음과 같다.

주인공 연지는 잡지사 여기자로 일하는 적극적인 20대 여성이다. 대학교수인 아버지와 가족밖에 모르는 어머니는 겉보기엔 행복해 보이지만 오해와 대립으로 연속된 삶은 곪은 종기처럼 문제투성이다. 연지는 고교시절 잠옷 바람으로 안방에서 쫓겨나 닫힌 방문을 두드리며 애원하는 어머니를 보고 여성의 삶에 비참함을 느껴 어머니를 혐오한다. 불평등한 부부관계의 처절함을 본 연지는 어머니와 다른 인생을 살겠다는 굳은 의지를 가지고 평등한 결혼 생활을 위해 대학 동창 철민과 결혼한다. 출발은 완벽한 평등관계로 시작했으나 철민과 연지의 삶은 어머니 삶 못지않게 갈등의 연속이다. 일과 임신, 가정과 사회로부터 불평등을 겪는 연지는 전혀 개선할 여지가 없는 남편과의 결혼생활을 마감하려 한다.

한편 어머니인 경숙여사는 6년 동안 남편으로부터 성적(性的) 소외를 당해오다 딸의 약혼식 날 남편으로부터 이혼을 실행하자는 말을 듣는다. 6년 전 딸이 결혼 할 때까지만 형식적이나마 부부관계를 유지하자던 말을 이행하자는 것이다. 아내로서의 삶만을 살아 온 경숙여사는 사형선고와도 같은 말에 절망하여 여행을 떠나지만 돌아와 허울뿐인 아내의 자리라도 지키려고 한다. 그런 경숙여사에게 딸의 이혼 결심은 이해할 수 없는 일이라 모녀간의 갈등은 쉽게 해결되지 않는다.

여기서 먼저 어머니 세대를 살펴 볼 필요가 있다. 경숙여사 부부관계는 "여성이 하나를 다 주고" 상대방으로부터 "백분의 일도 못 받는" "치욕적인 관계"라는 말로 그 갈등 원인을 파악할 수 있다.

> "그래요. 난 일부종사 못했어요. 하고 싶어도 남편이 하나를 다 줘야하죠. 당신이 한 번이라도 나에게 당신의 하나를 다 준 적 있어요? 반도 안줬어요. 반의 반? 아니에요. 그것도 못 돼요. 백 분의 일쯤이 얼추 들어맞을 거예요. 백분의 일부종사…, 얼마나 억울하냔 말예요. (중략) 여자로서 최악의 불행이야요. 더 이상 이런 생활을 계속하곤 싶지 않아요. 이혼해요. 나는 하나를 다 주고, 상대방한테는 백분의 일밖에 못 받는 치욕적인 결혼을 일부종사라고 미화시키면서 살기 지겹단 말예요. 나 자신이 불행해서 못 견디겠단 말예요."
>
> ―『서 있는 여자』중에서

연지가 어머니로 대표되는 여성의 삶을 경멸하면서 모녀간에 대립하는 상황은 필립 골드버그의 언급으로 이해될 수 있다. 필립 골드버그는 여성 자신들이 냉대를 받거나 그러한 여성을 목격하게 될 때, 특히 동일시하고 싶었던 어머니와 같은 존재가 남성에게 비참하게 경멸당하는 모습을 보게 된 후에는 존경하던 어머니를 부정, 경멸할 뿐 아

니라 그 밖의 냉대 받는 여성들과 자기 자신까지도 경멸하게 된다고 말하였다.[10]

이렇듯 연지가 어머니를 경멸하게 된 결정적인 계기는 어머니가 아버지로부터 처절하게 모멸당하는 사건을 목격한 일 때문이며 이는 연지가 절대적으로 평등한 부부관계를 욕망하는 동기가 된다. 「길고 재미없는 영화가 끝나갈 때」에서도 딸이 바라보는 어머니는 인고의 세월을 견디는 현모양처의 표본이지만 딸은 어머니를 인간으로서 자의식이 배제된 사람처럼 느낀다.

① 어머니가 얼마나 완벽하게 당당하고 한결같이 인고의 세월을 견디어냈는지는 친척 간에도 동네에서도 유명했다. 그로 말미암아 어머니에게 늘 따라다니는 품위에다가 위엄 같은 게 어릴 적엔 자랑스럽기도 했다. 그러나 사춘기를 거치고 인생에 대해 뭘 좀 아는 척을 하고 싶어지면서부터는 그런 어머니가 싫었다. 자존심 없는 사람을 가장 경멸스러워할 때였다. 머리끝에서 발끝까지 일직선으로 자존심이 관통하고 있는 것처럼 보이는 어머니가 자존심은커녕 배알도 빼놓은 여자처럼 보이기 시작했다.

　　　　　　　　　　　　　　—「길고 재미없는 영화가 끝나갈 때」 중에서

② 내가 만일 어머니처럼 살게 될진대 차라리 죽게 하옵소서, 라는 치기만만한 기도를 어른 된 지금까지도 간직하고 있을 정도로 자기를 동성인 어머니보다 이성인 아버지의 삶에 일치시키고자 애써 왔다.

　　　　　　　　　　　　　　　　　　　—『서 있는 여자』 중에서

---

10) 변혜정, 앞의 책, p. 89.

연지는 여성으로 대표되는 어머니를 경멸하고 회피하면서 반대로 남성으로 대표되는 강자의 세계를 추구한다. 연지는 결혼 한 후에도 어머니를 무시하고 외면하는데 냉대 받는 어머니의 실체를 목격한 후 자신도 그렇게 될지 모른다는 두려움 때문이기도 하다. 그래서 연지는 수직이 아닌 수평적인 결혼 생활을 위해 친구처럼 다정하고 권위적이지 않은 철민을 선택한다. 연지는 결혼 후에도 남편에게 '평등한 부부 관계'의 약속을 자주 상기시킨다. 그러나 연지의 선택이 착오였다는 것을 깨닫는 데는 오랜 시간이 걸리지 않는다. 철민은 평등주의자인 척 하지만 실제로는 남성우월주의 사고방식의 소유자로서 아내에게 지배권을 행사하고 싶어 한다.

연지 부부가 결혼 후 남녀평등에 대하여 대립이 심해질수록 철민은 남성우월주의에 대한 확고한 신념을 밝히며 '여자다운 여자'로 연지를 길들이려고 한다. 신혼부부 연지와 철민의 부부, 경숙여사와 하석태가 겪는 갈등은 남성우월주의로 인해 부딪치는 문제들로 세대가 달라도 갈등 발생 요인은 동일하다.

> ① "짓밟힌 님편의 권위와 체통은 그때 재까닥 만회해야지 시기를 놓칠 순 없어. 그건 공부보다 더 때가 있는 거야. 난 남근(男根) 떼 버리고 학자도 박사도 되고 싶지 않아. (중략) 내가 시급하게 해야 할 건 공부가 아니라 사내 노릇이니까."
> "우리의 약속(평등한 부부관계)은 그럼 어떻게 되는 거지?"
> "파기야. 지금 이 시각부터"
> "누구 맘대로?"
> "내 맘대로. 나는 남자고 남편이고 가장이야. 나에겐 그럴 권리가 충분히 있어."
> "드디어 마각을 드러내는군요."
>
> ─『서 있는 여자』중에서

② "아이 때문에 이러는 게 아니라니까. 그렇지만 여편네가 집에 들어앉아 남편이 벌어다 주는 밥을 편안히 얻어먹으면 아이도 낳아 길러야지 별수 있어? 물론 남편 공경도 극진히 해야지. 남편은 하늘인데."

—『서 있는 여자』 중에서

20대의 철민도 부모 세대와 그 이전 세대와 똑같이 여자는 맞벌이를 하더라도 가사노동을 포함한 가정의 모든 일을 책임져야 하며 남자가 가정에 대해 전혀 신경 쓰지 않게 해야 현명한 여자라고 생각하는 가부장제의 전형적인 남성이다.『살아있는 날의 시작』에 나오는 청희의 아들 명구도 고등학생이지만 같은 식의 사고를 갖고 있다. 17살 명구가 이혼하려는 엄마에게 하는 다음 말은 전근대적 관습이 뿌리 깊게 이어져 내려오고 있는 현실을 보여준다.

부덕이란 여자들이 지닐 최고의 덕목이고 바로 우리 엄마가 그 부덕의 화신이란 걸 저는 한 번도 의심해 본 적이 없으니까요. 엄마는 훌륭하셨어요. 그런데 왜 이러시는 거예요. 이제 그만두고 체통을 지키셔야죠.

—『살아있는 날의 시작』 중에서

철민과 연지, 명구 등과 같은 젊은 세대의 남자들도 부모 세대와 다름없이 가부장적 사고로 가득 차 있음을 알 수 있다. 막스 베버는 이와 같은 남자들이 "가장으로서의 지위를 통하여 사회를 지배하고 정부 체제를 언급하는데 가부장제라는 개념을 사용하였다"[11]고 했고, 실비

11) 전성우, 막스 베버 역사사회학 (사회비평사, 1996), p. 45.

아 월비도 가부장제를 "남성이 여성을 지배하고 억압하고 착취하는 사회 구조와 관습의 체계"[12]라고 정의하였다. 위의 작품 속에 나오는 남성은 바로 가부장제를 통하여 여성을 억압하고 가정을 통제하려는 인물들로 직접적으로 갈등을 야기한다.

그렇다면 세대가 바뀌어도 이런 전형적인 인물들이 계속되는 까닭은 무엇일까.

『살아있는 날의 시작』에서 외아들 인철이 여자에 대한 우월성을 갖고 살아가게 된 데는 홀어머니 송부인의 왜곡된 모성성에서 비롯된다. 청회의 친정어머니도 딸은 출가외인이라는 의식을 불어넣어주며 아들 아닌 딸과 함께 사는 것을 수치로 여긴다. 『나목』에 나오는 어머니 또한 유교적 가부장제의 규범이 그대로 구현된 인물이다. 남편이 죽었을 때도 잃지 않던 삶의 의욕을 두 아들이 죽은 후에는 덧없이 놓아버린 것이다. 이렇듯 남성우월주의는 바로 어머니들을 통해 자식 세대로 대물림되었다.

『살아있는 날의 시작』에서 나오는 인철의 어머니는 가부장제 사회에서 살아온 어머니의 특성과 잘못된 가치관을 적나라하게 드러낸다.

인철의 홀어머니 송부인은 자신이 여성으로서 가정과 사회에서 받은 불평등을 아들을 통해서 극복하려고 한다. 남성은 우월하고 여성은 남성보다 열등해야한다는 의식을 지닌 송부인은 아들을 딸보다 우월하게 키워왔고 며느리의 관계에도 늘 개입하면서 아들의 위치를 확고히 하려 들었다. 이처럼 시어머니의 심리는 전근대적 관습으로 인한 사고방식 때문이지만 아들에 대해 희생과 헌신으로 살아왔기 때문에 자신의 노고에 대한 대가를 받고자 하는 것과도 연관이 있다.

---

12) 실비아 월비, 유희정 역, 가부장제 이론 (이화여자대학교출판부, 1996), p. 98.

"딸하고 사는 걸 늘그막의 최악의 망신"으로 여기는 청회의 친정어머니도 시어머니와 다를 바 없다. 자신의 생각이나 의지를 표현하지 못하고 "여자다운 척"하며 살아온 청회 역시 어머니로부터 남성우월주의 사고를 교육받았다. 그랬기에 인격 모독을 당하면서도 남편에게 순응하고 자신의 본능과 재능을 억누르며 살아왔다. 그러나 청회는 자신의 내부에서 외치는 "여자답다는 건 나에겐 연기야"라는 말을 인식하며 현실과 자아 사이에서 대립한다. 인간의 성격 이론에서 성격 구조를 이루는 보편적인 경험들은 인간 내부의 심상으로서 나타나거나 표현되는데, 융(Jung)은 이를 원형(archetypes)이라 불렀다. 융의 정의에 따르면 원형이란 어떠한 것이 만들어지게 되는 기본 모형이다. 여러 개의 원형 중에 몇몇 원형은 매우 발달되어 있고 세력도 강한데 그 중에는 페르조나(persona), 아니마(anima), 아니무스(animus), 그림자(shadow), 자기(self)가 포함된다. 페르조나라는 말은 원래 배우가 쓰던 가면을 가리키는 것으로 우리 자신을 우리가 아닌 다른 어떤 것으로 표현하기 위해서 쓰는 가면이다. 그것은 연기를 할 때와 마찬가지로 상황이나 혹은 사람에 따라서 그때그때의 요구에 맞추어서 행동이나 태도를 취하는 것이므로 건강한 성격의 목표는 페르조나를 축소시키고 성격은 남은 국면을 발달시킨다. 이와 같은 이론으로 볼 때,『살아있는 날의 시작』에서 청회라는 인물은 페르조나가 강한 인물로서 건강한 성격의 소유자로 볼 수 없으며, 청회는 대립과 갈등이 이미 고조된 상태이다.[13]

다시 말해 융(Jung)의 성격 이론을 빌리자면 청회의 "여자다운 행동"은 모두 '가면(persona)'에 해당한다. 인간에게 가장 중요한 원형은

---

13) 오세진, 김형일 외, 인간 행동과 심리학, (학지사, 1999), p. 349.

'자기(self)'이고 융은 이것을 인생의 궁극적인 목표라 하였다. 청희가 내적으로 겪는 갈등은 타인과 사회에 맞추어서 행동하는 페르조나가 청희의 인생에 지배적이었다는 것을 드러낸다.

그렇다면 많이 배우고 능력 있는 청희가 왜 그런 불행한 삶을 살아 왔을까 의문을 갖게 된다. 그 이유는 "여자답기 위해선 될 수 있는 대로 자기를 드러내선 안 된다는 이치"를 깨닫고 사회나 남성들이 요구하는 대로 행동하기 위해서였다.

실제적으로 자녀들은 자신의 생활에 영향을 주는 것은 어머니이지만 아버지에 대해서 어머니보다 더 권위 있는 어른으로 여기고 있다. 이는 부부간에 위계질서가 자녀들의 의식 속에 투영된 결과라고 할 수 있다. 부부의 권력 관계는 말씨에서도 나타난다. 대개의 경우 남편은 아내에게 하대를 하고 아내는 남편에게 존대를 한다. 젊은 세대의 경우 남편이 아내에게 해라를 하는 경우도 많이 발견된다. 부부간의 위계질서와 성별분업은 자녀의 사회화 과정에도 크게 영향을 미치므로 지배복종적인 부부관계는 지배적인 아들과 복종적인 딸을 만들 수밖에 없다. 지배적인 아들이 결혼하면 또 다시 지배적인 남편이 되고 복종적인 딸은 복종적인 아내가 되기 때문에 수직적인 부부관계를 재생산하게 되는 것이다.[14] 그래서 청희는 남편의 말에 복종하면서 행동하는 것이 겉으로나마 문제나 갈등을 일으키지 않는 가장 편리하게 사는 방법으로 여기게 되었다. 청희는 갈등보다 화합을 중시했기 때문에 자신에게 정직하지 못했던 것이다. 그러나 이런 청희의 생각을 가차 없이 깨뜨리는 일들이 터져 나옴으로써 지금까지 순응해온 것이 더 큰 갈등을 만들어내는 어리석은 행동이었음을 알게 된다.

---

14) 변혜정 외, 여성, 여성학 (단국대학교출판부, 1996), p. 52.

"누구 맘대로 네가 나를 떠맡아? 내가 싫다는데. 난 싫어. 아들 셋
이나 두고 왜 사위 밥을 먹다 죽으래? 난 못 해. 넌 출가외인이야. 제
발 주제넘게 나서지 마라. 살아 있다는 게 욕인 이 에미 더 이상 욕보
이지 않으려거든 구구로 가만히 있어."

　　　　　　　　　　　　　　　　　－『살아있는 날의 시작』 중에서

　김미현이 지적한 대로 이런 교육을 시키는 어머니들은 딸이 피해자
가 될까봐 걱정하지 않으면서 아들이 가해자가 될까봐 걱정하지는 않
는다.15) 시몬느 드 보부아르가 "여자는 여자로 태어나는 것이 아니라
여자가 되는 것이다"16)라고 한 말은 박완서 작품 속의 여성의 문제를
잘 설명해준다.

　　의지가지없는 장모가 잠시 한지붕 밑에 사는 게 처가살이라니, 설
　사 잠정적인 처가살이라 해도 그게 그렇게 못 할 노릇일까? 그 노릇
　이 속으론 아무리 싫고 어렵더라도 더 어려운 시집살이를 자그마치
　이십 년 동안이나 한 아내 앞에 꼭 그것을 드러내야만 했을까? (중략)
　　내가 왜 이러지? 시집살이, 그 거룩한 것과 처가살이, 그 비천한
　것을 감히 비교하려 들다니? 그이가 싫어하는 건 바로 나의 그런 당
　돌한 마음이다.

　　　　　　　　　　　　　　　　　－『살아있는 날의 시작』 중에서

　장모와 함께 사는 것을 불편해 하는 남편을 보고 청희 또한 남편에
게 죄스러운 마음을 갖는 장면이다. 그릇된 어머니의 교육은 부덕이나

---

15) 김미현, "영원한 농담에서 새로운 진담으로", 박완서 문학 길 찾기 (세계사, 2000), p.
　　246.
16) 시몬느 드 보부아르, 강명희 역, 제2의 성 (하서출판사, 2000), p. 122.

미풍양속으로 미화되어 청희와 같은 다음 세대의 여성들에게 커다란 억압이 된 것이다. 작가는 여성으로 길러지는 가부장제 환경을 지적하며 남성과의 관계 속에서만 정의 내려지는 여성의 현실을 지적하고 있음을 알 수 있다.

> ① "겉 다르고 속 다르든 간에, 거짓이든 정말이든 간에 효도를 실제로 하고 있는 건 나지 당신이 아니란 말예요. (중략) 효자가 있는 게 아니라 효부를 아내로 둔 남자가 있을 뿐이에요."
>
> ―『살아있는 날의 시작』 중에서

> ② "전 노후의 삶도 제각기 환경이나 능력과 타협해 가면서 자유롭게 선택할 수 있어야 된다고 생각해요. 아들하고 살든 딸하고 살든 부부끼리 살든 혼자 살든 양로원에서 친구끼리 살든 ……."
> "남의 어머니한테 효성이 우러난다는 건 거짓말이고요. 그렇지만 효도 말고도 사람과 사람 사이엔 얼마든지 아름다운 사랑의 관계가 있을 수 있어요. 축복스럽게도 …… 남자들이 효도라는 걸로 억압하지만 않았어도 세상의 고부간은 지금보다 훨씬 좋아졌을걸."
>
> ―『살아있는 날의 시작』 중에서

청희는 고민 끝에 잠깐 친정어머니를 모시게 되는데, 남편은 "병든 장모를 모시는 것을 부도덕한 외도와 월급봉투를 안 내놓은 것의 알리바이"로 삼음으로써 갈등이 심화된다. 참다못한 청희가 '출가외인', '효부', '훌륭한 어머니' 등 현모양처 운운하며 아내에게 효를 강요하는 남편에게 날카롭게 쏘아붙임으로써 서서히 자신의 생각을 드러내기 시작했음을 보여주고 있다.

「해산 바가지」와「길고 재미없는 영화가 끝나갈 때」의 며느리들도 본성을 억누르면서까지 전통적 며느리상, 명분만 있는 조강지처로 남기 위해 몸부림치는 여성의 삶을 보여준다.

> 나는 진저리를 치다가 기어코 몸부림을 치면서 울기 시작했다. 뭔가 견딜 수 없어서 미칠 것 같았다. 자신이 미쳐가고 있다는 것을, 정신에도 미친 세포가 있어 정상적인 온당한 세포를 마구 잡아먹고 마침내 그 질서를 증오와 광란의 도가니로 만들어 가고 있음을 역력히 감지한다는 것은 무서운 일이었다. (중략)
> 나는 내가 숨쉬기 위해 매일 밤 그 분(시어머니)을 죽였다. 밝은 날엔 간밤의 잔인한 소망을 부끄러워했지만 내 잔인한 소망은 매일 밤 살쪄 갔다. 그 기운을 조금이라도 죽일 수 있는 방법은 신경안정제밖에 없었다. 은밀히 먹던 그 약을 남편 앞에서 당당히 입에 털어 넣었고 분량도 여봐란 듯이 늘려갔다. 그가 약을 빼앗으려는 시늉을 하면 마귀처럼 무섭게 이를 갈며 덤볐다.
> "괜히 이러지 말아요. 이 약 없으면 내가 당신 어머니를 죽일 거예요.
>
> ―「해산 바가지」 중에서

「해산 바가지」의 '나'는 홀시어머니를 잘 모셔 가족과 친척들에게 칭송을 받지만 시어머니가 치매에 걸린 후에도 '효부'여야 한다는 강박관념에 시달리는 여자로서, 자신과 주변 사람들에 의해 씌어진 효부라는 것이 얼마나 큰 멍에이며 위선적인 삶인가를 보여준다. 너무나 벅차고 힘들어 욕지거리를 하고 싶어도 자신은 효부라는 자기 최면을 걸면서 진실을 숨기고 효부 노릇하기에 열중한다. 그러나 그런 '가면'[17]은 더더욱 지독한 올가미가 되어 시어머니에 대해 살의를 느끼며 광기로까지 번진다.

『살아있는 날의 시작』의 인철과 『서 있는 여자』의 남편, 「해산 바가지」에 등장하는 남편 모두 아내에게 현모양처의 가장 큰 덕목으로 효부 되기를 강요하면서도 진심으로 아내의 고통을 마주하려고 노력하지 않는다. 남편과 자식들은 아내로써 어머니로써 마땅히 해야 하는 당연한 일로 여기며 방관해왔던 것이다. 결국 '나'는 자타가 강요하는 효부의 모습에 시달리다가 결국 위선적인 가면을 벗어버린다.

그분도 내 살기등등한 태도에 뭔가 심상치 않은 걸 느끼고 그 어

---

17) 루스 이리가라이와 같은 페미니스트들은 이와 같은 여성들의 행동을 지적하면서 즉 성별 수행이라는 게임과 여성적 초자아가 문화적으로 규정된 허구의, 겉옷 같은 가면이 투사된 것임을 강조하면서 여성의 가면은 생물학적으로 주어지는 본질이 아니라는 것을 인식시켰다. 이 결과 여성은 전통적으로 부여된 여성 역할을 수행할 수도 있으며 혹은 원치 않는다면 안할 수도 있다는 결론에 이르게 되었다.
가정과 가설에 의하여 여성의 본질로 규정된 가면이나 베일을 특히 여성성에 적합한 기표로 취급하는(니체와 Georg Simmel)사고를 승계하면서 Riviere는 여성성(Femininity)이란 이런 것이 마치 존재하는 것인 양 꾸미도록 후원하는 사회 구조와 동일한 계략적 은폐로 간주했다. 따라서 이렇게 구성된 허구와 은폐 뒤에 절대 고정된 여성성은 없으며, 다만 여성 주체로 하여금 뜻도 모르고 모방하고, 흉내 내게 함으로써 여자가 '되도록' 유도하는 사회 관습과 규범이 있을 뿐, 따라서 여성성이란 존재학적으로 근거가 없는, 쉽게 와해될 수 있는 일련의 코드 혹은 양식에 불과하다고 주장했다.
여성성이란 '절대 불변하게 존재하는 것이 아니다'라는 사실을 말함으로써, Riviere는 여성성이란 이제는 더 이상 정신분석학적 조작으로 고정되지 않은, 따라서 성성이 후천적으로 조성된다는 것을 주장하는 페미니즘을 정립한다. 바로 여성성이(사면이 거울로 된 복도에 있는 물체처럼) 흉내 내고 선회 굴절시키는 여성성에 관한 담화처럼, 여성의 본질이란 전적으로 무대에서 상연되었던 허구에 불과하다는 것이 투명하게 밝혀질 때, 가면의 담화는 과거 한 때 여성이 어떻게 무엇으로 간주되었나를 상기시킬 것이다. 즉 여성성이라고 이름 붙여져 강요되어온 행동들은 가부장제로 인해 여성의 힘이 부인되는 제도 속에서 여성 본질을 위장하고 또 조장하기 위해 꾸며진 방어 전략이다.
엘리자베스 라이트, 정정호 역, 페미니즘과 정신분석학 사전 (한신문화사, 1997), pp. 388~391 참조.

느 때보다도 심한 반항을 했다. 믿을 수 없을 만큼 강한 힘으로 저항 했지만 나 역시 거침없이 증오를 드러내니까 힘이 무럭무럭 솟았다. 옷 한 가지를 벗겨 낼 때마다 살갗을 벗겨 내는 것처럼 처절한 비명을 질렀다. 보다 못한 아줌마가 제발 그만 해두라고 애걸했다. 알지 못하면 가만있어요. 이 늙은이는 이렇게 해야 돼요. 나는 씨근대며 말했다. (중략)

골치가 빠개질 듯이 띵하고 귀에서 잉잉 소리가 났다. 나는 남의 일처럼 내가 미쳐가고 있다고 생각했다. 골속에서 아니 온몸에 가득 찬 건 증오뿐이었다. 그런데도 나는 자꾸자꾸 증오를 불어넣고 있었다. 마치 터뜨릴 작정하고 고무풍선을 불듯이, 자신이 고무풍선이 된 것처럼 파멸 직전의 고통과 절정의 쾌감을 동시에 느끼고 있었다. 별 안간 아찔하면서 온몸에서 힘이 쭉 빠졌다. 그런 중에도 나는 냉혹한 미소를 잃지 않았다. 이래도 나를 효부라고 할 테냐 묻고 싶었다.

— 「바가지」 중에서

예전과 달리 시어머니를 함부로 다루는 목욕 장면은 그동안 효부 되기의 강요에 억눌려온 '나'의 솔직한 모습이 드러나는 부분이다. 이렇듯 '나'는 효부라는 무거운 멍에로 인해 괴로워한다. 반면 사위가 처가에 대해 느끼는 책임이나 의무감은 여성에 비해 덜하며 사회적 인식도 관대하다. 이렇듯 여성은 결혼함과 동시에 딸 노릇보다 며느리 노릇이 중요시되고 며느리 노릇을 못한 여성은 시부모나 시누이들로부터 인격적인 수모도 감내해야 하는 것이다. 그러나 '나'는 가면 쓰고 효부 노릇하는 것보다 못된 며느리의 모습으로 어머니를 대하는 것이 자신의 내적 갈등에서 벗어나는 것임을 깨닫게 된다.[18] 위선을 떨지 않고부터 신경안정제가 필요 없게 되었으며 진정으로 시어머니와 친밀한

---

18) 게오르그 루카치, 반성완 역, 루카치 소설의 이론 (심설당, 1985), p. 80.

교감을 느끼게 된 것이다.

이렇게 인물의 내면적 갈등을 드러내는 것은 현대소설에서 인물을 형상화하는 방법으로 대단히 의미 있으며 어려운 부분이다. 즉 인물의 사고, 연상의 흐름 등을 통해 인물의 성격을 보여주는 것은 갈등을 해소하거나 심화하는 결과로 귀결되는 중요한 열쇠이기 때문이다. 그런 점에서 박완서 소설의 여성 주인공들은 '생각하는 나'를 통해 정립되는 주체라는 점에서 의미 있다. 근대적 인간관 이래로 자아와 세계의 대립, 내면과 외면의 대립, 영혼과 행동의 대립은 개인과 환경세계의 이원성에 근거한 소설에서 매우 중요하며, 제도와 관습으로 인해 불평등을 겪는 여성이 긍정적 결말을 유도해나가는데 절대적으로 필요한 부분이기 때문이다.

결국 작품에서 치매에 걸린 시어머니도 "갓난아이처럼 나를 따르며" 좋아했고, "깨끗한 얼굴"로 돌아가시게 된다. '나'는 위선을 떨지 않고 솔직한 모습으로 시어머니를 보살피며 살아온 자신에게 비로소 만족하게 되는데 그런 결말 또한 생각하는 주체였기에 가능했으며, 주인공의 내면의식을 통해 설득력 있게 표현되었기 때문이다.

이처럼 「해산 바가지」는 주인공이 '효부 되기'의 강요에 억눌려 위선적인 모습으로 살다가 진정으로 시어머니를 대하게 되면서 화해하는 방법까지 발견한데 반해『살아있는 날의 시작』과『서 있는 여자』,『그대 아직도 꿈꾸고 있는가』의 여주인공들은 가족 안에서 자행되는 억압으로부터 모순을 발견하고 이를 벗어나기 위해 노력하는 과정까지만 중점적으로 다루고 있다.

『살아있는 날의 시작』에서 청희의 이런 갈등들은 남편의 외도 사건과 이혼문제로 인해 이해와 화합의 결말을 이루지 못하게 된다. 딸처럼 생각하고 거두기로 한 옥희를 범하고도 남편은 죄의식을 갖지 않기 때문이다. 이혼하고 나면 남편에게 이롭지 "결코 여자에게 득이 되지 않는 사회"임을 강조하면서 비웃는다. 오히려 잘못을 옥희에게 뒤집어씌우며 비인간적으로 옥희를 내몰아 청희는 분노한다.

> 그 여자(청희)는 생각할수록 근친상간을 목격한 것처럼 하늘이 무섭고, 땅이 흔들리는 것처럼 절망스러웠다. 그동안 제대로 얻어먹고, 얻어 입고, 기를 펴고 산 덕에 겨우 좀 반반해진 콩쥐(옥희)를 남편이 그런 엉큼한 속셈으로 눈독을 들였을 줄이야. 거두어 입히고 먹인 게 결과적으로 남편의 그런 흑심에 제물을 바치기 위함이었으니 나야말로 얼마나 가증스러운 공모자일까? 생각할수록 그 여자는 남편에 대한 증오를 대상(代償)이라도 하지 않으면 미칠 것 같아서 자기의 머리털을 부득부득 쥐어뜯으며 괴로워한다.

> —『살아있는 날의 시작』중에서

청희는 남편의 외도 사건을 계기로 그동안 억눌러왔던 자신이 더 큰 문제였음을 비로소 깨닫게 된다. 행복을 추구하기 위해 이룬 가정에서 철저하게 불평등한 존재로 굴욕적인 삶을 살아온 청희는 가부장제 문화의 가치관을 맹목적으로 수용해온 여성의 껍질을 벗기려고 노력한다. 이제껏 자신을 구속해온 부덕의 껍질을 벗어버림으로써 갈등을 극복하려고 한다.[19] 청희는 아들 명구와의 대화를 통해 가부장제 문화의

19) 여성해방에 대한 인식을 여성해방주의, 여권주의 또는 여성주의라고 한다. 구체적으로 여성주의(Feminism)란 여성의 억압상태에 대한 인식이며 이러한 여성억압이 사회구조와 밀접하게 연관되어 있으며, 좀 더 인간적인 사회를 위하여 이러한 억압상태를 타파해야 한다는 인식을 의미한다. 여성주의는 몇 가지 특징을 가지고 있다. 첫째, 여성의 존재 가치를 생산물의 가치로써가 아닌 하나의 독립된 존재로서 인정받으며 여성의 고유한 역할이 이해되어야 한다. 둘째, 여성의 인간적 존엄성과 권리를 왜곡하는 문화적 편견 및 오류를 거부한다. 셋째, 사회구조 및 여러 가지 조

허상을 날카롭게 비판한다.

> "엄마는 자신의 삶을 산 게 아니라 열심히 부덕을 대신 살아줬으니까, 그렇지만 이젠 아냐. 이젠 달라. 그런 말이 조금도 힘이 되지 않아. 칭찬으로 들리기는커녕 모욕적이야. 부덕이라는 게 얼마나 오래된 속임수라는 걸 알아버렸으니까."(중략)
> "부덕이 얼마나 편파적이고 자학적이고 자신의 미명의 그늘에서 악덕 키우기만을 일삼는지를 알아낸 이상, 그런 게 결코 덕목일 수 없다고 생각하게 된 이상, 이미 그것의 화신으로 살 수도 없는 거 아니니? 엄마는 참모습으로 사는 일을 피할 수 없을 것 같다."

—『살아있는 날의 시작』중에서

청희는 자기 안의 분열과 갈등을 일으키는 문제를 직시하고 그 원인을 알게 됨으로써 새로운 삶으로 나아가고자 결심한다.

결국 작가는 『살아있는 날의 시작』에서 가부장제 사회에서 남성우월주의로 인해 갈등을 겪는 여성의 삶을 통해 남성과 사회가 여성에게 강요하는 책임과 의무, 또 그릇된 것임을 알면서도 대물림하는 여성의 문제점들을 지적하고 비판하고 있다. 가부장제의 문제를 직시하고 자신의 의지를 적극적으로 표현하는 결말을 통해 작가는 청희가 '살아있는 삶'을 살게 될 것을 암시한다. 그러나 가부장제의 모순을 막 인식한 청희에게 삶은 겨우 '시작'에 불과하다. 살아있는 여성의 삶은 시작되었지만 여전히 존재하고 있는 가부장제 문화는 여성억압의 대물림 속

건들이 여성의 삶을 억압해 왔음을 인식하고 억압의 조건들이 변화됨으로써 여성의 지위에 변화가 일어나며, 또한 여성은 그 변화가 가능하고 주체적, 능동적인 노력으로 실현될 수 있다고 믿는 것이다.
고정희 외, 여성 해방의 문학 (평민사, 1987), pp. 15~20 참조.

에서 완전히 극복될 수 없는 문제임을 지적하고 있기도 하다. 일반적으로 개인과 개인의 직접적이고 구체적인 갈등이더라도 갈등의 원인 제거는 쉽지 않고, 더구나 개인과 사회 관습, 제도와의 갈등은 개인의 힘으로 타파할 수 없는 한계성을 지니기 때문이다. 그러므로 사회적 욕구 불만으로 인한 물리적 대응은 불만의 원인을 완전히 제거해 주지 못하고 문제 인식과 가능성으로서의 기능을 한다.

『서 있는 여자』에서도 남성우월주의로 가득 찬 사람들이 나오는데, 여성에 대한 사회적 편견은 연지가 대기업 공채에 합격한 한 기혼 여성을 인터뷰하는 장면에서 보다 두드러지게 드러난다.

> "이상할 것(합격한 여성이 쟁쟁한 남편을 가진 유복하고 매력적인 여성들뿐이란 것)도 없지요. 여자는 뭐니 뭐니 해도 분위기 잡는 직장의 꽃인데 그런 팔자 사나운 여자들은 우울하고 극성맞고 그렇잖아요. 누가 좋아하겠어요. 또 쫓겨나지 않으려고 일도 악착같이 할 테구요."(중략)
> "친정 부모님이 바로 이웃에 사시고 집에 가정부도 있고 하니까 그렇게 떼어놓고 나온 건데 만약 아이들이 조금이라도 삐뚤어 나간다든지 성격이 이상해진다든지 하면 즉시 가정으로 돌아가야죠. 남편하고도 그렇게 하기로 단단히 약속하고 허락받은 취직이니까요. 뭐니 뭐니 해도 여자에겐 가정이 제일 아니겠어요?"
>
> ─『서 있는 여자』 중에서

연지는 남편에게 매 맞는 모욕, 성적인 모욕, 자신의 일에 대한 모욕을 받으면서 분노를 느끼지만 사회적으로 성공한 여성들을 인터뷰하면서 더욱 절망하게 된다.

작가는 위와 같은 사고방식을 가진 여성들의 심리를 경숙여사를 통해 보다 직접적으로 형상화했다. 경숙여사는 가부장제 삶의 부당함을 알면서도 남편에게 예속되어 복종하며 사는 것을 행복한 가정주부상으로 인식하고 있는 것이다.

오래전부터 남성에게 의존적인 여자로 길들여진 경숙여사는『살아 있는 날의 시작』의 청희와 달리 갈등을 극복하지 못한다.[20] 작가는 경숙여사를 통해 진정한 행복을 욕망한다면 자신을 한 사람의 인간으로 생각하는 데에서부터 새로 시작되어야 한다고 비판하고 있는 것이다. 더불어 어머니와 같은 문제로 갈등하지만 결코 어머니와는 다른 선택을 하는 딸 연지를 통해 가부장제로 인한 갈등을 극복할 수 있으리라는 가능성을 열어준다.

연지가 자신의 문제를 파악하고 "내 일"을 찾아 새로운 삶을 살겠다는 열린 가능성을 보여주지만 불평등한 부모 세대의 갈등을 겪지 않기 위해 자신보다 못한 남편을 선택한 동기는 다소 충격적이어서 경숙여사와 연지의 삶이 남성우월주의로 인하여 얼마나 고통스러웠는가를 알 수 있다.

> ① 나의 실패의 원인은 바로 남녀평등이라는 거였어. 나는 한 남자를 사랑하기보다는 바로 남녀평등이란 걸 더 사랑했거든. 남녀평등에만 급급한 나머지 사랑까지도 생략하고 남자를 골라잡았던 거

---

20) 청희와 연지가 경숙여사에 비해 갈등을 극복할 수 있었던 근본은 경제적 자립이 가능했기 때문이다. 즉 그러나 경숙여사는 현재 '일'을 갖고 있지 않으며, 직업을 갖고 생활할 가능성마저 스스로 갖지 못해 남편의 세계에 재편입한다. 지금껏 남편에게만 의존해온 삶이 그녀를 홀로서기 할 수 없게 만들었다.
시몬느드 보부아르는 여성의 열등하고 예속적인 상황은 특히 경제적인 예속에서 생겨났다고 진단하며 대부분의 여성들을 억압하는 경제적 독립의 문제를 '진정한 저주'라고 말한다. 그는 '물질적으로 스스로를 충족시킨다는 것은 완전한 개인으로서 자신을 느끼는 것이다'라는 사실을 강조하며 여성은 일을 통한 경제적 독립에서 자신을 되찾을 수 있다고 한다.

야. 그를 남편으로 골라잡은 건 사랑 때문도 존경 때문도 조건 때문도 아니고 바로 그가 모든 면에서 나보다 못하다는 거였어. 부모가 그를 탐탁지 않게 여기기 전부터, 사람들이 수군대며 비웃기 전부터 나는 알고 있었어. 그가 나보다 못하다는 걸, 나는 그의 나보다 못한 점을 사랑하거나 연민함이 조금도 없이 그냥 이용이나 해먹으려 했던 거야. 그걸 이용해 거저먹기로 남녀평등을 이룩해 보려 했던 거야. 실력이나 인격으로 자기보다 못해 보이는 남자를 일부러 골라잡아서 평등한 부부관계를 이룩해 보려고 마음먹은 거야말로 잘못의 시작이었다. 그것은 평등에 대한 크나큰 오해였고 자신에 대해 더러운 모독이었다.

―『서 있는 여자』 중에서

② 그것은 기사를 쓰는 일 대신 내 글을 쓰고 싶다는 강렬한 욕구였다. 그것은 단순한 밥줄로서의 일 말고 자신의 내적인 욕구에 합당한 「내 일」을 구하는 사람의 감정이었다. 연지는 앞으로 어려운 일이 닥칠지도 모른다고 생각했지만 두렵지는 않았다. (중략) 내가 원하는 걸 배우고 싶다는 자신의 열정적이고도 정직한 목소리를 또 한 번 확인했다.

―『서 있는 여자』 중에서

연지의 우매한 결혼관이 자신을 불행하게 만들었고 여러 시행착오를 겪은 후에야 자신의 과오를 깨닫게 된 것이다. 그러나 근본적인 원인은 유교적 가부장제 사회 속에서 자란 철민과의 관계에서 비롯된 것이며 철민의 남성우월적 사고방식의 문제는 결국 사회 문화의 반영이라고 볼 수 있다.[21] 또 작가는 자신보다 우월하지 못한 남성을 선택함

---

21) 케이트 밀레트, 性의 정치 (현대사상사, 1998), p. 49.
　케이트는 인간의 공통된 행동으로 인한 문제 발생은 개개인을 뛰어 넘어 보다 큰

으로써 평등한 부부관계를 만들 수 있다고 생각했던 연지의 어리석음을 보여주면서 남성을 변화시키는 것 보다 잘못된 인식을 가졌던 여성 연지를 변화시킴으로써 갈등관계의 진전을 보여주었다.

이렇듯 가부장제 사회는 집안의 기강을 잡고 가장의 권위와 체통을 지키기 위해서는 가부장에 종속되는 여성의 인간적인 권리까지도 제한할 수 있다고 생각하는데 그러한 가부장권은 능력이 아니라 사회 보편적 특질에서 온다고 볼 수 있다. 또 작가는 현모양처, 일부종사, 부덕의 삶을 살아야한다는 여성의 억압된 사고의 계승을 문제 삼고 있다. 이는 어머니에서 자식으로 반복되는 문제이기에 남편 개인과의 문제가 아닌 제도적이고 구조적인 문제인 것이다. 특히 어머니가 자식에게 남성우월주의 사고를 강하게 주입시키려는 모습을 통해 문제의식을 드러내고 있음을 알 수 있다.

지금까지 살펴본 바와 같이 『살아있는 날의 시작』에서 가부장제의 문제를 인식했다면 『서 있는 여자』에서는 가부장제의 문제를 타파하고 남녀평등을 이루기 위해 행동한 여성의 이야기를 그렸다. 작가는 연지를 통해 진정한 남녀평등이란 남성에 대한 복수나 지적인 자만심이 아니라 투철한 자각 위에서 이루어지는 끊임없는 자기와의 싸움이라고 말하고 있다. 갈등을 극복하기 위한 가장 기본적인 것은 인간에 대한 배려, 성숙한 사랑이라고 주장하고 있는 것이다. 이 작품은 뚜렷한 목표의식 없이 쉽게 해결할 수 있다고 믿었던 생각과 행동이 얼마

문화 속에 깊이 자리 잡고 있는 문제라고 말했다. 그래서 공통된 상황과 인물은 문화가 시인하는 다양한 가치관과 태도를 나타내는 축도라고 했다. 전통적으로 부권제는 부친에게 가족의 육체적 학대의 권한, 때로는 살해와 매매의 권한까지를 포함하여 처와 자식에 대한 거의 전적인 소유권이 부여되어 있었다. 선문자 시대와 문자 시대의 부권제 사회 모두에서 남성의 우월한 신분을 상징하는 페니스(penis)에는 결정적인 중요성이 부여되어 있으며 끝없이 자만과 선망의 주제가 되어 왔다.

나 많은 갈등을 만들었는지를 보여주어 진정한 남녀평등에 대하여, 또 여성의 주체적인 삶의 방향에 대하여 진지하게 생각할 수 있게 했다는 데 의의가 있다.

2. 순결성 강요

원시시대부터 통제된 여성의 성은 역사적으로 가부장제를 기반으로 결혼과 가족제도에서 더욱 억압되었다. 남성의 상속권과 가문의 계승을 위한 생식의 성이 강요되며 혈통의 순수성은 더욱 중요하게 여기게 되어 여성의 순결과 정절은 절대적일 수밖에 없다. 반면에 남성에게는 외도 축첩, 매춘과 같은 혼외 성관계를 할 수 있는 특권이 허용된다. 이렇게 부계와 부권을 토대로 한 가족관계는 남녀 간의 관계가 평등하지 않음을 나타내며 남녀 간의 성적 결합을 지배와 복종의 관계가 되게 한다. 남성은 여성의 성을 소유하고 통제함으로써 여성의 성적 자율권을 박탈해 버린 것이다. 이처럼 성관계는 남녀 간의 불평등한 권력관계를 내포하기 때문에 가부장제에서 성은 동등한 인격체로서 남녀가 교류하는 것을 불가능하게 만들었다.

이와 같은 유교적 가부장제는 부부유별(夫婦有別)하고 여성의 정절을 중요시하였다. 그것은 남성과 여성을 구분하여 여성의 삶을 억누르는데 기여한 정절 강요이며, 여성의 정절이라는 남성 중심 사회의 부계 혈통에 따른 대의 순수성을 지켜 자기 자식에게 재산을 상속하고자 하는 욕구에서 비롯되었다.[22]

---

22) 여성을 위한 모임, 일곱 가지 여성 콤플렉스 (현암사, 1992), p. 27.

결국 유교적 가부장제 사회에서 여성에게는 아내, 어머니로서의 덕성을 강조하여 '정숙한 여성만이 진정한 여성'으로 여겨 여성의 성(性)[23]과 사랑은 부끄럽고 부도덕한 것으로 인식되어왔다. 특히 여성에게 순결함은 매우 중요한 것이어서 순결한 여성은 우월하며 그렇지 못한 여성은 천한 여성으로 손가락질 받아야했다. 순결이란 남녀 모두에게 중요한 덕목이나 현실적으로 남성의 성과 사랑에는 관대하면서 여성의 성과 사랑에 대해서는 부정적인 시각으로 비추어져왔다.[24] 그러나 성(sexuality)은 신체구조와 심리구조, 사회적 규범과 특정 사회구조들에 의해 지지되는 복합적 스펙트럼으로 남녀 간의 때로는 동성 간의 육체적 사랑, 육체적 접촉 요구, 관능적 쾌락, 욕망 등 인간 사이의 성생활과 관계되는 용어들을 포괄하는 총괄개념으로 이해해야 한다. 그렇기 때문에 성은 가장 사적인 것 같으면서도 가장 여리고, 예민하면서도 가장 폭력적일 수 있다.

「가는 비, 이슬 비」는 순결의 문제가 유독 여성에게만 강요되는 불합리한 현실로 인해 갈등을 겪는 이야기를 다루고 있다. 『살아있는 날의 시작』, 『서 있는 여자』, 『그대 아직도 꿈꾸고 있는가』, 「길고 재미없는 영화가 끝났을 때」에서도 남성은 순결하지 못한 여성을 헌 여자로 취급하면서 남성의 외도는 당연한 일로 여기는 잘못된 사고의 관습

---

23) 성의 의미에 대해 살펴보면, 우리말의 성이라고 번역되는 영어단어는 sex, gender, sexuality가 있으며 '여성과 성'의 성은 sexuality이다. sex는 신체구조에 입각한 생물학적인 성이며 대화나 글에서 성관계를 의미하는 일이 잦다. gender는 문화적 사회적으로 길들여진 성이며 여성다움(여성적이다), 남성다움(남성적이다)을 통칭한다. '성성'이 번역되는 sexuality는 생물학적인 성과 사회적인 성을 모두 포함하는 복합적 개념으로 넓은 의미의 성관계를 의미한다. 여기서 성관계는 인간관계의 하나로 성기중심적인 섹스만을 의미하는 것이 아니다.
변혜정 외, 앞의 책, pp. 90~91 참조.
24) 실비아 월비, 유희정 역, 가부장제 이론 (이화여자대학교출판부, 1996), pp. 188~191 참조.

이 공통적으로 나타난다.

「가는 비, 이슬 비」에 나오는 주인공 수자와 찬우는 사랑해서 결혼했지만 "오직 아내는 첫경험의 징표를 가지고 있어야 한다"는 그릇된 인식 때문에 갈등이 시작된다. 신혼 첫날 밤 찬우는 수색하듯 아내의 이부자리를 살핀 후, 수자의 자백을 받아내기 위해 자신의 성경험을 말함으로써 자연스럽게 아내의 과거를 들추어내려고 한다.

> 무슨 각오를 그렇게 단단히 했는지 그는 담배도 안 피우고 까칠하게 튼 입술을 혀로 핥았다. 그리고 나서 선심 쓰듯 말했다.
> "그럼 좋아. 내가 먼저 말할게. 나도 고백할 게 있어."
> 그리고 빠른 어조로 군대 가 있는 동안 서너 번 여자를 돈 주고 산 일이 있다는 얘기를 했다. 조금도 겸연쩍어 하거나 잘못했다는 빛없이 본적이나 학번을 말하듯이 사무적인 어조였다.

—「가는비, 이슬비」 중에서

신혼여행 내내 아내를 괴롭히는데 행복한 웃음을 지으면서 사진을 찍다가도 아내에게 "남들처럼 굴기가 얼마나 힘들었는지 알기나 알아? 남들은 자연스럽게 하는 걸 나는 죽자꾸나 노력해서 흉내를 내다니, 내 더러워서"라고 함부로 말한다. 그 후 7년 동안 부부 생활을 하면서도 그는 지칠 줄 모르고 아내를 불순한 여자로 취급하면서 자백하라고 애걸한다. 부부 동반 모임에서 수자가 '긴자꾸'라는 말을 알아듣지 못하자 찬우는 자기 아내가 너무 순진하다며 다정하게 웃는다. 그러나 집에 와서는 "순진한 척 내숭 떠는 꼴 못 봐주겠다"며 모욕을 준다.

브라운 밀러는 이러한 남성 폭력을 두고 여성에 대한 사회 통제의 한 형태라고 주장하면서 폭력과 성성은 함께 모양 지어진다고 말했다.

여성에 대한 남성 폭력은 강간, 성적 모욕, 아내 구타, 직장에서의 성희롱, 아동 성학대 등을 포함하고 남자들은 남자다운 남자로 키워지고 분쟁을 해결하기 위해 폭력을 쓰도록 길들여졌고, 남자들은 부인에 대해 경제적, 교육적인 면에서 명백히 우월하지 않으면 결혼 생활에서 여성에게 폭력을 사용할 가능성이 더 크다고 보고했다.[25]

이처럼 남성은 남성과 여성의 성을 다르게 보고 여성이 순결성을 강요하면서 여성의 성과 사랑을 억압하는 이중적인 면을 드러낸다. 이는 『살아있는 날의 시작』과 『서 있는 여자』, 『그대 아직도 꿈꾸고 있는가』에서도 잘 나타난다.

> ① 인철은 이미 옥희한테 저지른 짓이 잘못이란 생각에서 완전히 벗어나 있었다. 그 나이에 어린 계집애를 범할 수 있었다는 건 잘못이 아니라 어느 남자도 자기의 인생을 장식해 보길 꿈꾸는 화려한 에피소드일 뿐이었다. 그것이 탄로나고서 당장은 그게 잘못이 아니라 에피소드라는 게 비밀이었지만 이젠 아니었다. 명약관화한 사실일 뿐이었다. 인철은 아직도 그것을 잘못으로 우기는 그 여자를 숫제 혹을 백이라고 우기는 사람 취급을 했다.
>
> ―『살아있는 날의 시작』 중에서

> ② 가엾어라. 그 여자는 자기 자신에 대해 이렇게 부르짖었다. 가엾어라. 가엾어라. 그건 좀 전에 콩쥐가 못 견디게 불쌍해서 중얼대던 소리였다. 실제로 그 여자는 콩쥐에 대해 동기간 같은 연민을 느끼고 있었다. 밑 빠진 가마솥에 불 붓기 식의 일방적이고도 허망한 희생을 해왔다는 걸로 그 여자와 콩쥐는 같은 처지였다.
>
> ―『살아있는 날의 시작』 중에서

---

25) 실비아 월비, 앞의 책 (이화여자대학교출판부, 1996) pp. 204~206 참조.

이처럼 인철은 자신의 순결은 전혀 문제되지 않는 듯 이야기하면서도 아내의 홈집에 집착하는 모순적인 인물로 여성에게 무자비한 폭력을 휘두르는 전형적인 남성의 모습을 상징적으로 보여준다. 또한 인철은 외도가 남자라면 누구에게나 있는 일이라고 여기는 성격의 소유자로, 외도하게 만든 탓마저 아내에게 돌림으로써 둘은 화합가능성이 없다. 『서 있는 여자』에 나오는 철민도 연지가 출장 간 사이 다른 여자를 집안으로 불러들여 성관계를 맺고도 이런 외도는 남자에게 흔히 있는 일이니 "제발 특별나게 굴지 마"라며 "이런 일을 당했을 때 보통 여자들이 하는 대로"하라고 소리친다.26)

> 거기(치킨 집) 모이는 젊은 친구치고 그 계집애 한번 안 따먹은 친구가 없다는 소문이 이 근처엔 자자하거든. 어젯밤, 당신은 집을 비우고 저녁도 먹는 둥 마는 둥 쓸쓸하기도 하고 출출하기도 한 김에 슬그머니 장난치고 싶어지더라구. 제 아무리 도덕군자라도 어젯밤의 나 같은 환경에 처하면 별 수 없을 걸. 그래서 야밤에 치킨 집에 전화를 걸었지. (중략) 집사람도 없는데 자고가도 되겠군 하고 수작을 걸었더니 두말 않고 오케이야. 소문대로 걸레더군. 당신이 새벽에 들이닥칠 줄은 정말 몰랐어. 이건 실상 외도랄 것도 없는 일이야. 잘못이 있다면 당신에게 들킨 건데 애교로 봐주라.
>
> ─『서 있는 여자』중에서

---

26) 일반적으로 남성들은 남녀의 성욕구가 다르다는 논리로 '성욕구도 다르게 표현될 수밖에 없다'고 설명한다. 그러나 사회학자들은 사회적 구성론 '성욕구도 학습된다'는 논리에 의해 반박한다. 남성이라면 강한 성욕구가 있어 여성을 정복해야 한다는 것에 대해서도 남성들이 부정하지 않는데 이는 생물학적 이유가 아니라 어렸을 때부터의 잘못된 성사회화 교육 때문이라는 것이다. 대부분의 남자들은 여성과 달리 남성의 성충동은 본능적으로 억제할 수 없고 본능이라는 차원에서 성욕구를 해소할 수도 있다고 생각하는 것이 심각한 문제인 것이다.

철민이 성관계를 한 여자를 '걸레'라고 비하하며 천박한 계집에게 질투하는 것 자체가 서로를 자존심 상하게 하는 일이라며 여유롭고 담담하게 문제를 해결하려는 행동은 갈등을 심화시킬 뿐이다. 또 철민은 성적인 매력을 잘 발산할 수 있는 남성이 진정한 남성이라고 생각한다. 반면 여성의 성은 수동적인 것으로 여성은 남성이 나누어주는 한도 내에서만 욕망을 느낄 수 있다고 생각한다. 그는 완전한 남성의 증명이란 성관계로 여성을 정복하고 여성에게 임신을 시키는 것으로 완성된다고 여기므로 연지가 피임을 하자 "완전한 남자임을 증명 못한 데서 오는 불안 초조감"으로 괴로워한다. 철민의 이런 내적 갈등은 점점 쌓여가다 연지가 임신 중절하는 사건을 통해 극대화되고 철민은 자신과 상의 없이 아이를 지운 연지의 행동에 분노하지만 자신의 남성성마저 무시당했다고 생각한다. 그는 무시당한 남성의 성적 우월감을 회복하기 위해 폭력을 휘두르는 극단적인 행동을 한다. 이것은 성(性)적인 우월감을 은근히 과시하면서 사회생활을 하는 남성이 외도쯤은 괜찮은 일로 여기는 잘못된 인식에서 비롯된 것임을 알 수 있다.[27]

이러한 남성들의 사고방식은 도덕적인 책임을 져야하는 결혼제도 안에서 남자의 외도만은 관대하게 넘어가고 부추기게 하는 사회의 편견을 단적으로 보여준다.[28] 철민과 인철은 외도를 큰 문제로 여기지

27) 조세핀 도너번, 페미니즘 이론 (문예출판사, 1998), p. 271.
   밀렛과 브라운 밀러는 여성에게 가하는 성폭력이 문화적으로 묵과되어 전파되었을 뿐만 아니라, 강탈은 문화적으로 남성이 그들의 남성성을 수립할 수 있는 일차적인 수단으로 인식되었다고 말한다.
28) 급진적 페미니스트들은, 예를 들어 매키넌(Mackinnon, 1982,1987), 드워킨(Dworkin, 1981), 리치(Rich, 1980) 등의 연구에서는 성성은 여성을 정의내리는 열쇠로 보고 여성은 생활의 모든 측면에서 남자에 의해 '성적 대상'으로 정의된다고 하였다. 이성애로부터 포르노까지의 성적 관습들이 이에 포함되는데 가부장제와 남성 주도적 성관계는 남성들이 여성들을 성적으로 대상화시켜서 여성을 단지 성적 대상으로 격하시킨다.

않는데, 이런 남편들은 외도를 자신의 가부장적 지배를 확립하는 하나의 방식으로 삼고 있다.

> 조미숙 그 암컷에 지나지 않는 그 조악한 정신과 음탕한 몸뚱아리를 밤새도록 잠 안 재우고 울릴 수 있는 수컷은 군침이 돌 만큼 그를 매혹시켰다.
>
> —「유실」중에서

「유실」에서도 남편은 창녀 조미숙을 남성의 권력 회복을 위한 도구로 삼는다. 조미숙을 통해 성에 있어 여성이 사물화 되는 모습을 볼 수 있는데 인간을 사물화 시키는 성은 이미 쾌락이 아니라 권력일 뿐임을 작품 속의 남성들은 깨닫지 못한다. 이처럼 우리 사회에서 외도는 남자다움의 상징처럼 여겨져 남성의 순결성은 문제되지 않고 여성에게만 순결성을 강요하면서 여성의 성과 사랑을 억압한다.

남성들 중에는 결혼 생활을 파괴할 만한 불만이 없는 경우에도 자신의 '남자다움'과 가부장제가 보장해주는 '권리'를 확인하고 싶어서 종종 바람을 피우기도 하는데, 「유실」의 주인공과 『살아있는 날의 시작』의 인철, 『서 있는 여자』의 철민이 벌인 외도는 이러한 의도가 바탕이 되고 있다.

그러나 더욱 심각한 문제는 여성 자신조차 순결이라는 덕목을 남성과 같이 생각한다는 점이다. 「이슬 비 가는 비」와 「길고 재미없는 영화가 끝나갈 때」에 나오는 여성들은 스스로 본성을 억누르면서 살고 있는 문제 여성의 모습을 보여준다.

실비아 월비, 앞의 책 (이화여자대학교출판부, 1996), pp. 157~181 참조.

어머니가 아버지의 아내가 된 게 아니라 그 집안의 며느리가 됐을 뿐이라는 걸 깨달은 것은 첫날밤부터였다고 한다. 당신이 할 일은 시부모를 극진히 받들고 시동생 시누이들하고 우애 있게 지내라는 걸 엄숙하게 선언했을 때 어머니는 무슨 생각을 했을까. 죽어도 시집 문지방을 베고 죽어야 한다는 절대 절명의 명제 앞에서 입술을 깨물었을 것이다. 남편이 소 닭 보듯 하는 아내가 대접받는 길은 대를 이을 수 있는 아들을 낳고 시부모님의 눈에 드는 거였다. 어머니는 그걸 해냈다. 한술 더 떠서 아버지가 갈아들이는 소실에 대해 전혀 투기하지 않음으로써 마치 성군의 중전마마처럼 품위 있고 당당해졌다. 아버지도 어머니에 대한 조강지처 대접 하나만 깍듯했다고 한다.

—「길고 재미없는 영화가 끝나갈 때」 중에서

아버지는 전 인생을 소실 바꾸기로 살아가면서도 아내의 여성성만은 거세해 버리고 조강지처론만을 신봉하는 남성인 것이다. 유교적 사고방식으로 인해 여성이 성과 사랑을 억압하면서 살아온 어머니의 힘겨움이 딸의 시선으로 드러난 부분이다. 「가는비 이슬비」의 수자는 순결을 잃은 적이 없지만 남편의 의심과 추궁에 "순결을 잃은 적이 있었나" 하는 의구심에 사로잡혀 전전긍긍하게 된다. 찬우의 성 억압은 잠자리 묘사를 통해 갈등의 심각함을 드러낸다. 수자가 잠자리를 거절하거나 성적 흥분을 못 느끼면 역시 내숭 떠는 영악한 여자로 매도되고, 육체적 욕망과 성적 흥분을 표현하면 저속하고 음탕한 여자로 매도된다. 남편으로부터 성적 억압을 받는 수자는 솔직한 부부관계를 하지 못하고 남편의 눈치를 보면서 남편 비위를 맞추기 위한 관계의 나락으로 떨어지고 만다.

수자는 자신도 모르는 사이에 찬우가 의심하는 것과 똑같은 혐의

를 자신에게 거는 적이 자주 생겼다. 어쩌면 찬우가 처음 남자가 아
닐지도 모른다고, 찬우가 처음 남자라면 그럴 수는 없는 일이라고까
지 자신에게 최면을 걸기에 이르렀다. 인체란 너무 끔찍한 기억은 지
우게 돼 있다니 어릴 적에 겁탈 당한 적이 없으란 법도 없지 않을까.
그녀는 점점 자주 겁탈당하는 꿈을 꾸었고 그게 마치 무의식 속에 잠
재된 과거의 잔상인 양 그럴듯한 해몽을 하곤 했다.

－「가는비 이슬비」중에서

수자가 스스로에게 최면을 거는 장면은 남편의 성 억압으로 인해 성
인식이 굴절되고 만 상태를 비극적으로 보여준다. 수자와 같은 인물들
이나 특히 어머니 세대의 여성들은 끊임없이 강요되어온 순결관, 정절
관으로 인해 스스로를 억압한다. 개인적으로 내면화된 순결관을 뿌리
치고 싶어도 개인적으로 극복할 수 없다면 일차적인 희생자는 여성 자
신일 수밖에 없다. 그런데도 여성 주인공들은 여성의 순결과 성 문제
로 인한 부부 갈등을 극복하기 위해 더욱 가정적인 여자, 좋은 아내가
되려고 노력하는 모습을 보이고 있다.

이에 대해 실비아 월비는 가부장적 전략이 여성의 성성을 일생 동안
한 남자에게 향하게 하고, 지나치게 많은 관습들이 여성의 성적 관심
을 억제시켰다고 말한다. 여성은 성적 순결에 의해 결정적인 영향을
받아 혼전 성교나 혼외정사의 부정적 결과는 혹독했다. 19세기 동안
영국에서는 남편과 아버지가 부인과 딸들의 행실에 직접적인 통제력
을 갖고 이들을 억압했다. 실비아는 결혼 안에서 여성의 성이 억제되
는 모델을 길러냈다고 하면서 이는 허위의식의 결과나 자신들이 만들
어 낸 것이 아니라 가부장적 사회에서 자신의 현실적 이익을 여성들이
지각하고 누리기 위해 억제할 수밖에 없었던 결과라고 덧붙인다.[29] 즉

가부장적 권력에 대한 여성들의 일종의 적응이라는 것이다. 따라서 위에 제시한 대목은 순결, 정절에 대한 우리 사회의 태도가 여전히 조선시대의 정절관에서 벗어나지 못하고 있음을 여성 주인공을 통해 보여주는 장면이다. 순결, 정절을 잃은 여성은 과거처럼 생명을 버리도록 강요당하지 않을 뿐이지 정신적으로는 이미 사형당한 것과 다름없기 때문이다. 정신적인 사형 선고를 받은 인물 '나'가 남편의 사고방식을 전환시키는 일은 거의 불가능하다. 남편의 인식과 편견은 사회적 제도와 관습을 상징하는 것으로 그 벽이 매우 단단하고 높음을 드러내고 있다.

　　① 정절 깊은 아내는 남편의 물건이 살아나지 않는 한 자신의 욕망도 죽은 척 해야 한다고 믿고 있었다.

ㅡ「유실」중에서

　　② 그러나 그의 물건보다 앞서 아내의 욕망이 미생물처럼 소리 없이 그러나 왕성하게 번식하는 낌새만은 감추지 못했다. 그제야 그는 아차, 하고 잘못 짚은 걸 깨달았다. 그의 물건은 살아나지 않았다. (중략) 그의 온몸에 스멀대는 건 정욕이 아니라 식욕이었다. 그는 미처 아내를 가엾어 할 새도 없이 아내를 밀어냈다. 정절 깊은 아내는 오로지 자는 척을 계속 할 뿐이었다.

ㅡ「유실」중에서

---

29) 실비아 월비, 앞의 책, pp. 148~149.
　　이리가레이(Luce Irigaray)는 성 정체감(gender identity)과 성적 정체감(sexual identity)이 밀접히 관련된다는 프로이트의 관념을 받아들여 가부장적 사회에 의해 억압된 본질적인 여성성이 있다고 암시한다. 남근상에 의한 가부장적 상징적 질서는 합리적 질서이지만 생물학적으로 본 여성의 질서와는 다르므로 여성은 가부장적 합리성을 거부해야한다고 말한다. 그렇지 않으면 여성은 자신의 것이 아닌 세계 속에 갇히게 된다. 세상에 대한 여성의 경험은 남자의 경험과 다르기 때문이다. 여성은 프로이트가 생각했던 것처럼 남자보다 열등하지 않다고 주장하면서 과거의 가부장적 폐쇄성을 과감히 깨뜨려야 한다고 말한다.

①은 아내가 남편을 위해 잠든 척 하면서 자신의 욕망을 억누르는 장면이고, ②는 남편이 한밤중에 욕망이 살아나 성행동을 시도하나 실패한 뒤 권력 상실로 느끼면서 인생의 패배자가 된 듯 비하하는 장면이다. ①과 ②를 통해 알 수 있듯이 남편은 반려자인 여성에 대하여 그녀가 자기에게 갖는 욕망조차도 자주적이 아니기를 바라고 있다. 남편이 불능의 문제를 비관할수록 아내는 전통적으로 여성을 통제해온 성관계에서의 금기들, 사회화 과정에서 자연스럽게 여성에게 내면화된 욕망 자체에 대한 죄의식 속에 스스로를 가둔다. 부부 간의 갈등은 여성의 순결성을 강요하고 성을 억압하는 사회 관습에 의해 심화되고 있는 것이다.

> 아내는 자는 척을 계속했다. 아내의 자는 척은 고문처럼 비참했다. 아내는 깨어난 욕망 때문에 깨어난 게 부끄러웠고, 남편의 자존심이 상할까봐 깨어난 걸 감춰야했다. 그러나 허기밖에 안 남은 그에겐 아내의 이런 불쌍한 자는 척조차 채워지지 않는 욕망의 복수처럼 간교하게 비쳤다.
>
> ─「유실」 중에서

이렇듯 부부관계에서 성적 억압은 끝이 보이지 않는 싸움으로 「가는 비, 이슬 비」의 아내는 남편으로부터 벗어나기 위해 이혼한다. 그녀에게 이혼은 7년 동안 시달려온 성적 억압의 불합리함을 깨닫고 순결성을 강요와 억압으로부터 벗어나려는 구체적 행동이다.

안니 르끌렉은 여성 스스로가 해방자가 되려고 하지 않는 한 남성의 권력과 억압으로부터 해방 될 수 없다고 주장한 바 있다. 여성을 억압하는 것은 남성뿐이 아니다. 자신 스스로를 억압하여 가부장적 문화에 순응하려는 여성 자신이야말로 대립과 갈등을 심화시키고 다음 세대에로 문제를 확산하는 공모자가 된다고 하였다.[30] 여성들이 공보를 하는 한, 가족과 사회에서 철저한 억압자와 말 잘 듣는 피해자를 만들어서 그 억압을 아이들에게 되풀이하게 하며 그래서 더욱 자유로워질 수 없어지는 것이다. 여성의 사랑과 성도 남성과 동등하게 중요하다는 것을 인식해야 함을 강조하고 있다.

세계인류는 아직도 계급적 · 민족적 · 성(性)적 불평등을 극복하지 못하고 있다. 표면적으로는 자유민주주의를 표방하면서도 정치적 · 사회적 · 법률적 측면의 사회구조의 변화를 이룩하지 못한 채 이제는 급진적 여성해방 논의의 부담까지 떠안고 있다. 그런데 이러한 논의는 진정한 인간해방을 요구하는 평등적 물결로서 변화하는 사회구조와 맞물려 있음을 인식할 필요가 있다. 이러한 변화 가운데서 가장 심각한 것 중의 하나는 우리가 추구하는 인간상의 변화라고 할 수 있으며, 그 중 여성상의 변화는 여성해방운동의 가장 중심적인 테마라고 볼 수 있다.

박완서는 여성의 순결성 강요가 여성의 사랑과 성을 억압하는 구체적인 모습으로 드러남을 밝히면서 그 문제를 지적하고 나아가 여성 육체의 행동이야말로 가장 인간적이고 아름다운 삶의 단면이라고 말한

---

30) 안니 르끌렉은 여성의 육체적 삶은 자연의 중심에 있으며, 여성만의 비밀 속에 있다고 주장한다. 그러기에 여성은 자신의 육체를 통하여 모든 사물의 신비를 반복하고 분만은 삶 속에서 가장 신성하고 위대하고 신기한 행동이 된다. 육체가 겪는 실제적이면서도 은유적인 경험들 즉, 월경이나 임신, 출산, 수유와 같은 근원적인 것에서부터 언어, 육체의 언어, 새로운 언어가 탄생하고, 여성은 새로운 말을 만들어 내어야 하며 그 말은 깊은 쾌락을 섭렵한 여성의 육체로부터 태어나야 한다고 강조하고 있다.
안니 르끌렉, 정을미 역, 이제 여성도 말하기 시작한다 (열음사, 1990), pp. 126~145 참조.

다. 금기시 되었던 여성의 육체와 성은 어머니, 늙은 여성의 솔직한 담론으로 이어져 인생의 진실을 피력한다.

① 문갑 옆 경대는 시집올 때 해가지고 온 구식 경대여서 거울이 크지 않았다. 거기에 하반신만이 적나라하게 비쳤다. 나는 세 번 임신했고 삼남매를 두었지만 실은 네 아이를 낳아 셋을 기른 거였다. 세 번째 임신이 쌍둥이었다. 그중 아우를 돌 안에 잃었다. 쌍둥이까지 밴 적이 있는 배꼽 아래는 참담했다. 볼록 나온 아랫배가 치골을 향해 급경사를 이루면서 비틀어 짜 말린 명주빨래 같은 주름살이 늘쩍지근하게 처져 있었다. 어제 오늘 사이에 그렇게 된 게 아니련만 그 추악함이 충격이었던 것은 욕실 안의 김 서린 거울에다 상반신만 비춰보면 내 몸도 꽤 괜찮았기 때문이다. 또한 욕조에 잠겨서나 나와서나 내 몸 중에서 보고 싶은 곳만 보고 즐기려는 마음도 없지 않았을 것이다. 그때 나는 급히 바닥에 깔고 있던 타월로 추한 부분을 가리면서 죽는 날까지 그곳만은, 거울 너에게도 보이나 봐라, 하고 다짐했다. 적어도 같이 아이를 만들고, 낳고, 기르는 그 짐승스러운 시간을 같이한 사이가 아니라면 안 되리라. 겉멋에 비해 정욕이 얼마나 아름다운 것인지 이제야 알 것 같았다.

― 「마른 꽃」 중에서

② 내가 떠맡고 싶은 건 어머니가 아니라 어머니의 똥구멍이었다. 생판 남이 어머니의 똥구멍을 진저리를 치며 구박하도록 내버려둘 수는 없었다. 그건 효도 따위보다 진실하고 씩씩한 분노였다. 하필 항문의 고무줄이 빠질 건 뭐였을까, 다른 사람도 아닌 우리 어머니가. 어머니에게 그건 얼마나 참을 수 없는 치욕이었을까. 나는 어머니가 어떤 사람이라는 걸 알고 있다는 대가로라도 그 치욕을 다소나마 가려주는 일을 맡고 나설 수밖에 없었다.

― 「길고 재미없는 영화가 끝나갈 때」 중에서

박완서는 남성의 성 억압에서 벗어나 "늙은 여인의 육체론, 동물적인 모성론, 정욕론의 새로운 어법까지 노출하면서 스스로 여성의 육체와 성, 사랑에 대해 과감하게 이야기하면서 여성의 육체적 삶과 관련된 인생의 진실을 피력"[31]하고 있어 그 의미가 더욱 남다른 것이다. 박혜란은 이에 대해 작가가 "부부 사이에서 일상적으로 일어나는 성관계조차 실은 남성 지배, 여성 종속의 정치적 관계의 반영이라고 냉정하게 강조"[32]하고 있다고 보았다.

이와 같이 박완서 소설의 여성들은 남성의 순결성 강요와 성과 사랑에 대한 억압을 받으면서 괴로워한다. 성관계를 둘러싸고 제기되는 일상적인 문제들, 부부간의 성관계나 외도 혹은 혼전관계에서 여성은 언제나 피해자이면서도 동시에 거의 언제나 문제를 일으킨 장본인이라는 비난을 받는데 이런 불합리함은 남성 위주의 성문화에서 비롯된 것이며 '평범한 남자'들을 통해 문제를 드러냄으로써 작가는 문제의 심각함을 보여주고 있다.

3. 전통적 호주제

가부장제도는 부계가족 제도의 전통 남성우월주의에 확고한 기반을 두고 있다. 그 역사는 너무나 오랫동안 지속되어 와서 여전히 가정과 사회에 그 잔재가 남아 갈등을 일으키는 요인이 되고 있다. 이에 여성도 반기를 들어 가부장제 사회와 인식에 대항하여 왔다.

1970년대 이후 고도성장한 산업사회를 배경으로 여성의 노동력을

---

31) 임금복, 현대 여성소설의 페미니즘 정신사 (새미, 2000), p. 298.
32) 박혜란, 삶의 여성학 (또하나의문화, 993), p. 244.

필요로 하고 이제는 여성의 사회 참여가 당연한 것으로 여겨졌다. 그러나 전통적인 결혼 제도33)와 여성에 대한 법적 제도적 차별의 문제34)는 여전히 심각하여 가족 갈등을 심화시키고 있다. 그렇다면 먼저 사회에서 '법'이 갖는 의미와 성격에 대해 간단하게나마 살펴볼 필요가 있다.

인간은 사회적 동물이며 타인과의 관계 속에서 사회를 구성하며 생활해 왔다. 원시공산제 사회 이후 생산력이 발달함에 따라 사유재산과

---

33) 현대에 와서 한국의 가족 구조가 많이 바뀌었지만 유교적인 전통이 남자들과 여자들의 직분에 대한 기준으로 여전히 남아 있어 문제가 된다. 그리고 각 개인의 지위는 세대와 나이와 성에 의해 좌우되는 경우가 많다. 아내는 남편보다 못하고 여자 형제는 남자 형제보다 못하고 동생은 형보다 못하다. 유교적 전통 때문에 한국 가족 제도에는 아직도 동등의 개념이 부족하다. 전통적인 가족 제도의 특징을 살펴보면, 남자쪽 가족들만이 친척으로 인정되고, 사회적인 계급과 권리는 아버지로부터 아들에게만 물려졌으며, 가정의 권위는 아버지에게만 독점되어 자녀에 대한 통제권이 있었다. 결혼은 다른 혈통의 가족하고만 할 수 있고 장자가 가족 혈통을 이어나갈 권리를 가졌다. 가족 내의 갈등은 이러한 풍속과 차별적인 전통으로 인해 비롯되고 있다.
유덕순, 변화의 바람 (독자와함께, 1993), pp. 68~70 참조.

34) 여성들의 법적 권리투쟁은, 그러나 모든 인간의 평등을 내걸고 등장한 프랑스 혁명정부의 탄압을 받았다. 프랑스 혁명의 인권선언은 남권선언이라고 비판한 올랭 드 구즈는 결국 '여성이 단두대에 오를 수 있다면 연단에도 오를 수 있어야 한다'는 말을 남기고 단두대의 이슬로 사라졌다. 이로부터 시작된 여성들의 법적 권리 투쟁은 1848년 미국의 세네카 폴즈 선언에서 여성들의 재산권, 친권, 참정권 등을 요구하는 결의의 채택으로 이어졌으며, 이후 여성들은 법적 기본권을 비로소 획득하기 시작했다. 미국의 많은 주들이 1839년에서 1865년 사이 기혼여성의 재산권을 인정하는 법률을 통과시킨 이후 1868년 남북전쟁의 결과로 흑인들의 선거권이 인정된 이후이니 여성은 법적으로 가장 늦게까지 억압받는 집단이었다고 볼 수 있다. 그 후 노르웨이, 핀란드, 소련, 영국 등이 여성의 참정권을 인정하기 시작했으며, 프랑스나 이태리, 우리나라의 경우에는 2차대전 이후에야 비로소 여성의 참정권이 인정되었다. 결국 모든 여성에게 오늘날과 같은 보통 선거권이 주어진 것은 불과 100여년의 역사를 지닌 최근의 일이라고 볼 수 있다. 1995년 발표된 유엔개발기구(UNDP)의 인간개발보고서에 의하면 우리나라의 여성권한척도(여성이 정치, 경제, 사회 활동과 과정에 얼마나 참여하고 있는가를 점수화한 것)는 짐바브웨(43위)나 방글라데시(80위)보다 뒤떨어지는 하위권을 기록하고 있다.
변혜정, 여성, 여성학 (단국대학교출판부, 1996), pp. 184~187 참조.

계급이 발생하고, 서로 다른 존재 조건을 지닌 사람들 사이에는 불가피한 사고방식, 생활양식 및 이해관계 등의 차이가 발생되었으며, 이러한 차이로 인해 발생하는 갈등과 충돌을 규율하고 조정하기 위한 일정한 규칙이 필요하게 되었다. 이러한 규칙이 곧 사회 규범의 형태로 나타나게 된 것이다. 사회 규범은 도덕, 종교, 관습, 법 등 서로 중복되는 영역을 지니면서 다양한 형태를 지닌다. 이들 사회규범은 인간의 역사가 발전하는 과정 중에서 필요에 의해 자연스럽게 출현하지만 특정 시대, 특정 사회에서 의식적으로 만들어져 사회구성원들로 하여금 그것을 지킬 것을 요구하는 규범도 있다.[35] 법이 바로 이러한 강제적인 사회 규범의 한 형태이다.

이처럼 한 사회의 지배적인 법규범이 그 사회내의 인간관계의 반영이라고 볼 때, 법은 한 사회 안에 존재하는 개인들의 위치를 보여준다. 그러므로 법을 보면 그 사회의 여성에 대한 태도와 그 사회에서의 여성의 지위를 볼 수 있다.[36]

우리나라의 경우 1989년까지 여자를 호주로 인정한 경우는 거의 없었고 보통 가장은 가족에 대한 모든 결정을 내리도록 되어 있었다. 부계가족 제도는 부계의 남자 후손에게 가장권을 물려주도록 하는 데에

---

35) 신인령, "법의 기초 이론", 법과 현대 사회 (이화여자대학교출판부, 1982), pp. 62~63.
36) 여성들은 오랜 동안 법적으로 차별받아 왔으며, 법률에 있어 남성과 동등한 대우를 받기 시작한 것은 극히 최근의 일이다. 1789년의 프랑스 혁명이 인간의 존엄과 자유, 평등, 박애의 가치를 내걸었지만, 그 사상 속의 인간은 남성이었을 뿐 여성은 인간의 범주에 포함되지 않았다. 당시 여성들은 법적으로 자신의 재산을 소유할 수도, 보통교육기관에서 교육을 받을 수도, 투표를 할 수도 없었다. 그럼에도 불구하고 이러한 여성들의 현실은 백인 부르주아 남성들의 잔치였던 프랑스 혁명에서는 개선의 대상으로서 전혀 고려되지 않았다. 그러나 프랑스 혁명의 사상은 여성들에게도 영향을 미쳐 여성해방주의가 싹트기 시작했고, 초기 여성해방론자들은 참정권, 재산권, 교육권, 노동권 등의 법적 권리 확보를 1차적 목표로 삼고 투쟁하였다. 변혜정, 앞의 책, pp. 183~185 참조.

초점을 두었고 장남에게 그의 아버지를 이어가는 혈통에서 우선권이 주어졌다.

박완서는 이렇게 유교적 가부장제로 인해 고통 받는 여성이 불평등한 법과 제도 앞에서 더 큰 절망을 겪는 이야기를 잘 다루어 페미니즘 문학에 의미 깊은 메시지를 던졌다. 『그대 아직도 꿈꾸고 있는가』는 주인공 문경이 가부장제 사회에서 사회적 편견과 여성에게 불리한 법제도에 맞서 자신의 권리를 지켜나가는 과정을 보여주고, 『휘청거리는 오후』[37]는 세 자매를 통해 악습이 고쳐지지 않는 결혼제도와 혼인 절차의 폐단에 대해 이야기한다. 1988년「여성신문」에 연재된 『그대 아직도 꿈꾸고 있는가』는 유교적 가부장제 억압에서 벗어나기 위해서는 불평등한 법과 제도의 수정이 필요하다는 강한 의식을 보여주어 주목할 만하다.

작품의 줄거리를 살펴보면, 문경은 35세의 초등학교 교사로 외국에 간 남편으로부터 일방적인 이혼을 당하고 혼자 살아가는 여성이다. 문경은 아내와 사별한 후 외롭게 살아가는 대학동창 혁주와 만나 사랑하게 되고 결혼을 약속한다. 그러나 부모에 대한 의존성이 매우 강한 혁

---

37) 이 작품은 우리 사회에서 여성이 경제적으로 독립하기 어렵기 때문에 결혼만이 여성의 삶을 보장해 줄 유일한 수단으로 여겨져 혼수 문제, 결혼제도의 불합리한 악습이 계속되는 문제점을 지적한다. 이렇게 남성에게 경제적으로 의존하는 결혼관계는 여성에게 불리하게 작용할 수밖에 없는데 여전히 여성들이 이러한 폐단을 벗어버리지 못하고 있음을 강하게 비판한다. 또한 미혼시절 스스로 능력 있고 똑똑하다고 여겼던 여성들이 뛰어넘을 수 없는 결혼제도의 모순 때문에 더 큰 절망을 맛보게 된다. 이러한 가부장적 혼인관습은 물질만능주의가 배금주의와 결합하여, 서로 예의를 표하자던 원래의 뜻마저 상실하게 된다. 신부 측 또한 분수에 넘치는 혼수로 신부가족의 경제적 능력을 과시하고, 딸의 시집살이를 덜어보려는 계산이 숨어 있는 것이다. 이는 남녀가 불평등한 지위에서 결혼한다는 것뿐만 아니라 일생의 반려자를 구하는 혼인이 물질적 이해관계에 의해 거래하는 정략적인 결합이라는 데 문제의 심각성이 있다. 이 작품에 대한 분석은 Ⅲ장에서 보다 자세히 다루기로 한다.

주는 어머니가 원하는 순종적이면서 미모와 재력을 갖춘 여자와 결혼하게 된다. 문경은 혁주의 태도에 분노하지만 임신한 사실을 알게 되고 아들(문혁)을 혼자 낳는다. 한편 혁주의 아내 애숙이 대를 이을 수 없게 되자 혁주와 어머니는 뒤늦게 알게 된 문경의 아들을 빼앗아 가려고 법정소송38)까지 불사한다.

미혼모라는 사실 때문에 자긍심을 갖고 일했던 교사직도 박탈당한 문경은 사회적 편견은 물론 경제적인 문제로 아이의 양육권을 주장하기에 너무도 불리하다. 그러나 불합리한 법률과 재력이라는 세속적 권세를 업고 아이를 빼앗아 가려는 비열한 사내의 소송에 접하면서 문경의 의지는 더욱 확고해진다. 전통적 호주제를 앞세워 강압적으로 아이를 빼앗아가려고 하지만 문경은 자신의 정당함을 굽히지 않고 끝까지 싸워 아이를 지켜낸다.39)

---

38) 부계혈통사회에서 법은 부모의 의견이 서로 일치하지 않을 경우 친권과 거소지정권을 부가 행사하도록 규정하고 있다. 작품의 배경이 된 1980년대 민법에 따르면 미성년자인 자에 대한 친권은 부모가 공동으로 행사한다. 다만 부모의 의견이 일치하지 않는 경우에는 아버지가 행사한다. 또 부모가 이혼하거나 부의 사망 후 모가 친가에 복적 또는 재혼할 때에는 그 모는 전혼인 중에 출생한 자의 친권자가 되지 못한다. 또 자녀는 친권자가 지정한 장소에 거주하여야 한다.
신인령, 법과 현대 사회 (이화여자대학교출판부, 1982), pp. 109~110 참조.

39) 제도와 관습에 의해 문제에 직면했을 때 개인의 힘으로 갈등을 극복할 수 없는 한계성을 지닌다. 그러므로 사회, 제도적 욕구 불만으로 인한 물리적 대응은 불만의 원인을 완전히 제거해 주지 못하고 일종의 '안전판으로서의 기능'을 담당하게 되는데, 등장인물들이 불합리한 문제를 인식하고 폭력, 폭언을 행사하여 상대방을 제어하려는 행동이나, 별거, 이혼, 법적 투쟁 등과 같은 물리적 대응이 그러하다. 이에 관한 논의는 짐멜의 이론을 통해 구체적으로 논의되고 있다. 즉 짐멜은 갈등의 사회유지와 존속에 기여하는 긍정적인 기능을 「안전판 이론」을 통해 설명한다. 이러한 짐멜의 이론은 코저에 의해 16가지 항목으로 세분화되어 사회학 연구의 기본 틀을 형성하고 있다. 명제는 갈등의 집단 결속 기능, 갈등의 집단 보전 기능과 안전판 제도의 의미, 현실적 갈등과 비현실적 갈등, 갈등과 적대적 충동, 가까운 사회관계에서의 적의, 관계가 가까울수록 갈등은 치열해진다.
Lewis A. Coser, 박재환 역, 갈등의 사회적 기능 (한길사, 1980), pp. 195~200 참조.

부당함으로부터 아이를 지키기 위해 갖은 수모와 역경을 견딘 문경은 평범한 듯하다. 그러나 자기만의 가치관과 의지를 지닌 여성이다. 그러나 혁주는 남성우월주의 사고와 부모를 모시고 있어야 장남으로서의 도리를 하는 것이라고 여기는 성격의 소유자로 어려운 문제가 닥쳤을 때 어머니에게 맡겨버리는 의존적인 성격에다 아내를 비롯하여 여성에게 무책임한 사람이다. 혁수의 문제 성격은 역시 그의 어머니 황 여사로부터 비롯되었음을 알 수 있다.

> ① "이제 보니 당신은 어머니하고 상의를 하고 나서 반대에 부딪힌 게 아니라, 어머니가 반대하리란 걸 미리부터 알고 있었어요. 그분의 반대는 움직일 수 없는 기정사실이고 혁주 씨는 처음부터 자신의 결혼문제에 대한 독자적인 결정권을 갖고 있지 않았어요."
>
> ─『그대 아직도 꿈꾸고 있는가』 중에서

> ② "이런 무신경하고 뻔뻔스러운 여자가 있나. (중략) 여자가 남자를 침대에 끌어들이려면 저런 건 좀 미리 감춰놓아야 하는 거 아냐. (중략) 난 신앙은 없지만 저런 걸 보면 경건해지는 정도의 양심은 있는 사람이라구. 저런 것이 내려다보는 데서 태연히 정사를 벌일 수 있는 당신만큼 뻔뻔스럽지가 못해."
>
> ─『그대 아직도 꿈꾸고 있는가』 중에서

혁주는 사랑하는 사람임에도 불구하고 문경이 이혼녀라는 사실을 들어 '헌 여자', '소박데기'라고 취급한다. 결혼 전에 함께 성관계를 가지면서도 "분수를 알고 비싸게 굴라"며 문경을 창녀취급 한다. 결혼을 약속했지만 처음과 달리 "부부가 된다는 걸 남자하고 자는 것만치나

쉽게 생각"한다며 아예 문경의 인격을 무시한다.

문경은 혁주의 이런 처사에 충격을 받지만 더 큰 문제를 가져온 것은 호주제라는 법과 제도이다. 혁주와 헤어진 후 임신 사실을 알게 된 문경은 생명의 존귀함을 알고 아이를 낳아 기른다. 그러나 미혼모로 아이를 키우는 자신의 삶보다 아버지 없이 자라야하는 아이의 삶이 두렵기만 하다. 그래서 문경은 혁주를 찾아가 아들을 호적에 넣어만 달라고 애원하지만 거절당하고 아버지의 호적에 넣는다. 법적인 문제로 인해 갈등을 겪는 여성의 심정은 다음과 같다.

> 자신이 속한 사회가 부계혈통 사회니만치 홀로 모계혈통으로 기르는 외로움과 불안에서 벗어나고 싶기도 했다. 부계혈통 사회에선 아버지의 호적에 입적시키는 게 원칙이고 내 자식도 이제부터 원칙대로 키우게 됐다는 안도감이 비로소 어미의 도리를 다한 것 같은 만족감과도 비슷한 게 그 여자의 솔직한 심정이었다.
>
> ─『그대 아직도 꿈꾸고 있는가』 중에서

결국 문경이 아이를 낳아 기르는 데 있어 갈등한 이유는 부계혈통의 사회제도 속에서 홀로 모계혈통으로 아이를 키운다는 외로움과 불안감이었다. 브로니스로 마리노우스키가 지적한 대로 "유교적 가부장제 사회는 아들에 대한 합법성을 고집"[40]하기 때문이다.

또 문경과 대립하는 애숙을 보면 "아흔 아홉 냥 가진 이가 한 냥 가

---

40) 브로니스로 마리노우스키는 부권제적 가족은 그 합법성을 고집하고, 이를 "합법성의 원칙(the principle of legitimacy)"이라했다. 이 원칙은 '어떠한 어린이도 사회학적인 의미에서의 부친의 역할을 떠맡는 남자 없이 세상에 태어나는 일이 있어서는 안 된다'는 것의 주장으로서 만들어진 것이라고 한다.
케이트 밀레트, 앞의 책, p. 71 참조.

진 이의 모든 것인 한 냥을 기어코 뺏고 말겠다는 비정한 소유욕"을 가진 여자로 혁주를 빼앗아 결혼하지만 문경처럼 가부장제 사회의 희생자에 불과하다.

혁주를 놓고 문경과 애숙이 갈등하는 상황에서, 또 문경과 애숙 사이에서 갈등하는 혁주에게 애숙이 자신감을 드러내는 무기는 절묘하게도 '돈'이었다. 남편을 더욱 출세하게 만드는 데는 역시 돈이 있어야 한다는 언급을 통해 작가는 가부장제를 부추기는 그릇된 자본주의 관념까지도 비판함을 알 수 있다.

> "보다시피 전 사업할 체질이 아니에요. 그렇지만 돈은 따르는 것 같아요. 우리 집에서도 그러세요. 잰 돈이 따르니까 뭘 해도 실패가 없다구. 이것저것 정리하면 부모님이 대주신 거 갚고도 제 몫으로 얼마간 떨어질 텐데 살림만 한다고 설마 그 돈 놀리겠어요. 저한테 돈이 따른다는 것만 믿고 슬슬 굴려보죠 뭐."
> 저절로 돈이 따른다는 정애숙의 자신감은 혁주에겐 놀랍고도 눈부셨다. 미모와 순종적인 성격 등 여러 가지 장점 중에서도 단연 돈 보였다. 한 달 내내 큰 액수도 미지(未知)의 액수도 아닌 빤한 일정한 액수를 죽자구나   아야 하는 월급장이 신세가 보기에 돈이 저절로 따라오는 팔자란 생각만 해도 황홀한 꿈의 팔자가 아닐 수 없었다.
>
> ─『그대 아직도 꿈꾸고 있는가』 중에서

그러나 그렇게 돈이 많고 매력적이어서 대접받던 애숙도 불임이라는 사실에 더 이상 당당한 입장이 될 수 없다. "재산 불려, 시에미 공경 잘 해, 뭐 하나 잘못한 게 없건 만도 아들 하나 못 낳은 죄"가 갈수록 무서워 애숙과 친정 식구들은 점차 삶의 의욕을 잃는다.

애숙은 하루하루 수척하고 멍해졌다. 남들 다 가진 아들을 영영 가질 수 없다는 열등감과 한 가문의 대를 끊어놓았다는 죄의식이 그녀의 몸뿐 아니라 마음까지 허약하게 만들었다. 애숙은 매사가 시들해져 기쁨도 슬픔도 선명하게 느끼질 못했고 뒤에서 조종하던 사업에 대해서도 의욕이 도무지 생기지 않았다. (중략) 자궁이 자신의 전부였던 것처럼 자궁을 상실하고 나서는 본래의 인간성까지 점점 달라지고 있었다.

―『그대 아직도 꿈꾸고 있는가』 중에서

위의 예문에서 보는 것과 같이 애숙은 떼어낸 자궁에 연연하며 가족 모두까지 비통해 한다. 반면 문경은 자신의 문제를 주체적으로 그리고 적극적으로 극복해나간다. 가부장제 사회의 관습과 제도를 거스르며 그 억압을 해결하고자 노력한다. 부계중심 사회에서 홀로 자식을 낳아 키우고, 사회의 편견과 억압에 굴하지 않고 대응한다. 그러나 사회의 단단한 벽은 쉽게 허물어지지 않으므로 문경은 돈을 벌기 위해 갖가지 일을 하면서 경제적 자립을 실현한다. 또 법적 제도의 불리함에도 불구하고 법률을 공부하고 자료를 수집하며 변호사도 없이 당당하게 아이의 양육권을 지켜낸다. 불리한 현실에 쉽게 포기하거나 순응해왔던 보편적인 여성과는 상당히 다른 면모를 지닌 인물인 것이다.

"그 애(아들 문혁)에게 거는 저의 가장 찬란한 꿈이 뭔 줄 아세요? 남자로 태어났으면 마땅히 여자를 이용하고 짓밟고 능멸해도 된다는 그 천부의 권리로부터 자유로운 신종 남자로 키우는 거죠. 그 꿈을 위해서도 그 애는 제가 키우고 싶어요."

―『그대 아직도 꿈꾸고 있는가』 중에서

문경이 갈등과 역경을 헤쳐 나갈 수 있었던 가장 큰 힘은 바로 자신의 확고한 신념 때문이었다. '신종 남자'란 가부장제 사회에서 태어났지만 여자를 짓밟고 능멸해도 된다는 그릇된 사고에서 벗어나 보다 더 큰 행복을 향유할 수 있는 남자를 뜻하며 인간성 회복의 꿈을 상징한다. 문경은 이런 남자를 키워 세상을 조금이라도 변화시켜야 진정 사랑과 화합을 실천할 수 있다고 여기는 것이다.

이렇듯 여성 주인공이 호주제로 인하여 갈등을 겪는 이야기는 한국 사회에서 여성의 법적 지위가 어느 정도이며, 사회 전반의 인식과 법제도가 얼마나 뿌리 깊은가를 보여준다. 또 여성의 법적 지위가 곧 그 사회 내에서의 여성의 지위를 반영하여 나타듯이, 여성에 대한 법의 태도의 변화는 곧 여성에 대한 사회 전반적 의식의 변화를 표현하는 것이며 더 나아가 여성에 대한 인식의 변화를 유도할 수 있다. 이런 점으로 볼 때 여성해방주의가 여성과 법을 이해함에 있어 부여하는 의미는, 성차별적 사회에서 법이 지니는 성차별성을 드러내는 것뿐만 아니라, 성차별적 사회를 극복하는 방안으로서 법이 갖는 힘에 주목하고 그 힘을 실현하는 대안의 모색 역시 중요한 의미를 지닌다. 그러나 법의 변화에 있어서 주의할 점은, 여성들의 법적 지위가 개선되었다는 사실이 곧 여성들의 법적 불평등의 해소를 의미하지는 않는다는 사실을 기억하는 것이다.

『그대 아직도 꿈꾸고 있는가』의 제목에서 알 수 있듯이 작가는 뿌리 깊은 가부장제 속의 남성중심의 사고와 남자가 대를 잇는 전근대적 관습을 비판하면서 이런 갈등을 해결하려면 '신종 남자'를 키우는 것이라는, 그렇게 한 걸음씩 나아가는 게 진정한 방법이라는 대안을 제시한다. 작가는 작품 후기에서 갈등하는 여자가 새로운 꿈을 창출하는 것은 당연하다고 부연한다.

> 이건 대단한 이야기도 아닙니다.
> 한 평범한 여자가 꿈에서 깨어나는 이야기이기도 하고 아직도 꿈을 못 버린 이야기이기도 합니다. 끊임없이 꿈으로부터 배반당하면서도 끊임없이 새로운 꿈을 창출해내는 게 어찌 여자들만의 일이겠습니까. 인간의 운명이지요.[41]

　작가가 밝힌 작품 의도와 문경을 통해 보여준 갈등 해결의 대안 제시는 페미니즘 이론과 일맥상통한다. 페미니즘 이론가인 록산느 던버는 부권제 또는 마성지배가 여성 억압의 뿌리라는데 동의하면서 새로운 사회를 만들기 위해서는 페미니스트 원리에 기초해야 한다고 말했다. 여성은 남성과 달리 '모성적 특성'과 '억압받는 자의 의식을 소유'하고 있으므로 사회는 이러한 특성을 이해하여 보다 인도적인 인식이 윤리적 토대가 되어야 한다고 주장하였다.[42]

　지금까지 살펴본 소설들은 모두 전근대적 관습과 제도로 인해 개인이 갈등을 겪는 이야기들이었다. 특히 유교적 가부장제 사회에서 남편에게 억압받으며 살아가는 여성의 삶을 중점적으로 다루어 전통적인 부덕을 소유한 여성이 가부장제의 모순을 인식하고 자아정체성을 자각해나가는 과정, 자각한 여성이 평등한 삶을 욕망하다가 실현 과정에서 중대한 착오로 더 큰 불행을 겪는 모습, 결혼에 실패한 여성이 인간성 회복의 사회를 꿈꾸며 사회적 편견과 불합리한 가족법에 맞서 승소하는 갈등 극복의 과정까지 보여주었다.

　작가는 매우 사실적인 묘사로 여성이 처한 사회적인 억압의 상황과

---

41) 박완서, 그대 아직도 꿈꾸고 있는가 (세계사, 1999), 작품 후기 중에서.
42) 조세핀 도너번, 페미니즘 이론 (문예출판사, 1998), pp. 262~263 재인용.

그 상황에 대처해가는 이야기를 통해 가부장제의 모순과 남녀평등의 문제, 무엇보다 인간존중의 기본 의식을 지녀야 한다는 주제 의식을 나타내어 여성주의 문학으로서 큰 자리매김을 하였다.

4. 남아선호사상

우리나라의 가족 제도는 조선후기로 오면서 부계중심적이고 가부장적 가족제도로 변화되어 가문의 번성을 가장 중요한 일로 여겼기 때문에 혼인의 목적이 집안의 대를 잇는 아들의 생산에 있었다. 그래서 신부를 고를 때도 아들을 잘 낳을 수 있는가를 살폈고, 혼인한 후에도 아들 낳기 위한 처절한 노력이 계속되었다.

한국에서 여성들에게 가해지는 문화적인 차별은 이미 아기의 출생 시에 많은 가정에서 성별에 따라 달라지는 반응이나 대우로부터도 알 수 있다. 아들이 태어날 경우는 집안의 기둥으로 여겨져 진정한 축복을 받지만 딸의 경우에는 "딸도 살림 밑천이니 섭섭해 하지 말라"는 식의 위로를 받는다. 이러한 여아에 대한 차별적 대우는 계층에 관계없이 우리 사회에 만연해 있는 가부장제 전통에 기인한 현상이다.

우리 사회에 뿌리깊이 박혀 있는 남아선호사상은 여성 100명에 대한 남성의 비율을 제시하는 성비(sex ratio)의 수치가 매우 부자연스럽게 나타나고 있는 점에서도 입증되고 있다. 최근의 보도에 따르면, 지방보다는 서울에서, 특히 중산층이 몰려 있을수록 그리고 부모의 교육 수준이 높은 지역일수록 자녀의 성비가 기이하다고 한다. 이는 경제적으로 여유가 있는 계층일수록 사전 검사를 통해 여아일 때 낙태하는 비율이 높아서 기계적으로 자녀의 성을 통제하는 결과에 의한 것으로 이해된다. 또한 이러한 남아선호사상은 각 가정에서 태어난 마지막 자녀만을 대상으로 조사한 '최종아 성비'에 있어서 극단적으로 나타나 출생순위가 뒤로 갈수록 남아의 비율이 높아져서, 넷째 아이 이상의 경우에는 남아의 탄생 비율이 여아의 거의 2배에 이르고 있을 정도로 우리 사회에서의 성비 불균형의 문제가 심각하게 대두되고 있다.[43]

이와 같이 우리 사회에서 공공연히 행해지고 있는 낙태는 현재 인도나 중국 등의 농촌지역에서 아직도 자행되고 있는 여아의 영아살해현상과 마찬가지로 남아선호사상에 기반을 두고 있다. 이는 또한 생물학적인 현상으로 믿고 있는 자녀의 출생마저도 과학기술에 의해 통제되어서 왜곡되게 나타나고 있음을 단적으로 보여주는 생생한 증거이다.

박완서는 이처럼 남아선호사상, 남성우월주의에 빠져 여성이 하나의 인격체로 인정받지 못하는 사회적 관습을 여러 작품들을 통해 고발한다. 즉 남아선호사상으로 인해 갈등이 발생하여 고통을 겪는 이야기이다.

「꿈꾸는 인큐베이터」는 개인과 사회가 남아선호사상이 뿌리 깊게 박혀 여성의 존재가 단지 출산이라는 기능적인 역할만 지닌 것은 아닌가에 대한 의문을 '인큐베이터'에 비유하여 묘사한 소설이다.

이 작품에서 갈등은 주인공 '나'와 '신종남자'의 대립 구조로 나타난다.

> 나는 이 세상에 아들이 있고 없고 하고 인생의 행, 불행하고를 연
> 관 지어서 생각해 본 적이 한 번도 없는 것 같은 남자를 만난 게 대단

---

43) 여성한국사회연구회, "여성연구의 경향과 과제", 여성과 한국사회 (사회문화연구소, 1994), p. 19.

히 곤혹스럽고도 기분이 나빴다. 뭐 저런 족속이 다 있나 재수 옴붙었다 싶으면서도 그 남자를 행복한 채로 놓아 주기가 싫었다. 그것은 거짓 행복이고, 거짓은 깨부숴야 한다는 사명감이 대단한 정의감처럼 치뻗쳤다.

— 「꿈꾸는 인큐베이터」 중에서

'나'는 아들이 있고 없고 하는 문제와 행, 불행 문제를 연관 지어 본 적이 없는 것 같은 남자가 대한민국에 있을 수 없다고 생각하는 여자이기에 "아들을 낳지 못하고도 아무렇지도 않은 것처럼 능청을 떨고 있다"고 생각하고 남자에게 자신의 생각이 옳다는 것을 인식시키고픈 새로운 욕망이 꿈틀대어 대립을 유도하였다. 남자의 의식을 바꿔놓으려는 주인공의 집요한 행동은 갈등을 심화시켜 의식의 대결은 팽팽해진다.

① "저는 딸이 더 좋다고 말한 적이 없습니다. 그건 아들이 더 좋다는 것과 같은 척도를 가진 발상이기 때문이죠. 장차는 딸이 더 좋을 거라느니, 딸을 가진 부모는 비행기 타고 아들 가진 부모는 고속버스 탄다는 식의 위로나 발상이 제일 싫습니다. 마치 내년엔 무슨 농사를 지으면 수지를 맞을 거라든가, 앞으로 무슨 장사를 하면 떼돈을 벌 거라는 식의 상업적인 전망과 무엇이 다릅니까? 그런 발상은 남녀의 올바른 인간관계를 더욱 해칠 뿐 조금도 도움이 못 될 것입니다."

— 「꿈꾸는 인큐베이터」 중에서

② "…여성을 상품 취급하긴 마찬가지지요. 수지가 맞을수록 상품화는 더 심화될 것입니다. 더욱더 어떡하면 비싸게 팔리나 하는 쪽

으로 길러지고 교육될 테니까요. 남자는 또 어떻구요. 물욕과 성욕은
서로 상승작용을 일으켜 예쁜 여자는 재산목록이 되고 권력의 상징
이 되겠죠. 여자가 인간이 아니게 된다는 건 곧 남자도 인간이 아니
게 된다는 소리나 마찬가지입니다."

—「꿈꾸는 인큐베이터」 중에서

　　남자는 여자와 남자를 평등하게 바라보는 것이 인간을 평등하게 대
우하는 것과 같다고 보는 것이다. 사실 아들을 낳기 위해 많은 딸을 낙
태한 '나'는 생명을 죽였다는 죄책감으로 성격마저 삐뚤어져 있었다.
그런 '나'이기에 아들에게는 보상을 바라고 나와 같지 않은 생각을 가
진 남자의 의식은 도무지 비정상적으로만 보이는 것이다. 그런 점에서
자연 속의 인간은 불완전한 것이며 두 성이 조화를 이루어 완전해 지
는 것이라는 남자의 주장은 사회적 통념에 상처받아 삐뚤어지고 다음
세대에게마저 가해를 하려는 '나'를 혼란에 빠지게 하기에 충분하다.

　　① "저는 제 자식의 성이 여자라는 게 그 아이 잘못도 아니고 더
구나 인간으로서의 하자도 아니라는 것을 알기 때문에 딸이라 하여
섭섭해 할 수밖에 없었던 악조건을 걷어주고 싶을 뿐입니다. 얼마짜
리 성적 대상이 아니라 자신의 주인이 되길 바랄 뿐입니다. 그건 아
들 기르는 것보다 훨씬 값진 보람이라고 생각합니다. (중략)
　　남자와 여자는 혼자서는 부족함으로써 서로 평등한 거 아닙니까.
자연이 완전하게 아름다운 것도 개개의 종의 완전함 때문이 아니라
서로의 보화 때문이듯이. 우리나라의 남녀 불평등 풍조가 마침내 자
연의 조화 중에서도 가장 오묘한 조화인 성비율의 균형을 깨뜨리기
시작했다는 데 저는 거의 공포감을 느끼고 있습니다."

—「꿈꾸는 인큐베이터」 중에서

② "하늘 무서운 일이었습니다. 실패할 리 없는 방법(아들 낳는 법)이라는 게 여아(女兒)살해를 전제로 했으니까요. 치밀하고 계획적이고 과학적이고 감쪽같이 태아가 단지 여아라는 이유만으로 없애버리는 겁니다. 의학은 그게 틀림없이 여아라는 걸 보증할 뿐 아니라 살해까지를 책임지지요. 남자애를 뺄 때까지 몇 번이고 그 짓을 하는 겁니다. 그게 소위 과학의 발달이라는 거구요⋯⋯."

"너무 미워하지 마세요. 그 여자들이 오죽해야 그 짓을 했겠어요."

"남편 몰래 했다고는 안 했어요. 하나같이 남편이 호흡이 아주 잘 맞는 공범자던데요."

―「꿈꾸는 인큐베이터」 중에서

그는 산부인과를 취재한 경험담을 들려주면서 남아선호사상이 생명경시를 가속화하는 현대의 문제점을 비극적으로 이야기한다. 두 번밖에 보지 못한 그 남자와의 만남을 통해 '나'는 비로소 지금껏 살면서 느꼈던 '께름칙한' 기분의 정체를 알게 된다. 태아를 살해한 것은 '나'뿐만 아니라 남편도 공범이었으며, '나'는 남자를 낳는 '인큐베이터'에 지나지 않았다는 것을 비로소 깨닫는다. 굽힐 줄 모르고 욕망을 실현하기 위해 고집스럽게 행동한 주인공의 모습은 결국 자기 안에 잠재되어 있던 고통과 갈등의 원인을 캐내려는 무의식에서 비롯된 행동이었음을 알 수 있다.

대학 때 운동권이었으며 지금은 잡지사 기자인 남자는 남성우월의 문제점을 비판하지만 아직도 임신 출산에 관한 책에 아들 낳는 법이 소개되어 있고, 불법적인 태아감별이 성행하여 남녀의 자연적인 성비율(性比率)이 파괴되고 있다. 아들 얻기에 대한 기대는 뿌리 깊은 전통을 가지고 있다. 아들을 낳기 위한 여러 가지 민족적 비방이 전해진 것은 물론, 씨받이나 첩을 얻어서라도 그 목적을 이루려고 하였기 때문이다. 그러면 이처럼 아들을 낳으려는 이유는 무엇일까. 일반적으로 '대가 끊어지면 조상 뵐 면목이 없으니까', 또는 '제삿밥은 얻어먹어야지'라는 유교적인 사고 때문이다. 아들이란 가계를 계승하는 존재이기 때문에, 아들을 낳는 것이야말로 효의 으뜸이고 조상에 대한 의무라고 생각하는 게 문제인 것이다.

'나'는 남녀구별 이전의 생명의 존엄성에 대해 일깨워준 남자를 통해 시댁식구들뿐 아니라 자신도 남자를 낳는 인큐베이터에 지나지 않았다는 것을 자각한다. 이처럼 주인공의 여성정체성에 대한 자각이 곧 치유의 단서이자 발전의 기초가 되므로 이런 소설들은 발전가능성을 보여준다. 상처의 자각 자체가 갈등을 치유하기 위한 해결책을 찾는 것이 되기 때문이다.

김미현도 내적인 성찰과 각성을 통해 여성들은 보다 예민한 촉수를 가지고 세계의 상처에 민감하게 반응하면서 그 상처를 치유하려고 하기에 의식의 각성을 통해 상승 결말을 이룬다고 하였다.[44]

결국 작가는 주인공의 갈등을 통해 여성정체성을 확인하게 하고 주인공이 과거의 어두운 실존으로부터 벗어나 긍정적인 미래를 향해 발전하는 과정을 보여주는데, 이러한 작품은 정신적 성숙과 영혼의 탐색이 주요 과제가 된다. 여성들은 자신의 내부에 존재하는 정체성을 찾았을 때 남성들이 말했던 자신들이 아님을 알게 되고, 자신이 가치 있고 강한 존재라는 것을 알게 된다. 이런 순간을 경험함으로써 여성들은 이전과는 전혀 다른 삶을 살 수 있다.[45] 이상신에 의하면 기존의 지

---

44) 김미현, 앞의 책, pp. 344~345.
45) 여성이 가야하는 여행길, 곧 급진적 여성해방론의 길은 세 번의 통과의례나 세 단계의 여행을 거치는 것으로 서술되고 있다. 첫째, 여성을 동일시한 여성이 남성 중

배 이데올로기나 지배 문화, 지배 체제 등에 길들여진 가해자는 가장 무서운 형벌이다.[46] '나'의 '께름칙한' 기분과 '건망증', '수다', 시댁 식구들과의 불화의 정체는 자신도 동조했던 남아선호사상에 대한 거부의 증상이었다. 주인공은 이러한 문제가 자신만의 문제가 아니라 바로 사회문제임을 인식하며 그 극복의 방법까지 모색한다.

> 여성지에서 본 매력적으로 걷는 법에 의하면 정수리와 양쪽 귀를 수직으로 땡기는 것처럼 머리를 곧바로 치켜들고 걸으라고 돼 있다. 지금 임을 인 여인의 자세가 바로 그렇지 않은가. 머리에서 무거운 게 찍어 누름으로써 도리어 뻣뻣이 세울 수밖에 없는 여인의 모습을 나는 신기한 듯이 바라보았다. 머리끝에서 발끝까지 직선이 관통하고 있는 것처럼 당당하다 못해 존엄한 걸음걸이였다.
> 친정어머니 생각이 났다. 남편이란 머리에 인임과 같은 것이라는 소리를 자주 했었다. 나는 내가 본 어머니 아버지의 부부관계로 미루어 그 소리를 남편은 어떡하든 찍어 누르고 머리 위에 군림하려는 존재라는 뜻으로만 받아들였었다. 그런 뜻도 있겠지만 거기 덧붙여 그 찍어 누르는 존재에 의해서만 꿀리지 않고 당당하게 처신할 수 있는 여자 팔자를 빗댄 게 아닌가 하는 생각이 비로소 들었다.

> —「꿈꾸는 인큐베이터」 중에서

오늘날에도 여성들의 삶을 짓누르는 유교적 가부장제와 남성우월주의, 남아선호사상은 여전히 존재하지만 그런 현실과의 갈등을 극복

심부의 가부장제적 '미로'에서 벗어나 둘째, 여성해방론자들이 창조한 '주체'가 되어 셋째, '황홀경의 경지'인 '다른 세계'로 지향한다는 것이다.
헤스터 아이젠슈타인, 한정자 역, 현대여성해방사상 (이화여자대학교출판부, 1994), p. 216 참조.
46) 이상신, "구조와 분석 Ⅱ", 광기와 틈의 시학 (도서출판 창, 1993), p. 294.

하기 위해서는 '주눅 드는' 모습이 아니라 오히려 '임을 인' 여인처럼 '당당함'으로 설 수밖에 없다는 것을 역설적으로 보여준다. 이광호가 언급한 것고 같이 이 작품은 관습에 의한 갈등을 보여줌으로써 '우리 시대의 여성은 왜 이처럼 억압받아야만 하는가'라는 질문과 '우리 시대의 생명은 왜 이토록 경시 되는가'라는 질문을 하나의 소설로 빚어내고 있다. 이 소설을 통해 박완서는 여성에 대한 물음과 생명에 대한 물음을 일치시키고 있다. 이것은 대단히 의미 있는 소설쓰기의 심화 양상이다.[47]

이처럼 남아선호사상으로 인해 죄의식과 상실감에 빠진 여성의 이야기를 다룬 소설로 「너무도 쓸쓸한 당신」, 「포말의 집」 등이 있다.

「너무도 쓸쓸한 당신」의 화자는 남편과 별거를 하면서도 한평생 자식 돌보기에 열의를 다하며 살아왔다. 그러나 정작 대학 졸업식에서 아들은 함께 유학 떠날 새 며느리와 사돈댁에 둘러싸여 부모인 '나'를 돌아보지도 않는다. 「너무도 쓸쓸한 당신」의 여주인공은 이에 상실감을 느끼며 「포말의 집」의 '나' 또한 남아선호사상의 허상을 인식하고 혼란에 빠진다. 정작 불효자인 남편과 자신을 닮아 말조차 하기 싫어하는 아들을 보면서 아들만을 바라고 살아온 지난날을 돌아보며 깊은 죄의식을 느낀다.

심영희가 언급했듯이 40대 주부의 많은 사례들이 자녀가 다 커서 더 이상 자신을 필요로 하지 않게 되면서 이른바 '빈 둥지 신드롬'을 겪고 있고, 이제까지 자식들만(특히 아들)을 위해 살았던 여성들은 자신의 삶에 대해 소외감 또는 후회의 감정을 느끼고 있다.[48]

47) 이광호, "여성에 대한 물음과 소설쓰기 — 박완서의 「꿈꾸는 인큐베이터」", 위반의 시학 (문학과지성사, 1993), p. 89.
48) 심영희 외 2, "자식 바라기 어머니의 전통성과 성찰성", 모성의 담론과 현실 (나남

이처럼 박완서는 반복적인 낙태 수술을 하면서까지 아들을 선호하는 사람이 아들에 대한 기대가 허물어질 때 얼마나 비참하게 흔들리는지 이야기한다. 그러나 많은 여성들은 남아선호사상이 잘못된 관습이라는 것을 깨닫지도 못하거나 알면서도 그 허상을 바라보기만 할 뿐이다. 박완서는 다른 지면을 통해서도 남녀, 빈부, 지휘 고하를 막론하고 평등해야 한다는 주장을 꾸준히 해왔는데 진정한 여성해방운동, 성차별 문제에 있어 여성들의 그릇된 사고에 더 큰 문제가 있음을 말하고 있다.

> 우선 공중에 붕 떠 있는 여성운동을 한번 우리 사회의 이런 최하층 여성사회에 뿌리내려봄이 어떨까. 그곳에서의 여성운동은 비로소 여성들의 뿌리 깊은 소망과 만나지게 될 것이다. (중략) 우리가 여성이기 전에 먼저 인간인 것처럼, 여권의 문제는 고루 인권이 보장된 뒤에 대두되어도 좋은 문제가 아닐까.[49]
> 나는 나 자신이 여성문제에 대해 특별하게 강한 의지를 가졌다고 생각하지는 않아요. 사람답게 살려는 꿈을 억압하는 요소들에 대해 날카롭게 반응하는 것이 작가라고 한다면 여성문제 역시 그런 관점에서 나의 소재가 되고 있지요. 차별이나 억압에 대한 날카로운 반응은 나의 기본에 깔린 '끼'라고 할 수 있어요.[50]

그렇다면 작가의 의지대로 남아선호사상에서 벗어나 남녀평등, 생명존중의 사회는 과연 이루어질까. 「꿈꾸는 인큐베이터」의 결말을 보면 작품 속의 남자와 같은 가치관이 보편화 될 수 있는 사회에 대한 열망이 아직은 '꿈'일 수밖에 없다는 인식과 다음 세대를 위해 각오를 다

출판사, 1999), p. 373.
49) 박완서, 꼴찌에게 보내는 갈채 (평민사, 1997), p. 123.
50) 박완서, "나의 소설과 여성", 한국일보 (1990).

지는 것으로 마무리되고 있다. 부모의 허전한 마음조차 헤아리지 못하고 떠나는 아들을 씁쓸하게 바라보는 「너무도 쓸쓸한 당신」의 여주인 공과 자신과 남편이 그랬던 것처럼 불효하는 아들을 보며 남아선호관념의 기대가 허물어지는 「포말의 집」의 여주인공도 문제를 인식하고 각성하는 모습으로 마무리된다. 아직은 '꿈'일 수밖에 없는 남녀평등의식을 이루기 위해서는 여성부터 달라져야 한다고 작가는 지적하고 있다.

> 내가 기대하는 '주체적인 여자'란 결혼을 하든 안 하든, 직업을 갖든 주부로 살든 간에 불평등 속의 안주를 행복이라고 착각하지 않고, 자기애와 가족애의 이기주의를 뛰어넘어 사회적 인간으로 살아가는 여성입니다. 그들을 그렇게 키우기 위해서는 우리 어머니들이 깨어 나야 하고, 학교 교육과 사회 교육의 내용이 달라져야지요.[51]

박완서는 이렇게 남아선호사상이 계속되는 이유를 여성들이 제자리에 머물기만 하는 잘못된 사고 때문이라고 말한다. 그렇다고 여성비판으로 끝내려고 하는 것은 아니다. 박완서는 반복적 낙태수술을 자행하고 있는 사회문제를 지적하면서 남아선호사상의 허상을 보여주고 있다. 진정한 의미의 남녀평등이 이루어지고 더 나아가 참된 여성주의가 꽃피우기 위해서는 우선 여성들 안에 있는 자기 모순적이고 불합리한 관념부터 깨뜨려야 한다는 주장을 펼치고 있는 것이다.

또 「나의 가장 나종 지니인 것」, 「해산 바가지」, 「아직 끝나지 않은 음모 1, 2, 3」, 「환각의 나비」, 「길고 재미없는 영화가 끝나갈 때」, 「너무도 쓸쓸한 당신」등은 아들과 딸의 차별대우로 인해 갈등을 겪는 인

---

51) 박완서, "나의 소설과 사상", 한국일보 (1990).

물의 모습을 잘 보여준다.

「나의 가장 나종 지니인 것」의 여주인공은 애지중지하며 키워오던 '잘난 운동권 아들'을 시위 중에 잃고, 그 참척의 슬픔과 고통을 큰동서에게 전화로 수다스럽게 풀어낸다. 보수적인 중산층 가정주부가 아들을 잃고 난 후에 쏟아내는 수다는 억척스럽게 살아온 어머니의 심리와 사회 역사적 내용으로 '나'의 슬픔과 고통이 고스란히 전해진다. 중년여성 '나'가 7년이 지났지만 여전히 아들의 죽음을 인정하지 못하고 절망의 늪에서 허우적거리는 이유는 아들을 줄곧 남성성의 욕망 충족의 분신으로 삼아왔기 때문이다. 딸보다 아들이 우선인 남아선호사상에서 비롯되어 그 절망감이 더한데, 반드시 아들이 잘나서가 아니더라도 '나'는 "내가 낳은 아들은 내 소속이다"라는 것을 확인하고 보상받고 싶어 한다.

여성들의 이러한 심정은 특히 아들이 결혼할 때 불거져 나온다고 한다. 또한 아들을 장가보낸 후 며느리를 볼 때마다 화가 난다고 한다.[52] 아들의 빛이 바래지는 것 같고, 이는 곧 자기 자신의 빛이 바래지는 듯한 느낌이 들기 때문이다. 이렇듯 어머니는 언제나 아들 곁에 있고 모든 것을 주며 지칠 줄 모르고 인내하며 자신의 존재를 확인한다. 그렇기 때문에 아들이 결혼을 하고 분가를 할 때면 더욱 허탈해진다. 그래서 아들과의 관계가 긴밀할수록 어머니의 소외감은 크다.

> "엄마, 해도 너무해. 이제 그만해. 오빠 죽은 지 벌써 칠 년째야, 오빠만 자식이야. 딸은 자식 아냐. 언니가 왜 여태 시집도 못 가고 있는 줄 알아. 엄마 모실 신랑 고르느라고 좋은 사람 다 놓친 거라구. 엄만 그것도 모르구 있지. 알 리가 없지, 관심도 없으니까. 난 엄마 입에서

---

52) 여성을 위한 모임, 앞의 책, p. 115.

딸 혼기 놓쳐 큰일이라고 걱정하는 소리 한마디만 들어도 원이 없겠
어. (중략) 이젠 지쳤어. 언니도 곧 지칠 거야. 엄마한테 잘하는 건 밑
빠진 가마솥에 물 붓기야. 엄마가 우리한테 어쩌다 보이는 관심이 뭔
줄 알아? 저 계집애들 중 하나를 잃었으면 내가 이렇게 원통하진 않
았으련만, 하는 표정으로 우리를 볼 때야. 그런 표정 정말 소름끼쳐.
엄만 우리가 살아 있는 걸 미안하게 만들어."

— 「나의 가장 나종 지니인 것」 중에서

아들만을 우선적으로 생각하고 키워온 여주인공은 아들이 죽은 후
에도 딸들의 입장보다는 여전히 아들 중심의 사고에 머물러 있는 주인
공에게 딸이 퍼붓는 대목이다. 그런데 '나'는 딸이 퍼붓는 불만에 오히
려 화가 난다. 그것은 자신이 "한 번도 창환이 목숨을 제까짓 것들과
비교하거나 바꿔치기 해서 생각한 적이" 없었기 때문이다. 그 아들 창
환이는 "전무후무한 하나뿐인 아들"이고 "아무하고도 비교할 수 없이
잘났기" 때문이다. 이런 여인의 모습은 더 이상 아이 갖는 걸 원치 않
는 며느리를 보며 남의 집 대를 끊어 놓는다고 호통을 치는 「해산 바가
지」의 화자의 친구의 모습에서, 딸 둘을 낳고 중간에 양수 검사를 하고
딸이라는 바람에 아이를 지운 「꿈꾸는 인큐베이터」의 중년 부인 '나'
에서도 찾아 볼 수 있다. 그리고 외아들에 대한 병적인 집착으로 아들
을 며느리(분희) 방에 들여보내지 않는 「아직 끝나지 않은 음모 1」의
삿갓재댁, 혈통은 아들에 의해서만 이어지는 것이 아니라며 첫딸 후남
이만 낳고 아들을 못 낳는 며느리(경숙)를 대신해 아들에게 첩을 얻게
하는 「아직 끝나지 않은 음모 2」의 분희 부인, 아들을 못 낳아 남편을
빼앗겼기 때문에 외딸을 아들 못지않게 떳떳하고 독립적인 인간으로
키우는 걸로 달래 왔으면서도 결혼을 앞둔 딸 후남에게 남편 대신 사

표를 던지라고 말하는 「아직 끝나지 않은 음모 3」의 경숙여사, 「도시의 흉년」에서 며느리에게 종족(아들)보존의 의무만을 강요하는 시어머니 등을 통해 공통적으로 드러나는데 이들은 남아선호사상이 뿌리 깊게 박혀있는 여성들로 아들과 딸의 차별대우를 당연하게 여겨온 인물들이다.

> ① "아유, 내가 눈에 뭐가 씌었지, 어디 계집이 없어 고르고 골라 저런 돌계집을 이 손 귀한 집안에다 들였을꼬. 그래도 명색이 계집애란 게 엉덩짝이라곤 없이 꼭 아녀석 궁둥이 모양 착 달라붙었으니 무슨 수로 수태를 한담. 굉연한 짓 해서 비상시국에 식구만 하나 늘렸으니, 아이고 내 팔자야……."
>
> ―「도시의 흉년」 중에서

> ② 장녀로서 동지로서 어머니와 함께 해온 수많은 세월을 잊지 않고서는 차마 못 들은 척할 순 없는 애소였다. 그러나 영주는 주리 참듯 참았다. 너희들이 다시 모셔가라고 빌면 모를까, 내 입에서 먼저 모셔오겠다는 소리가 나올 줄 알구, 하는 영주의 앙심과 한번 모셔온 이상 누나가 애걸복걸이나 하면 모를까 다시 어머니를 내주는 일이 있어서는 안 된다는 영탁이의 고집은 상반된 것 같으면서도 실은 같은 것이었다. 그들이 모시고자 한 것은 어머니가 아니라, 아들이 있는데도 딸네에 의탁하거나 거기서 죽는 것은 절대로 해서는 안 되는 치욕이라는 관념이었으니까.
>
> ―「환각의 나비」 중에서

위에서 살펴본 바와 같이 작가는 당대 사회의 어떤 인간군을 연상케 하는 대표적 존재, 전형적 인물을 형상화하고 있다. 이상우가 말한 것과 같이, 실생활에서 경험하고 확인할 수 있는 보통사람의 행동을 자연스럽게 보여주려는 사실주의 소설에서 제일 강조되는 것은 무엇보다 전형적 인물의 창조이다.[53] 이들을 통해서 볼 때 남아선호사상을 불식하는데 앞장서야 할 여성(어머니)들이 오히려 더욱 그것을 부채질하고 있음을 알 수 있다. 대를 거치면서 수없는 멸시와 고통을 당했음에도 아들을 낳기 위해, 또 아들의 성공을 위해 자신의 딸과 며느리에게 어쩔 수 없는 슬픈 음모를 꾸며온 것이다.

> 졸지에 아들을 지방으로 좌천시킨 며느리에 대한 시집 식구의 비난쯤은 견딜 만 했다. 견딜 수 없는 건 그녀의 할머니와 어머니의 애걸이었다. 이 두 늙은 여자들은 후남이가 이번 일로 남편이나 시집 식구의 눈에 나 시집을 못 살게 될까 봐 전전긍긍하고 있었다. 그들의 여생의 낙은 후남이가 그들처럼 팔자 사나운 여자가 안 되고 아들 딸 잘 낳고 살림 잘하고 풍파 없이 사는 거였다. (중략) 경숙여사의 이런 애원은 후남이에게 있어서 배신처럼 뼈아픈 것이었다. 어머니의 배신으로 후남이는 걷잡을 수 없는 혼란에 빠지고 매사에 자신을 잃었다.
> ― 「아직 끝나지 않은 음모 3」 중에서

어머니는 자신의 삶이 결혼을 통해 바뀌었고, 남자를 만나는 것이 인생에서 얼마나 중요한지를 알고 있으므로 며느리와 아들 못지않게 독립적 존재로 키워온 딸에게도 결국 남성우월주의, 남아선호사상에 맞서지 못한다. 여러 가지 현실적인 문제로 어쩔 수 없이 가부장제에 따라 행동하지만 작품 속의 여성은 이에 대한 문제점을 인식하고 있는 것으로 보인다.

---

53) 이상우, 현대소설론 (양문각, 1993), p. 157.

그렇다면 여성들의 이러한 모순된 사고는 어디서 생겨나는 것일까. 이는 자신의 시행착오를 딸이 겪지 않기를 바라고, 여자로서 딸의 가치를 최고로 높여 시집보내어 좀 더 윤택한 삶을 살게 하고 싶은 모성에만 매달려 왔기 때문이다. 그런데 자식은 긍정적이든 부정적이든 어머니를 통해 여성관을 배운다.54) 우리의 딸들은 남아선호사상의 허상을 깨닫고 그로부터 벗어나려 하기보다 우리 어머니의 행동을 무비판적으로 따라왔을 뿐이다.

위의 작품뿐만 아니라 '씨받이'와 '씨내리' 같은 아들 낳기를 바라는 우리나라의 풍속들에서도 볼 수 있듯이 그 행동의 주체는 여성이었다. 아이를 낳지 못하는 책임이 남자 쪽에 있을 경우 이를 대신할 남자를 구하여 후손을 보던 '씨내리'는 상당히 은밀히 추진되었으나 대개는 바라던 아들을 낳고는 여자의 죽음으로 끝나는 경우가 다반사였다고 한다. 여자에게 있어 정절을 깨고 다른 남자를 허용한다는 것은 죽음을 의미하였기 때문이다. 이렇게 험한 고행이 요구되는데도 불구하고 여성들은 온갖 행동을 해서라도 아들을 낳아야 할 필요가 있었다. 오늘날 이러한 풍속들은 사라졌다고 하지만 음성적으로는 여전히 그 힘을 발휘하고 있다. 여성들의 사회활동이 늘어나고 더불어 경제력과 발언권이 강해졌는데도 말이다.

박완서는 여자임에도 불구하고 남아선호사상, 남성우월주의에 빠져있어 갈등을 발생시키고 심화시키고 있음을 보여주었다. 작가는 여성들의 모순된 면을 비추어 갈등이 대물림되는 불행을 보여주고자 하였다. 작가의 이런 비판적 성찰은 타인 위주로 살아온 삶에 대한 후회, 여성의 희생적 삶에 대한 후회와 함께 전통적 여성의 역할에 대한 재

---

54) 여성을 위한 모임, 앞의 책, p. 125.

고로 나타난다. 이러한 현대적 사고는 「아직 끝나지 않은 음모 1, 2, 3」에서 살펴본 바와 같이 자기 자신보다 딸의 경우에 해당될 때 보다 분명히 나타난다. 그리하여 자기 자신은 일하고 싶지 않아도 딸의 경우에는 전통적 여성역할에서 벗어나 꼭 일을 해야 한다는 생각을 가지는 경우가 많다.

한편 작가는 아들과 딸을 차별대우하면서 키웠지만 아들보다 딸이 더 나은 모습을 보여줌으로써 남아선호사상의 허상을 인식하게 한다. 차별대우했던 부모가 각성하는 모습을 통해 열린 가능성을 제시하고 있다. 「길고 재미없는 영화가 끝나갈 때」와 「이별의 김포공항」은 남아선호의 시대적 착오를 인식한 후 남녀동권의식이 실현되는 작품들이다.

「길고 재미없는 영화가 끝나갈 때」의 주인공은 오빠 대신 위암 수술 후 항문의 괄약근이 늘어나 임종 때까지 똥구덩이에 빠져 산 어머니를 모시고도 평생 난봉만 피우다 재산까지 탕진한 늙은 아버지를 모시려고 한다. 모실 형편이 못 된다며 늙은 부모 모시기를 꺼려하는 장손 대신 딸은 어머니와 아버지의 임종까지를 일부러 책임지려는 것이다. 그러나 아버지는 딸의 마음을 순수하게 받아들이기 전에 "저 계집애의 저의는 뭘까"하고 그 계산부터 한다. 아버지조차 남아선호사상으로 인해 딸의 속내를 불순하게 본 것이다. 그런데도 딸은 까딱하면 아버지의 임종을 책임지게 될지도 모르는 힘들고 어려울 미래를 기꺼이 받아들인다. 어머니가 돌아가셨을 때 시종일관 길기만 하고 재미없는 영화가 마침내 끝났구나, 하는 얼굴로 상주노릇을 한 오빠와는 대조적인 모습이다. 이와 같은 결말은 아들만을 선호해온 사회의 통념을 통쾌하게 깨뜨린 것이다. 딸도 아들과 똑같은 하나의 인격체이며 아들과 딸로 구분 짓기 이전에 진정한 효 의식을 누가 얼마나 가지고 있느냐가 중요하다는 것을 보여주는 작품이다. 한편 장남이 아닌 딸이 병든 부모를 부양해오다 아버지의 임종을 맞는 순간에 느끼는 가족의 상황과 심리 묘사는 가부장제 사회에서 장남이 느끼는 중압감[55]과 어머니의 장남 집착의 골을 드러낸다.

① 아버지에 비해 자식들은 솔직히 슬픔보다는 시원한 쪽이 더했을 것이다. 상주인 오빠의 얼굴을 보고 있으면 영락없이 길고 지루한 영화가 끝났을 때의 관객의 얼굴을 연상시켰다. 나는 지쳐 있기라도 하지, 오빠는 장남 된 도리를 제대로 못했다는 자책감을 어서 벗어나고 싶어서 이제나저제나 임종 소식만 기다리기가 얼마나 지루했을까.

—「길고 재미없는 영화가 끝났을 때」중에서

② 어머니에게 아들네 집은 얼마나 요원했을까? 그 아득함과 그럼에도 불구하고 이르고야 말겠다는 어머니의 집념이 그 무참하게 으깨진 발가락에 고스란히 드러나 있었다. 노후를 아들에게 의탁하지 못하는 것을 제일 불쌍하고 떳떳치 못하게 여기는 사회적 통념에 결국은 동의하고 만 자신이 싫었기 때문에 불쾌한 꼴을 당해도 싸다 싶었나보다.

—「환각의 나비」중에서

---

55) 일터와 가정이 분리되자 남성은 경쟁적인 일터에서 성실한 직장인이자 가정 경제를 이끄는 생계 부양자가 되어 살아가게 되었다. 자수성가, 출세, 책임 있는 가장이라는 말은 흔히 남성다움을 보증하는 말이 된다. 사회인과 가장으로서의 역할을 해내는데 적합한 책임감, 지배적이고 강한 행동, 결단성, 책임감, 독립성, 성취 지향, 합리성 등을 두루 갖춘 남성이 남성의 이상형으로 떠오르게 되었다. 남성들은 복잡하고 신속하게 변화하는 사회에서 일과 가정의 문제를 이끌고 문제를 해결해야한다는 중압감을 느끼고 있다.
여성을 위한 모임, 일곱 가지 남성 콤플렉스 (현암사, 1994), p. 40 참조.

③ 가족을 부양해야 한다는 가부장의 고독한 책무는 어쩌면 정의 감 이상으로 비장해 보일 수도 있는 일이었다. 남편은 위로가 필요 없는 사람이었다. 위로가 필요 없는 인간처럼 참을 수 없는 인격이 또 있을까.

때가 낀 손톱과 함께 그의 지나치게 초라하고 고달픈 살림살이가 눈에 선했다. (중략) 스스로 원해서 가부장의 고단한 의무에 마냥 얽매여 있으려는 남편에 대한 연민이 목구멍으로 뜨겁게 치받쳤다. 그녀는 세월의 때가 낀 고가구를 어루만지듯이 남편 정강이의 모기 물린 자국을 가만가만 어루만지기 시작했다.

－「너무도 쓸쓸한 당신」 중에서

「너무도 쓸쓸한 당신」에서 작가는 남아선호사상의 허상을 비판하면서 가족 부양과 고달픈 살림살이에서도 부모를 모셔야하는 가부장의 고해와 갈등을 연민의 시선으로 그려낸다.

믿고 의지하며 애지중지 키워 온 아들들이 아니라 "숫제 죽어주었으면. 배속에서 죽든지 낳다가 죽든지 아무튼 꼭 죽어주었으면"하고 바라던 천덕꾸러기 막내 딸 덕으로 이민 길에 오른 노파의 이야기 「이별의 김포공항」도 남아선호의 시대적 착오를 잘 보여준다.

구파발의 가난한 농사꾼의 딸로 태어나 막벌이꾼한테 시집가 난리를 겪고 과부가 되어 5남매를 키워 낸 노파는 "세상 구경은 고사하고, 서울 구경 한번 제대로 날 잡아 해본 일이라곤 없는" 도시빈민이다. 미군부대 주변에서 구두닦이, 하우스보이, 웨이터, 잡역부로 잔뼈가 굵은 자식들은 미군이 감축되면서 일자리를 잃자 미국 못 간 대신 둘째 아들은 서독, 셋째는 브라질, 넷째는 괌으로 떠나고 막내딸은 보조간호사로 미국에 가서 산다. 서울에 남은 맏아들과 함께 사는 노파는 아들 며느리의 구박으로 하루하루를 죽지 못해 살고 아들들이 부르짖던 대로 "미국, 미국……"을 외치며 세 아들들이 자신을 불러주기를 애타게 기다린다. 그러나 힘들고 바쁘다는 핑계로 편지마저 뜸하게 보내는 아들들 대신 막내딸이 노파를 미국으로 초청한다. 천덕꾸러기 막내딸이 노파의 소원을 이뤄준 것이다. 그러나 노파는 비행기에 오르면서 통곡을 쏟는다. 그것은 노파의 허망한 심리가 터져 나오는 의미 있는 소리이다. 갖은 고생을 다하며 키워온 아들들에 대해 무너진 기대와 서운함, 맏아들과 며느리의 구박에 못 이겨 서울을 떠날 수밖에 없는 노파의 비탄함, 딸아이에 대한 고마움이 교차되어 설움으로 복받쳐 오른 것이다.

위의 작품들은 딸도 아들의 몫을 충분히 할 수 있으며, 아들과 딸로 기대와 가치를 구분 짓는 것이 얼마나 어리석고 모자란 생각이었나를 잘 보여준다. 박완서가 남아선호사상을 지닌 여성들이 그 허상을 인식하고 자각하는 것만이 아니라 남녀동권의식의 실현을 구체적 행동으로 보여준 것은 진정한 의미의 남녀평등과 인간존중, 생명존중을 이야기 한 것이며 남녀동권의식의 실현이 그저 '꿈'이 아님을 시사하고 있다. 또 우리 사회를 더 이상 가부장이라는 남성이 지배하지 않는다는 것은 이제 남성이 기득권을 상실하는 것을 의미하는 것이 아니라 우리 사회 구성원 모두가 인간다운 삶으로 나아가는 것임을 말하고 있다.

이렇듯 개인의 삶을 지배하는 사회적인 제도와 관습은 대물림되어 비극적인 삶을 초래하였다. 또 비극적 삶에서 벗어나고자 하는 인물들 뒤에는 여전히 기존의 체제를 유지하려는 보수적인 지배 이념이 작용하고 있다. 박완서가 작품을 통해 보여준 결말은 표면적으로 관습과 개인 욕망의 갈등에서 개인의 패배 상태로 전근대적 제도와 관습의 승리로 보일 수 있다. 그러나 작가의 시선은 인물들의 패배를 인정하기보다는 그들을 억압하고 있는 사회적 규범에 대한 비판을 암시하고 더나아가 그러한 억압의 굴레를 벗어나 자유롭고 현명한 인간으로 거듭태어날 것을 종용하고 있다. 그러므로 이러한 억압적인 제도와 관습에의한 개인 욕망의 좌절은 과거 인습의 굴레를 끊고 주체적 개인으로의성장 과정의 맥락에서 이해될 때 본질적인 의미를 획득할 수 있게 되는 것이다.

Ⅳ. 현대 사회 문제로 인한 갈등

1. 물질만능주의 팽배

자본주의는 인간의 삶을 물질적으로 풍요롭게 하는 순기능을 수행함과 동시에 인간 자신을 물화시키는 역기능을 하게 되었다. 모든 삶의 가치가 물질적인 교환가치로 평가되고 수단화되어 인간의 존엄성이 말살되는 가치의 역전 현상이 부각되기 시작한 것이다. 한국적 자본주의의 정착은 일제 식민치하에서의 근대화라는 기형적 출발로 인해 많은 문제점을 안고 있었다. 서구 자본주의에 내포되어 있는 청교도적인 최소한의 윤리의식마저도 결여됨으로써 자본이 물신화되는 기형적 형태를 띠게 되었고 이러한 기형적 자본주의는 개인의 이기적 욕망과 결합되어 사회적 문제를 유발하였다.[1] 우리나라의 경우 일제시대와 6 · 25 분단이라는 역사적인 특수상황으로 인해 인간의 존엄

---

1) 서양의 자본주의는 청교도적 직업관과 금욕적 생활방식의 직접적인 영향관계 아래 있었으며, 삶과 그것이 쾌락으로 제공하는 것의 거리낌 없는 향락을 반대했다.
막스 베버, 박성수 역, 프로테스탄티즘의 윤리와 자본주의 정신 (문예출판사, 1988), pp. 123~128 참조.

성이 말살되었다. 전쟁이라는 생존이 위협받는 극한 상황에서 인간의 삶이란 매 순간이 양자택일일 수밖에 없는데 죽느냐 살아남느냐, 변화에 적응하느냐 도태되느냐의 갈림길에서 인간의 선택은 개인 중심적이고 물질중심의 가치 추구로 이어질 수밖에 없었다. 이렇게 변화·발전 되어온 사회구조 안에서 인간은 갈수록 물질 숭배적이 되어가고 있다.

박완서는 이와 같은 한국적 자본주의의 폐단을 적나라하게 보여주고 있다. 작가는 이러한 현대 사회 문제를 인간과 인간의 갈등을 통해 드러내는데, 갈등을 유발하는 요인은 바로 인간의 속물근성이다. 작가는 주로 중년 여성을 주인공으로 등장시켜 경제적 풍요만을 쫓는 인물들이 겪는 대립과 고통을 통해 세태를 풍자하고 있다.

결혼문제를 중심으로 물질화된 인간관계의 극단적인 갈등을 그린 『휘청거리는 오후』, 물질과 권력 앞에 무력한 소시민의 갈등을 그린 『도시의 흉년』, 「지 알고 내 알고 하늘이 알건만」, 「부끄러움을 가르칩니다」, 「초대」, 「로열박스」 등은 물질만능주의로 인해 갈등과 괴로움을 겪는 이야기이다.

『휘청거리는 오후』에서 허성 씨의 세 딸은 부와 권력, 명예를 쫓는 인물들로 결혼만 자신들이 욕망을 실현시켜 줄 수 있다고 믿는 성격의 소유자이다. 출중한 미모에 대해 우월감을 갖고 있는 큰 딸 초희는 오직 경제적 부를 누리기 위해 돈 많은 중년 남자의 후처가 되지만 고지식한 남편과 갈등을 겪게 된다. 그러다가 결혼 전에 사귀던 남자와 외도를 하고, 신경안정제를 상습복용하면서 심한 정신분열증에 빠진다. 둘째 우희는 경제적 조건만을 우선시하는 초희를 속물이라고 여겨 가난하지만 사랑하는 남자와 결혼한다. 그러나 아내에게 열등감을 느끼는 남편 때문에 갈등과 고통을 겪는다. 셋째 딸 말희는 언니들의 불행한 삶을 되풀이 하고 싶지 않아 오직 순수한 섹스만이 남겨진 순간의 직관으로 만난 남자와 결혼을 한다. "서로가 어디 사는 누구라는 것도, 뭐 해먹고 사는 집 자식이라는 것도 알기 전에" 사랑에 빠지고 결혼 비용도 오직 유학에서 쓸 돈으로 가지고 가는 야심과 패기로 자신감에 찬 결혼을 한다. 그러나 말희 마저 아버지한테 결혼 지참금을 뜯어내 결국 허성 씨가 부실공사를 하게끔 만든다. 부실 공사로 인한 죄의식과 불안감에 괴로워하던 허성 씨는 이를 견디지 못하고 자살하여 집안은 파멸로 이어진다.

허성 씨 가족과 세 딸이 결혼 후에도 갈등하며 고통스럽게 살아가는 모습은 이 사회의 극단적인 물질주의적 세태를 드러내고 있는데, 어린 시절 초의의 모습을 보면 초희가 물질숭배자가 된 배경을 알 수 있다.

> "… 그까짓 학교 그만두고 어디 가서 사기를 처먹고 살아도 지금보다 훨씬 낫게 살 수 있다는 걸 왜 모르세요."
> "뭐라고? 나더러 사기를 치라고?"
> "네. 사기를 요. 왜 사기가 어때서요? 개같이 벌어 정승같이 먹으란 소리도 못 들었어요?"
> 그러면 허성 씨는 별안간 딴 사람같이 우렁찬 목소리로, "이년이 말이면 다하는 줄 알아?" 하면서 손찌검을 했다.
>
> ─『휘청거리는 오후』 중에서

어린 시절 초희는 "이불 속에서 몸을 돌돌 말고" 돈 때문에 다투는 "부모의 싸움질"을 지겹도록 듣고 자란다. 초희는 "귀를 기울이면 죽고 싶도록 비참했던 소녀 시절"을 잊지 않으며 맹목적인 물신주의자가 된다. "결혼 생활을 멋있게 할 수 있는 남자"를 선호하고 허성 씨 가정이 영세하다는 이유로 파혼 당한 후부터는 본격적으로 "돈 많은 신랑이 우글대는 너른 마당인 맞선 광장"으로 자신을 내놓는다. 부잣집 남자와 결혼할 뻔 하다 안 되면 매번 "손이 닿을 뻔 하다가 놓치고만 상류사회의 생활이 아까울 뿐"이라고 체념하다가도 "생각할수록 이가 갈리게" 분함을 느낀다.

① 초희는 그렇게 살고 싶지 않았다. 세상 여자 열 명 중 아홉 명이 그렇게 산대도 그 아홉 명을 따를 순 없었다. 따라서 그렇게 살 것이 뻔한 남자와 결혼할 순 없었다.

―『휘청거리는 오후』 중에서

② 초희는 점점 마담뚜를 좋아하게 되었다. 마담뚜하고 같이 있을 때처럼 자신의 행복이 확실해질 때는 없었기 때문이다.

특히 마담뚜를 통해 듣는 상류사회의 갖가지 풍속의 소문은 그녀가 빠른 시일 안에 귀부인다워지는 데 많은 도움을 주었다.

서울 시내 일류 귀부인들이 제일 많이 모이는 양장점은 명동 어디고, 지압을 겸한 전신마사지까지 해주는 미장원은 어디고, 외제를 구입할 수 있는 양품점은 어디고, 신을 만한 수제화를 만드는 살롱은 어디고, 이런 것들에 마담뚜는 통달해 있었고 이런 지식을 지나가는 말처럼 자연스럽게 초희에게 불어넣었다. 초희는 자기도 모르게 마담뚜에 의해 다시 만들어지고 있었다.

―『휘청거리는 오후』 중에서

초희는 자신이 보통 사람들과는 "단수가 다르게 살 여자"라고 여기면서 선시장에 나가기로 결심한다. 초희를 비롯한 허성 씨 가족이 맹목적으로 부자 되기를 열망하는 까닭은 급성장한 한국 자본주의 사회와 관련이 깊다.

한국 사회는 1960~70년대를 거쳐 진행된 급속한 사회 변동을 겪으면서 산업화과정을 기반으로 사회 경제적인 정도에 따라 분화되는 새로운 계층구조의 변화를 초래하였다.[2] 사회 구조의 재편성은 계층구조의 변화를 초래하고 과거와는 다른 사회관계를 생성시켰다. 과거의 사회 계층이 정치체제와 연관된 양반, 중인, 양인, 천인의 신분구조를 이루고 있었다면 새로운 계층 구조는 사회 경제적인 정도에 따라 분화되고 있다. 박완서 소설에 등장하는 다양한 인물들은 특정 계급에 소속된 계급의식을 보이지 않고 다만 경제적인 차이에 의한 계층적 특성을 드러내고 있다. 이와 같은 새로운 계층의 출현은 1960년대 산업화과정을 통해 더욱 두드러진 사회 현상이 되고, 빈익빈의 부(富)의 문제는 이들 계층 간의 갈등을 유발하는 원인이 되었다. 그래서 작중인물들은 성실하게 노력해서 잘 살자는 본래적 의미를 져버리고 결혼이나, 한탕 잘해서 잘 살자는 천민자본주의 의식이 만연하게 된 것이다.

결국 초희가 선택한 것은 돈 많은 중년 남자의 후처 자리이고 경제적인 부를 누리게 된다. 그러나 물질적인 풍요는 진정한 행복이 아니라는 사실을 깨닫게 된다.

> 그녀는 남편의 사랑, 남편의 사고방식, 남편의 고정관념, 남편의 분위기 그리고 남편이 가장인 이 집안의 질서와 알맞은 거리를 유지하며 타협을 하며 부드럽게 편하게 일생을 보내다가도 어느 순간 그것들이 그녀와 지긋지긋하게 마찰한다고 느끼면서, 비명 같은 신음

---

2) 김채윤, 사회계층이란 무엇인가 (민음사, 1995), pp. 38~40 참조.

같은 항의 같은 그게 아닌데, 그게 아닌데 하는 그녀 내부의 소리를
들을 때가 있었다. 그게 아닌데, 그게 아닌데, 그것은 그녀가 소유하
고 누리고 있는 것의 가치를 송두리째 부정하고 조롱하는 소리였다.
그 소리는 그녀의 행복을 난폭하게 교란하고 그녀를 불안하게 걷잡
을 수 없이 불안하게 만들었다.

—『휘청거리는 오후』중에서

초희가 겪는 불안과 고통은 초희의 그릇된 사고로 비롯된 결과이다.
작가는 초희의 불행한 결혼 생활을 보면서 물질주의 사고에 젖어 있는
세 딸을 신랄하게 비판한다.

① 내가 증오하는 건 저들의 비굴과 교활이다. 왜 서구식 자유연
애는 한 주제에 이째서 서구식 자주 독립은 회피하려 하는가. 왜 성
(性)의 자유는 누리는 주제에, 어째서 생활의 자유는 누리기를 겁을
내는가.

—『휘청거리는 오후』중에서

② 그러고 보니 자기가 저지른 일에 책임을 회피하고 부모에게 떠
맡기려만 드는데 있어선 우희가 차라리 초희보다 더 악질인 것 같다.
초희가 아무 일도 안 저지르고 그저 부모가 시키는 대로, 시체 풍
속이 가르치는 대로 검부러기처럼 둥둥 떠내려가는 격이라면 우희
는 어디다 똥을 한 보따리 싸질러 놓고 그것을 핑계로 부모에게 생떼
를 쓰고 흥정까지 하려 드는 격이니 얼마나 악랄한가.

—『휘청거리는 오후』중에서

허성 씨의 비판에도 불구하고 세 딸들은 자신들이 행복하지 못한 이
유는 경제적인 풍요를 누리지 못하기 때문이며, 무능한 부모를 원망하

기에 이른다. 작중인물들이 자신의 속물근성을 당연시하는 것은 물질에 대한 억압의 정도가 심한 것과 연관 있다. 허위의식이 강한 인물일수록 자신을 발견하는 일이 쉽지 않기 때문이다. 자신의 속물근성에 대한 자의성이 없는 것인데, 불행한 현실에 처하게 되어도 다만 미미하고 일시적인 내면동요를 의식할 뿐이다. 이렇게 인물의 허위의식이 내면에서조차 허위적인 것으로 인식되지 못하는 상황을 통해 작가는 삶의 심각성을 드러낸다. 또 허위적 인물이 자기 위선적 삶을 이상적 삶으로 인식하는 것에 연민을 느끼는 화자를 통해 허위의식에 찬 작중인물들이 희생양이라는 사실을 느끼게 함으로써 비극적 정저를 고양시키는 미적 효과를 발휘한다.

허성 씨는 이런 딸들과 대립하다가 결국은 부실공사까지 해가면서 딸들이 원하는 대로 부에 편승할 수 있도록 돕는다. 그리고 수치심과 죄의식을 견디지 못해 자살한다. 작가는 이런 비극적 결말은 물질만능주의로 인해 발생된 갈등의 말로이다. 즉 물질만능주의 사고로 가득 찬 인간은 가족관계에서조차 비정한 인간관계를 가져와 중산층 가정을 몰락시켰다. 작가는 이런 고통의 심화를 보여주면서 정신적 가치가 무너져버린 사회를 비판하는 것이다.

이처럼 박완서 소설에는 부자에 대한 혐오감과 소시민의 물욕 비판이 동시에 나타나고 있는데 주인공의 갈등 발생은 개인의 자아 내적인 요인보다 물질만능의 왜곡된 가치관과 생명경시라는 외부적인 요인에 기인하고 있음을 알 수 있다.

서울의 한 중산층 가정의 몰락을 그린『휘청거리는 오후』와 유사한 갈등 발생 요인을 보이는 작품으로「부끄러움을 가르칩니다」,『도시의 흉년』이 있다.

「부끄러움을 가르칩니다」에서 전쟁 때 가족의 생계를 위해 딸이 양 갈보 되기를 바라는 어머니와 훗날 딸이 세 번 결혼하면서 목격한 물질추구에만 급급하던 남편들 사이에서 겪는 고민과 갈등은 『도시의 흉년』에서 일제 말기 징용으로 끌려 나갈 아들의 씨를 받으려고 야만적 중매결혼을 시킨 시어머니, 이웃의 빈 집을 털고 양색시 장사 등으로 돈을 모아 남편과 시어머니보다 경제적 우월감으로 인간성을 상실해가는 김복실 여사가 겪는 갈등과 흡사하다.

『도시의 흉년』에서 가난하고 직장도 없는 사내와 결혼을 하겠다고 고집하는 딸 수희에게 갖은 모욕을 주면서까지 결혼을 반대하던 어머니는 홀어미의 가난한 외아들인 그가 고시합격 되었다는 사실 하나에 어느새 아첨과 존경으로 바뀌어 돈과 권력을 쫓는다. 그러한 인물의 행동은 참다운 삶의 가치와 평등한 삶의 방식을 왜곡한 인간 군상으로 비판하기에 충분하다. 그러면서도 『도시의 흉년』에서는 부와 권력을 는 인간과 겪는 갈등만 보여줄 뿐 그것을 해결할 수 있는 방법은 나타내지 않는다. 작가는 해결 방안이나 극복을 보여주지 않음으로써 독자에게 반성과 성찰의 메시지를 던지고 있는 것이다. 물질만능주의를 버리지 않는다면 도시의 모습은 영원히 흉년일 수밖에 없다는 것을 보여주고 있다.

① 희숙의 오렌지 빛 한복은 질 좋은 실크여서 매무새가 흐르는 듯 아름다웠지만 유감스럽게도 낡은 싸구려 내복이 소맷부리로 넘실대고, 다이아 반지를 낀 손은 거칠고 상스러웠다. 고생고생 하다가 한밑천 잡은 지 얼마 안 되는 남편을 가진 여편네 티가 더덕더덕 났다. 한밑천 잡는다는 게 바로 저런 거로구나 하는 생각이 들자 입맛이 썼다. 영미의 양장은 수수하고 비교적 세련된 편이었으나, 중년을 넘은 직업여성의 피곤과 싫은 같은 게 느껴져 오랫동안 맞벌이로 알

뜰살뜰 살림을 꾸려 온 티를 숨길 수 없었다.

―「부끄러움을 가르칩니다」 중에서

② "뭐라고? 모두 가난뱅이들뿐이라고? 그럼 우린 뭐니? 우린 부자니? 응? 우린 부자야?"

나는 내 분을 이기지 못해 그의 멱살을 잡고 질질 끌어다가 골통을 벽에다 콩콩 부딪쳐 주었다. 그래도 그는 태평스레 히죽히죽 웃었다. (중략)

나는 오한처럼 기분 나쁜 불안감을 느꼈다.

"넌 뭐니? 넌 뭐야? 이 새끼야. 넌 부자니, 부자야?"

나는 불안을 털어버리려고 다시 악을 썼지만 그는 여전히 히죽히죽 웃기만 했다.

―「도둑맞은 가난」 중에서

① 에서 주인공 '나'와 갈등관계에 있는 세 남편들, 즉 돈과 명예를 질타하면서도 본심은 한밑천 잡기 위해 동분서주하는 남성들이다. "귀부인의 포즈만을 배워 사는 알맹이 없는 삶"을 사는 여고동창생 등과의 관계를 통하여 작가는 최소한도의 염치와 윤리를 상실한 채 돈과 명예와 권력에 집착하는 도시인들의 생활을 고발하고 있다. ② 에서의 주인공 '나'와 공장 근로자의 대립 장면도 맹목적으로 부를   는 모습을 드러낸다. 정영자는 이에 대해 "무력한 남성들이 수단방법을 가리지 않고 살고자 했던 정치의 허무주의, 자본주의의 허망함이 안겨준 시대적 상황"[3]이라고 지적하기도 했다.

물질 앞에서 갈등하기는 교사도 마찬가지다. 「꿈을 찍는 사진사」의

---

3) 정영자, 한국여성소설 연구 (세종출판사, 2002), p. 378.

주인공 교사는 바른 양심과 가르침을 기본으로 패기에 찬 인물이지만 교육적 환경과 학생 편차 등의 문제로 고민한다. 그러나 내적 갈등을 심화시키는 큰 원인은 역시 촌지문제이다.

> 나는 길에 가다 호젓한 곳에서 돈뭉치 비슷한 걸 발견하고 집을까 말까 망설일 때처럼 가슴이 두방망이질하는 걸 느꼈다. 이걸 어쩐다, 이걸 어쩐다.
>
> 나는 서성대고, 끙끙댔다.
>
> 촌지(寸志), 그야말로 작은 뜻이 한 달을 일한 정당한 보수보다 많다는 건, 크나큰 횡재 같으면서도, 한 달의 신성한 수고에 대한 얼마나 엄청난 모욕인가. 더군다나 처음부터 나는 내가 얻은 일자리뿐 아니라 거기 따른 보수에 대해서도 만족하고 있었거늘, 이게 무슨 꼴이란 말인가.
>
> 월급보다 많은 촌지를 뒤집으면 촌지보다도 적은 월급이 된다. 이게 무슨 꼴이람, 이게 무슨 꼴이람. 나는 분개하고 또 분개했다. 촌지보다 적은 내 월급에 분개하고, 중2의 불침번 노릇을 해야 하는 내 하숙생활에 분개했다. (중략) 그러면서도 그것 참 괜찮은데, 하고 슬며시 입맛이 동하는 것 또한 어쩔 수 없었다. 그런 의미로 촌지는 나에게 염불보다는 잿밥의 잿밥이 될 수도 있을 것이다.
>
> 나는 혼란을 거듭했다. 거듭하다 못해 아래층으로 내려가 세수를 하고 마당으로 나갔다. 혼란을 수습하기 위해 우선 머리를 식혀야 할 것 같았다.
>
> ─「꿈을 찍는 사진사」 중에서

사회에 첫 발을 내딛은 초보 교사 영길은 촌지 문제 뿐 아니라 학생을 지도하면서 많은 문제에 부딪힌다. 더군다나 K중학교는 "마주 보고 있는 두 개의 고지대(高地帶) 사이의 협곡에 자리한" 학교로 "남향의 밝고 어두운 고급 주택가"와 "북향의 더럽고 음습한 판자촌 사이에" 자리 잡은 특수한 입지적 조건 때문에 "자연히 수용한 아이들의 환경의 격차"로 나타났다. 이런 어려운 교육 환경에서 초보 교사 영길은 더욱 고민에 빠질 수밖에 없는데, 다음 예문은 젊은 교사로서가 겪는 욕망과 갈등을 솔직하게 보여준다.

> 나에겐 지금 우리 반 미납자 여덟 명의 납입금을 다 내주어도 남을 돈이 있다. 그 돈은 저 더러운 판자촌 사람들에겐 그렇게 큰돈이 된다. 나에게도 큰돈이다. 그러나 주는 쪽에선 그야말로 촌지였다. 나는 촌지를 크게 보람 있게 쓰려고 하고 있다.
>
> 그건 좋은 일이다. 그런데도 나는 마음을 선뜻 정하지 못하고 있다. 뭐가 뒤꼭지를 잡아당기는 것처럼 망설이고 있다.
>
> 돈에 대한 욕심 때문일까? 그것도 아주 없지는 않겠지만 나의 소득을 분배해 줄 대상의 자격에 대한 내 나름의 불만이 더 컸다.
>
> 모든 장학금은 불우한 수재에게 주어지기를 꿈꾸는 것처럼 내가 간직하고 있는 촌지도 어느 틈에 그런 아니꼬운 꿈을 꾸고 있었나 보다. 그러나 수재까지는 못 바라더라도 최소한 총명한 눈동자에, 배움에 대한 순수한 갈망과 만나지기를 꿈꾼다고 해서 나쁠 것도 없지 않은가.

> —「꿈을 찍는 사진사」 중에서

결국 영길은 부자 동네의 부모들로부터 들어오는 촌지를 모아 가난한 동네 아이들의 납부금을 대주는 방식을 선택한다. 영길이 갈등 끝에 이러한 결정을 내린 것은 영길이 근무하는 학교의 위치, 즉 공간적 배경 때문이다. 학교는 깊고 깊은 협곡으로 분리된 분기점에 위치하는데, 나누어진 두 마을은 빈부의 차가 극심하다. 이런 공간적 배경은 학생들과 학부모, 교사들이 갈등을 겪게 되는 중요한 문제로 작용하였다. 결국 두 세계는 바로 1970년대 한국사회를 특징짓는 것인데, 이 학교는 바로 계급적 분리의 경계선 위의 한 접점에 위치한다고 볼 수 있다. 그런데 학교는 그 날카로운 분리를 치유하는 통합의 공간이 아니라 현실적 대립의 선이 더욱 냉혹하게 관철되는 사회의 축도였던 것이다.4)

「저렇게 많이」의 여주인공은 7년 전 애인이 돈이 없다는 이유로, 애인 또한 재벌의 사위가 되고 싶은 욕망 때문에 헤어졌다. 여자는 과외로 생계를 이으며 "골이 빈 부잣집 딸년들을 경멸하고 미워하며" 돈만을 쫓으며 살아왔지만 별로 달라진 것이 없다. 여자는 일주일에 한 번 가발(가발은 그녀 수중의 최고급 물건이며 더불어 자신을 최고처럼 보이게 하는 물건)을 뒤집어쓰고 외출하곤 하는데 우연히 헤어졌던 애인을 만난다. "더러운 기름기"로 가득 찬 돈 잘 버는 무당의 남편이 된 남자와 가발을 쓰고 있는 여자는 물욕에 집착한 나머지 인생의 참의미를 잃고 살아온 자신들의 과거를 돌아보게 된다. 여자는 육교를 건너는 수많은 사람들을 물욕의 상징으로 보고 물욕의 상징인 가발을 벗어 던진다. 그리고 "저렇게 많이, 나는 죽음이 저렇게 많은 사람을 멸망시켰다고는 생각지 못했다."라고 엘리엇의 시구를 변형시켜 물욕에 젖어 있는 사람들 모두를 죽음으로 본다. 여자가 가발을 벗어 던지는 행위는 자신의 물욕, 속물근성을 뿌리 뽑고 싶은 욕망의 한 발현인 것이다.

여주인공이 경멸하는 "골이 빈 부자" 즉 지성이나 지식이 없어 자기 통제력을 상실한 혹은 분수를 모르는 천민주의적 물욕에 사로잡혀 있는 인물들은 「낙토의 아이들」과 「공놀이하는 여자」에도 등장한다.

---

4) 최원식, "아름다운 영혼의 옹호", 복원되지 못한 것들을 위하여 (동아출판사, 1996), p. 662 참조.

「낙토의 아이들」은 소위 복부인을 다룬 소설로서, 땅값의 갑작스런 폭등과 복부인으로 나선 아내의 타락이 곧 가정의 파탄으로 이어진다는 내용이다. 남편에게는 숭고하게 쓰이는 '답사'라는 말이 아내에게는 속되게 쓰이고, 아내의 지적 허영심과 무릉국민학교와 관련된 여러 이야기, 아파트 주민들의 의식 구조는 이웃 간, 부부 간의 갈등을 야기 시키고 아주 자연스럽게 한심한 세태풍속을 말해준다.

① 오로지 내 집 장만의 꿈을 위해 십 년, 이 십 년 애면글면 모은 목돈을 꾸려들고 무릉동이 변두리란 약점 하나만 믿고 싼 땅을 구해 이곳을 찾아온 가난뱅이가 있다면 우선 그 엄청난 땅값에 기절초풍을 할 것이다. 그리고 그렇게 되기까지 마음껏 농간을 부린 땅 장수들을 원망하며 돌아설 것이다. 무릉동의 땅은 그런 가난뱅이와 인연을 맺기엔 너무도 도도하게 길들여져 있었던 것이다.

—「낙토의 아이들」중에서

② 잘 사는 사람다운 우월감으로 함부로 남을 깔보면서도 이해관계에 따라서는 얼마든지 타협할 수 있는 이중성이야말로 아내의 개성일 뿐 아니라 무릉동 주민 누구나의 특성이었던 것이다.

—「낙토의 아이들」중에서

③ 빛 좋은 개살구 격으로 말이 좋아 농장이지 평수가 고작 오십 평이라니 계속 시인을 경멸할 수 있어서 우선 안심은 되었으나, 그래도 시인인 주제에 제 집 외에 농장이라 이름 붙인 것을, 그것도 수입을 전혀 고려하지 않고 아이들의 정서 교육만을 위한 것을 따로 가졌다는 데 대해 화숙이와 친구들은 계속 분노하고 있었다. 시인인 주제에, 시인인 주제에…….

—「주말농장」중에서

④ 빨리빨리 부자가 되는 것을 옆에서 지켜보는 기분이란 남의 일이라도 절로 신바람이 나고, 그러다간 샘이 나고, 공연히 욕도 좀 해주고 싶은가 하면 아첨도 떨고 싶고 도무지 종잡을 수가 없었다.

—「맏사위」중에서

①-④의 예문들을 통해 알다시피, 작중인물들은 부자가 되고 싶은 욕망으로 가득차있다. 가난으로부터 벗어나기 위해 돈이나 부에 대한 가치관을 자연스럽게 바꾸거나, 돈으로 뭐든 해결할 수 있다는 물질만능주의 사회 분위기는 돈만을 쫓는 인간들로 가득 차게 했다. 작가는 물질만능주의 의식 구조로 살아가는 한심한 무릉동의 풍경을, 아이의 위선(벌거벗은 임금님을 보고도 벌거벗었다고 말해서는 안 된다는 사실을 이미 간과한 아이)을 통하여 반성하고 있다. 이러한 결말은 부정적 변화에 안일하게 휩쓸려갈 수 없다는 경고이기도 하다.

아프고 쓰릴 뿐 아니라 그 느낌은 깊은 수면 속을 뚫고 들어온 현실의 촉감처럼 생소하고 기분 나쁜 것이기도 했다. 나는 그 아픔으로 하여 내가 속한 편안한 세계를 수면의 세계처럼 느끼기 시작하고 있었다. 그렇다. 그 아픔은 아득한 것 같으면서도 실은 인접한 각성의 세계에서 오는 아픔이요, 그걸 통해 각성의 세계로 갈 수 있는 아픔이기도 했다. 나는 잠에서 깨어나고자 할 때 살갗을 쥐어뜯듯이 그 아픔에 나의 온 의지력을 모아 쥐어뜯기 시작했다.

—「낙토의 아이들」중에서

이처럼 돈에 종속되는 삶이 인간과 사회를 어떻게 황폐화시키는가 하는 문제는 「공놀이하는 여자」의 여주인공 아란과 「어떤 야만」의 철이 엄마의 모습에서 볼 수 있다. 「공놀이하는 여자」는 증오와 원망으로 서른 해를 살아온 첩의 딸 아란이 결국은 돈이라는 보상으로 진씨 집안과 타협하면서 오히려 정신적 무력감에 빠지고 마는 이야기이다.

평생 파출부로 살아온 엄마와 진혁부 회장 사이에서 난 아란은 사법고시 합격생과의 결혼 청첩장을 돌리는 것이 꿈이지만 애인은 네 번째 낙방해 상류사회로의 진입은 가능성을 상실한다. 그때 진혁부 회장의 부음 소식이 전해지고 장남으로부터 제의를 받는다. 삼억 오천이라는 현금으로 진 씨 집안과의 영원한 결별을 약속받는 것이 그 제안이다. 사법고시 합격을 기다리느라 지칠 대로 지친 아란은 돈이라는 윤활유가 넉넉해지면서 세상이 아름답게 보인다. 첩질은 용서할 수 있어도 첩의 딸을 낳은 엄마는 절대로 용서할 수 없다던 아란은 삼억 오천이라는 수표다발로 아버지의 핏줄이라는 것을 인정해주지 않는 진 씨 가와 세상에 타협한 것이다. 자신의 궁핍했던 과거와 현실을 성공한 남자와의 결혼과 물질로서 보상받기를 꿈꾸던 아란은 물질만능주의 사회의 속물근성을 지닌 현대인의 표본이다. 그러나 수표다발로 세상이 아름답게 보이는 것도 잠시, 아란은 "맨홀에 빠진 공처럼" 숨통이 막히고 "도시 한가운데서도 문득 지난날의 향수처럼 풀이나 거름냄새 같은 게 코끝을 스쳐갈 때가 있듯이, 잡힐 듯 말듯 모호하고도 생뚱스러운 비애"를 느끼며 중심을 잃고 만다.

「어떤 야만」의 철이 엄마는 부자 재일교포가 오면 철이 아빠가 무슨 사장인가를 맡게 되리라는 예상으로 집을 고치고 우아한 척 하면서 함께 살아온 이웃들을 "야만인"으로 취급하는 행동을 보였다. 재일 교포 친척의 덕에 벼락부자가 되어보려 하지만 그녀에게 남은 것은 교포 친척이 남기고 간 애완용 개 한 마리뿐이다. 식성이 까다로워 키우기도 힘든 남겨진 애완견은 허욕의 몰락을 대변한다. 이는 부로 모든 것을 판단하는 물질주의적 가치관에서 비롯된 것이고, 부질없는 꿈을 의미한다. 일본 개에게까지 잘 보이려고 배운 "사아, 봇짱, 운도오 시마 쇼오네"가 "이 육시랄 놈의 개야, 이 우라질 놈의 개새끼야, 처먹어라, 처먹어"로 변한 것은 "골이 빈" 철이 엄마에 대한 화자의 경멸이자 조소이자 소시민적 양식의 통쾌한 승리이다.

작가는 철이 네의 위선적인 행동을 통해 물질이라는 것이 얼마나 허망하고 헛된 것인지를 보여주며, 철이 엄마의 건강한 목소리를 회복함으로써 물질만능주의의 공허함을 명쾌하게 형상화하고 있다.

이처럼 박완서 소설의 중요한 주제인 중산층의 물신주의 세태 풍자는 즉 허위의식에 가득 찬 사람들과의 갈등관계를 통해 이야기가 구축된다. 이런 인물들의 등장, 갈등관계는 시대적인 배경과 관련이 있다. 오늘날 한국 사회는 맞벌이 가족제도로 변하고 있다. 가족 부양비 및 자녀 교육비가 막대해지면서 남자 혼자 벌어서는 가족 생계를 유지할 수 없게 되었다. 게다가 가장의 고용 불안으로 주부들도 취업 전선에 뛰어들어 여성의 경제 활동 참가율은 절반을 넘었다. 중년 주부들이 남편이 벌어다 주는 돈으로 자식 기르는 재미를 느끼며 살만한 상황이 아닌 것이다. 더구나 산업화 시대는 자본주의 사회를 만들었고 잘살게 된 현실과 더불어 사람들은 허욕에 물들게 되었다. 성실하게 일해서 잘 살자는 본래적 의미의 자본주의는 흐려지고 한탕 잘해서 잘 살자는 천민자본주의 의식이 나날이 퍼져가고 있다. 특히 여성들은 직장과 가정에서 겪어야 하는 온갖 차별과 아이 양육이라는 어려움 때문에 더더욱 물질에 대한 집착을 갖게 된 것이다. 앞에서도 언급했듯이 1950년 전쟁의 폐허가 된 상황에서 가난과 정신적 빈곤을 극복하는 것은 최우선의 과제였으나 급성장한 경제발전은 우리 사회에 물질만능의 의식을 낳은 것이다.

이선미는 1970년대 급부상한 중산층을 한국 근대화의 속물성과 이기주의, 물신주의를 정신적 토양으로 한 새로운 세력이라 할 수 있으며 이들의 물질중심의 행복관은 중산층 여성들의 배금주의나 과시풍조, 허례허식 등으로 나타났다고 했다. 박완서가 1970년대에 쓴 많은 소설들은 이런 중산층의 허위의식과 소외감, 분열의식 등을 신랄하게 비판하고 있으며, 많은 인물들이 희화화되었다고 했다.[5]

소설 속의 인물들의 내면심리 묘사나 허위의식의 폭로는 인물 간에 벌어지는 갈등과 자기 안에서 발견되는 허위성을 문제시하게 되면서 생겨나고 이것은 그 자체로 신랄한 사회비판이 된다.[6] 이것은 주인공들과 관련 있는 주변 사람들을 통하여 보여지나 동시에 독자 자신의 가면 벗기기에도 해당된다.

지금까지 살펴본 바와 같이 박완서 소설에서 인물의 말이나 내면 목소리를 통해 사회비판의 발언이 직접적으로 드러나지 않으면서도, 사회비판적인 주제의식을 강하게 전달받을 수 있는 것은 은폐되어 있는 내면을 들추어내는 방법으로 인물을 형상화하기 때문이다. 이는 인물의 외양 또는 겉으로 보이는 이미지와 실제의 차이, 즉 아이러니를 통해서 진실을 폭로하는 기술 방식이기도 하다. 인물의 이면(裏面)으로서의 내면을 들추어내는 서술방식은 내면을 통한 인물 형상화 외에,

---

5) 이선미, 페미니즘은 휴머니즘이다 (한길사, 2000), p. 85.
6) 일반적으로 '내면 의식'은 인물이 스스로를 의식하는 자기반성적 인식에 해당한다. 반면에 박완서 소설의 내면은 인물의 자기인식을 포함하면서 동시에 인물이 자기의 것인지 아닌지 의심하는 내면의 생각이나 무의식적 감각 등을 포괄한다. 드러내놓고 말할 수 있는 내면의 자기인식과 드러내지 못하고 내면에만 담아두는 생각들이나 인물 스스로도 명확하게 인식하지 못하는 생각과 느낌, 심리현상을 통틀어 내면이라 할 수 있다.

세태풍속 묘사나 인물의 외양을 묘사하는 데도 일관성 있게 나타난다. 박완서 소설의 인물 형상화 방식은 전후 사회의 위선적 삶의 방식과 내면화된 허위성을 폭로하는 자기발견의 서사로서 자연스럽게 자아발견이라는 주제의식을 형성한다.

다음 인용문을 통해 작가의 물질만능주의 세태를 통한 비판 의식의 의지를 확인할 수 있다.

> 사물의 허위에 속지 않고 본질에 접근할 수 있는 직관의 눈과, 이 시대의 문학이 이 시대의 작가에게 지워 준 짐이 아무리 벅차도 결코 그걸 피하거나 덜려고 잔꾀를 부리지 않을 성실성만을 갖추었다는 자부심 역시 나는 갖고 있다.7)

이처럼 작가는 인간의 몰가치성, 물질만능주의로 물든 소시민의 속물근성을 인간과 인간의 갈등을 통해 가면을 벗김으로써 진정한 삶의 의미를 되찾고자 하는 목적이 있다.

「지 알고 내 알고 하늘이 알건만」에 나오는 탐욕스런 인물, 진태 엄마와 성남 댁의 묘사는 서로의 '가면 벗기기'를 더욱 흥미진진하게 한다. 소용가치가 있을 때만 필요로 하는 현대인, 병든 부모 앞에서도 오직 물욕에만 눈이 어두운 젊은 사람들의 위선과 허욕을 속속들이 보여준다.

소설 속의 인물은 개인과 개인 또는 개인과 사회와의 대립관계 속에서 조명된다. 진태 엄마와 성남 댁처럼 박완서가 창조해내는 인물들은 대부분 경제적으로 부유한 인물과 가난한 자로 구분이 되는데 작가는 부유한 사람들의 위선을 드러내면서 공격하는데 이는 사회 전반의 세

---

7) 박완서, 꿈을 찍는 사진사 (동아출판사, 1995), p. 622.

태와 무관하지 않음을 역설하고 있다. 작가는 물욕에 집착하는 부정적인 인물을 내세워 작가의 문제의식을 보여주고 있는 것이다.

그리고 박완서는 「지 알고 내 알고 하늘이 알건만」에서, 비참하고 추레한 세태 속에서도 자신의 분수를 알고 자신의 현실로 돌아가는 성남 댁을 통해 비관적인 앞날만을 제시하지는 않는다. 진태 엄마와 성남 댁이 가지고 있는 속물근성의 유사성, 벗겨지는 허위 속에서도 그 본질을 잃지 않는 성남 댁과 진태 엄마의 대조는 작가가 글쓰기의 목적으로 삼고 있는 가면 벗기기의 의미이다. 이처럼 박완서 소설의 인물들은 자기의 모습을 철저히 은폐하지도 못하고, 그렇다고 자기의 모습을 다 드러내지 못하고 숨기거나 오해되는 상황을 그대로 받아들임으로써 자기를 발견하고 반성하게 되는 점이 공통적이다. 그렇다고 「지 알고 내 알고 하늘이 알건만」의 진태 엄마와 같은 허위의식에 찬 인물들은 위악적 인물로 볼 수는 없다. 박완서 소설에서 볼 수 있는 허위의식에 찬 인물에 대한 비판은 성남 댁이나 흑과부와 같은 대조적인 인물에서도 발견할 수 있는 자기 고발의 성격을 보여준다. 소설 속의 인물들은 결국 그런 허위에 찬 의식을 폭로하지 못하고 자기 것으로 받아들일 수밖에 없는 문제 때문에 외면과 다른 내면을 갖게 되는데 규범적 자아와 그것을 부정하는 자아 간의 갈등, 즉 인물의 내면갈등의 과정을 겪으면서 하나의 자아로 정체화 된다.

「해산바가지」의 배운 것 없는 시어머니와 「흑과부」의 능청스러운 인물 흑과부, 「애보기가 쉽다고?」의 철거민 등은 많이 배우고 많이 가진 자들의 속되고 비인간적인 야만성을 되비추는 거울과 같은 존재로 역시 타인과의 갈등관계를 통해 더 큰 의미를 시사한다. 즉 작가가 최종적으로 의도하는 것은 위선적인 인물의 실상을 드러내는 것이 아니라 그런 인물의 실상을 파악해내는 인식의 틀로서 물질만능주의 사고가 독자들에게도 잠재되어 있음을 느끼게 하는 것이다. 따라서 독자들은 작품 속에 등장하는 인물을 비난하기보다는 인물들의 삶을 힘겹게 몰아가는 무수한 편견과 그릇된 사고방식, 허위의식이 곧 자기 안에도 있음을 공감하게 된다.

이처럼 작가는 물질중심의 사고를 갖고 살아가는 여성들의 상실감과 소외감을 통해 문제화하고 그 인물들로 하여금 반성하는 면모를 보여준다. 이는 따뜻하고 소박한 소시민의 삶이 공유되고 있어 미래가 부정적이지만은 않다는 결론이기도 하다.

박완서의 소설이 물욕에 사로잡힌 천민자본주의에 대한 경고를 담으며, 특히 중산층 여성의 속물근성과 지식인의 야만성을 비판하면서도 독자로 하여금 반성과 화합의 긍정적 결말을 유도하게 하는 것은 작가의 시대적인 비판 의식과 아울러 소외된 자에 대한 깊은 애정, 즉 사랑과 평화를 지향하는 모성적 관점에서 비롯된 것임을 알 수 있다.

2. 이기주의와 허위의식

1970년대에 들어서 사회현실의 병폐를 고발하고 비판하는 작품들이 많이 나타나는 것은 어쩌면 당연한 일일지도 모른다. 그중 박완서는 평범한 가정의 삶과 문제점들을 심도 있게 관찰하여 그 의미가 돋보인다. 경제적으로 윤택해진 오늘날 평범한 소시민들의 갈등과 문제점들은 과거와 현재, 미래 우리 사회의 변화와 긴밀한 관련을 갖기 때문이다.

박완서는 「霧中」, 「소묘」, 「로열박스」등의 작품을 통해 주인공들의 계층적인 삶을 구체적으로 보여주면서 문제의 해결보다는 갈등 발생 요인을 밝히기 위해 내적 갈등의 심리 묘사에 치중하면서 현대 여성들이 얼마나 이기적 욕심에 물들어 있는가를 보여주고 있다. 또 「환각의 나비」, 「마른 꽃」, 「너무도 쓸쓸한 당신」, 「길고 재미없는 영화가 끝나갈 때」 등은 가족 안에서 벌어지는 이기주의와 자식으로부터 소외 당하는 노인들의 삶을 다루고 있다.

「霧中」은 어린 나이에 고향을 뛰쳐나와 "몸을 함부로 굴리며 허덕이고" 산 덕에 "기분파이면서도 능구렁이기도 한 아빠"를 만나 18평짜리 맨션아파트에서 "아빠한테 종종 귀염 받는 거 외엔 내 몸이 편하게 놀고먹을 수 있게 된" 젊은 여주인공이 등장한다. 여주인공은 정체를 알 수 없는 옆집 남자에게 묘한 동질감을 느낀다. "누구에겐가 쫓겨 숨어살고 있을지도 모른다" 는 여주인공의 내면적인 불안 심리에서 비롯된 그 유대감은 맨션아파트를 휘감곤 하는 안개와 더불어 작품 전체의 분위기를 매우 비현실적인 것으로 몰고 간다. 여주인공이 반상회에 갔다가 아파트의 주민들과 대화를 나누는 장면은 오늘날 일상에서 부딪히는 편협하고 이기적인 소시민적 삶의 편린들이 잘 드러난다.

> 집집마다 몇 월 며칠 몇 시를 기해 일제히 쥐약을 놓자는 반상회의 공지 사항을 반장이 읽자 그건 서민주택에나 해당되는 소리지 맨션에 쥐가 어딨냐고 너도나도 한 마디씩 했다. 집집마다 문패를 달자는 대목도 있었다. 문패도 서민 주택이나 어울리지, 호화 주택이나 맨션의 문패는 하이일 신고 댕기꼬리랑이 늘인 꼴일 거라고 누가 재빨리 농담을 했다. 그 말도 안 되는 농담을 여자들은 박장대소하면서 좋아했다.
>
> ―「霧中」 중에서

최소가 사십 평인 고급 맨션 단지에 혹처럼 붙어 있는 십팔 평에 사는 주민들은 고급주택가의 고급 주민이 된 듯한 자기기만과 착각에 빠져 산다. 그러나 작가는 그런 소시민의 편협한 허위의식뿐만 아니라 누군가에게 쫓기고 있다는 불안감에 사로잡혀 사는 여주인공과 이웃집 남자를 부각시켜 이기적 의식의 한계를 보여준다. 자신의 안락한 삶을 위해서라면 부도덕한 방법도 마다 않는 현대인은 저마다 풍요롭고 편안해 보이지만 쫓고 쫓기는 듯한 불안감에 싸여 있다. 이웃과의 대립과 갈등으로 인해 생긴 단절감과 소외감을 강조함으로써 오히려 그로 인해 비롯된 두 인물의 유대감은 인간 삶의 근원적인 조건이 무언인가를 되묻게 한다.

「霧中」이 일상적인 삶의 틀 속에 편입하지 못하고 "광대무변한 혼돈"속에 "죽자꾸나 쫓고 쫓기는" 삶을 살아가는 유동적인 인물들의 삶을 보여주고 있다면, 「로열박스」와 「소묘」는 사회의 상류층에 속하는 사람들의 삶을 통해 이기적인 세태를 풍자한다. 두 작품 모두 상류층의 가정으로 시집간 며느리들이 내부의 분위기에 적응하지 못한 채 이질적으로 떠도는 모습을 그리고 있는데, 중산층 여인들의 정신적인 불안과 방황이 「로열박스」에서는 시아버지와 며느리의 갈등으로, 「소묘」에서는 고부간의 갈등으로, 「서글픈 순방(巡房)」에서는 이웃 간의 갈등으로 형상화되어 나타난다.

「로열박스」의 여주인공은 후계자로서의 사업적 수완을 기대하는 아버지의 요구를 감당 못한 남편이 결국 정신병원에 입원하고 난 뒤 심한 고통을 겪는다. 「소묘」의 여주인공도 탐욕스러운 자기 현시욕과 허위의식에 가득 찬 전형적인 상류층 부인인 시어머니에 대한 억눌린 반감으로 몸부림친다. 작품 안에는 자기기만과 허위의식으로 가득 찬이 시대의 소시민적 삶에 대한 건강한 비판 의식이 깔려있는 것이다.

세입자 내외의 비애를 제재로 한 「서글픈 순방」에서는 이기주의가 한층 팽배한 이웃들로 인해 본능적인 권리마저 행하지 못하는 부부가 등장한다.

> ① 그런데 재수 나쁘게도 첫 번째 본 집에서 등에 업힌 영아를 트집 잡았다. 아무리 뚝 떨어진 방이지만 갓난애가 딸린 집은 싫다는 거였다. 주인 여자는 외눈 하나 까딱 안 하고 그런 소리를 하며 우리 영아를 냉랭하게 쏘아보았다.
>
> ─「서글픈 순방」 중에서

> ② "젊은 두 내외 믿을 수 있나요. 언제 애가 생길지. 그렇지만 어린애가 생기면 방은 당장 옮기실 각오하셔야 돼요."
>
> ─「서글픈 순방」 중에서

부부는 문간방 셋방살이를 하는 동안, 안집 식모애도 두 사람을 "상전이 행랑아범 어멈 부려먹듯이" 하고, 제멋대로 들어오는 안집 식구들의 늦은 귀가도 문간방 부부에게 문 여는 것을 내맡기고, 큰 아들의 늦은 귀가 때문에 부부 관계조차 방해를 받는다. 상전과 종처럼 안집 눈치를 보면서 사생활을 방해 받는 부부는 주인집과의 마찰 끝에 보금자리를 옮기려고 하나 방을 보여주는 집 주인들은 그 전 주인보다 더 이기적인 사람들이다.

「초대」에서의 구정물이 내려가지 않은 채 쿨컥대기만 하는 막힌 하수구와, 저녁 식사에 초대된 사람들의 가식적인 대화에 대해 주인공

희주가 느끼는 구역질이라는 이중적인 정황은 현대인의 거짓된 삶의 한 단면을 매우 예리하게 꼬집어 작가의 비판 의식을 한층 극대화시킨다. 이렇게 이기적인 중산층 사람들과 그로인해 일어나는 갈등을 통해 작가는 우리 시대의 많은 문제점을 노출시킨다.

또 주목할 만한 것은 주로 평범한 여인들이 등장한다는 점이다. 또한 작가는 인생의 황혼기에 접어든 인물들을 주인공으로 내세우는데 이들이 겪는 갈등의 발생 요인은 이기주의와 허위의식이다. 이는 소시민의 행복한 삶을 방해하는 요인이며 세대 간의 갈등을 야기하는 중요한 문제라는 것을 인식시키고 있다. 그렇다면 작가가 특히 현대 여성을 주인공으로 갈등을 그려낸 이유는 무엇일까.

현대 여성은 남편과 자식이 잘되는 것이 곧 나의 보람이라는 의식으로부터 벗어나 여성 스스로가 사회와 직접적인 관계를 맺음으로써 만족을 얻으려는 의식의 변화를 보이고 있다. 이처럼 산업화에 의한 여성 의식의 변화는 삶의 질을 바꾸어 놓았지만 기존의 가치관의 파괴와 함께 도덕적 윤리를 저버린 삶을 만들기도 했다. 남에겐 관심을 두지 않고 나와 내 가족만을 챙기기에 급급한 모래알 같은 가족 군상을 낳은 것이다. 단절과 무관심의 벽을 높이고 오로지 나와 내 가족의 안위만을 외치며 이웃을 경쟁상대로 돌려버림으로써 공동체 의식을 저버리게 되었다.

중산층 계급은 가족을 통해 상속할 부를 소유하지도 않았고, 그렇다고 무산계급도 아닌 사람들로서, 특별한 재산이 없는 대신 교육을 통해서 안정된 직업을 가지고 있으며, 경제적으로나 문화적으로 여유 있는 생활을 하고 있는 사람들이다. 사회의 몸통인 중산층 가족은 교육과 직업을 통해 재생산이 이루어지기 때문에, 부모의 최대 관심사는

자녀 교육이며, 자녀는 부모의 기대 때문에 고통 받는다.[8]

　특히 여성이 자녀의 교육을 통해서 자신의 정체성을 찾으려는 욕구에서 비롯된 치맛바람, 과외 열풍, 부정 입학 등은 이기주의로 인한 문제들이며 사회적 물의를 빚기도 하는 것이다. 여성학자들의 연구에 의하면 이러한 여성의 눈에는 사회가 협동 체계가 아니라 이기적 개인들의 경쟁체계로 보인다고 한다. 그래서 자기와의 오랜 원초적 유대를 가진 개인들과의 관계에 집착하게 되고, 가족 중심의 이기주의로 흐를 수밖에 없다는 것이다. 그렇게 해서 특히 여성에게 부여된 '가족이기주의의 범주'라는 낙인을 여성학자들은 여성의 역할을 가정에만 고정시킴으로써 나타난 사회적 결과이지 개인적 속성에 의한 것은 아니다.[9]

　작가는 평범한 가정주부나 노부부가 겪는 갈등과 고통, 즉 젊은 세대의 이기주의적인 생활 풍조에 의해 가족으로부터 소외당하고 상처받는 이야기들, 빠르게 변화하는 현대인의 삶을 따라잡기 위해 애쓰는 이야기를 통하여 세대 간에 팽배한 이기주의 의식의 한계를 꼬집어 내고 있다.

　「저문 날의 삽화 5」의 노부부는 결혼한 자식들과 떨어져 도시의 변두리에서 산다. 이들이 단출하게 살면서 겪는 세대 간의 갈등은 핵가족 단위의 삶 속에서 소외되어 가는 노인들의 외로움을 보여준다. 「저문 날의 삽화 4」와 「家」에서도 '집'과 '자가용'으로 대표되는 오늘날 소시민의 이기적인 삶의 단면을 보여준다.

　　마지막으로 늙으면 자연적으로 떨어지는 순발력, 운동 신경 등 노

---

8) 여성한국사회연구회, "화이트칼라 가족 연구", 한국가족론 (까치, 1990), p. 241.
9) 여성을 위한 모임, 제 3의 성 중년여성 바로 보기 (현암사, 1999) p. 249.

화 현상을 들어 차 사는 걸 만류해봤으나 차 사는 일은 벌써부터 내 뜻 뿐 아니라 그의 뜻도 어쩔 수 없는 곳에서 저절로 이루어지고 있었다. 나는 가끔 그도 그가 저절로 실려 가는 대세에 멀미를 하고 있을지도 모른다고 생각했다. 그가 괜히 불쌍했다. 나는 우리의 초로(初老)가 정신없이 휘몰아치는 근대호의 소용돌이에 휩쓸리지 않고 다만 관망할 수 있도록 거리를 유지시켜 주는 발판쯤은 될 수 있는 줄 알았다. 우리의 초로(初老)에 그 정도의 품위는 허용될 줄 알았다. 그 정도도 이룰 수 없는 꿈이 될 줄은 정말 몰랐다.

－「저문 날의 삽화」 중에서

「저문 날의 삽화 4」에 나오는 화자의 남편은 해마다 가는 추석 성묘 길에서 자가용을 몰고 온 종필로부터 주눅이 들어 뒤늦게 운전을 배우고 자가용을 사들인다. 늙은 아내는 계층 간의 갈등으로 인해 소외되어, 어쩔 수 없이 대세에 휩쓸려 가는 남편과 자신에 대해 안타까운 심정을 토로한다. 위의 예문은 구세대의 삶의 방식이 이제는 신세대의 삶의 풍조에 어떠한 도덕적 품위로도 작용할 수 없다는 안타까운 현실을 보여주고 있다. 이러한 세대간의 갈등은 「천변풍경」과 「황혼」에서도 공통적으로 나타난다.

육십의 나이에 해직을 당한 전 대학교수 배우성씨는 약수터에서 만난 백수회 모임에 들게 되고 퇴근길에 아들을 불러내 간소한 만찬 준비를 부탁한다. 그러나 "예민하고 신경질적인 며느리의 눈치를 봐가며 새벽 운동도 제대로 못하는" 주인공은 우연찮게 차마 못 들을 소리를 엿듣고 경악한다. 젊은 며느리의 모습은 오늘날 중산층 여인들의 이기적인 모습을 단적으로 보여준다.

뭐라구요? 백수회라구요? 날더러 그 백수횐지 백 살까지 살고 싶
어 환장한 노인들의 망령횐지의 뒤치다꺼리를 하라구요? 당신 아버
지 이제 육십이에요. 백 살을 사시면 도대체 앞으로 몇 년을 더 사시
겠단 소린 줄 알아요? 자그마치 사십 년이란 말예요. 그래서 하루도
안 거르고 매일 아침 산에 오른다, 약수를 퍼 마신다, 극성을 떨었던
거에요. 아유 지긋지긋해, 아유 내 팔자야.

─「천변풍경」 중에서

  환갑도 안 된 시어머니를 노인네, 늙은이로 호칭하는 「황혼」의 신
세대 며느리도 「천변풍경」의 주인공 며느리와 다를 바가 없다. 명치가
아프다는 시어머니를 모시고 병원을 드나드는 며느리가 정작 비싼 병
원비를 주고 갖가지 검진을 받게 한 이유는 "허구한 날 명치에 뭐가 있
다고 그러면서, 이 사람 저 사람 아무나 보고 거길 주물러달라는" 노인
네를 성적 욕구 불만으로 보고 참지 못해 한 마지막 행동이었다. 유식
하고 얌전하기로 소문난 효부의 의무적인 며느리 노릇은 윤리와 도덕
은 이미 사라진 지 오래인 젊은 세대들의 이기주의적 의식구조를 잘
보여준다.
  이렇게 노년 부부의 삶을 통해 세대 간의 갈등을 문제 삼고 있으면
서도 소시민의 삶에 내재한 자기기만적인 의식의 양태를 섬세하게 묘
사한 작품이 있다. 바로 「저문 날의 삽화 3」과 위에서 살펴보았던 「천
변풍경」이다.
  「저문 날의 삽화 3」의 자기 기만적 의식은 주인공의 전형적인 삶을
그녀가 은연중 "상전의식"으로 대하는 만수 네의 건강한 삶과 대비시
키는 방식에서 나타난다. 즉 "너만큼 너그럽고 인정 많은 사람도 흔치
않을 거라는 자기 황홀이 즉흥적으로" 만들어낸 그녀의 얄팍한 선심

편지로 만수 네와 그 손자들을 서울로 초청한 뒤 사흘이 못 되어 짜증스런 부담감을 드러내는 그녀의 간교하고 이기적인 삶은 전쟁 통에 남편을 잃고 갖은 고생을 하며 살아온 만수 네의, 가난하지만 건강한 삶에 의해 그 허위성이 여지없이 드러나고 만다.

「황혼」에서의, "저희끼리 큰 소리로 사장이니 청장이니 차관이니 하는 고급의 내외적인 지위로 호칭을 삼아서" 우선 남의 이목을 끌려는 백수회 노인들의 모습도 자기 기만적이다. 자식이나 사회로부터 소외당한 장본인들은 정작 같은 처지의 노인네들을 "마치 물의 기름처럼 당연히 그런 호칭이 없는 어중이떠중이" 취급을 하며 모임에 가입시키지 않는다. 즉 소시민의 계층적 의식의 한계뿐 아니라, 현대적 삶의 중심으로부터 점차 밀려나는 구세대의 한계라는 이중적인 의미를 지니고 있는 것이다. 특히 「저문 날의 삽화 3」에는 도자기를 하는 딸의 이야기와 만수 네의 이야기 맞물려 있는데, 그 이야기는, "실용에서 제외된 장식용 도자기를 산산이 부수면서 수치스러워하던 딸의 모습"을 떠올리는 결말 부분에서 하나로 모아진다. 이것은 아마도 딸의 마음을 이해하지도 못하면서 딸이 기필코 예술가로 성공하기를 바라는 중년 여성의 세속적 욕망을 신랄하게 묘사하는 것이다. 또한 예술적 성공을 단순히 삶을 우아하고 고급스럽게 보이게 하는 장식거리로 삼는 자기기만적 허위의식에서 비롯된 것이라는 점도 암시한다.

이렇듯 소시민의 이기주의적 생활 풍조의 한계와 여성들의 허위의식에 대한 작가의 비판은 단순히 정치 사회적인 사건이나 계급적인 측면에 기댄 사회 비판의 맥락에서만이 아니라 인간 삶의 총체적인 진실에 비추어 볼 때 그 진면목이 드러난다.

여성학자들은 중년 여성이 갈등을 극복하기 위해서는 가족이기주의에서 벗어나야하고, 이기주의 사고를 극복하려면 개인의 삶과 함께 사회 환경 속에서의 자신의 위치를 파악하고 새로운 사회의식을 가져야 한다고 말한다. 즉 개인, 가족, 집단의 이익도 중요하지만 그것을 초월하는 공동체와 공동 이익을 위해 협동하는 의식을 키워야 하는 것이다. 「천변풍경」과 「황혼」에서도 살펴봤듯이, 실제로 중년기 여성의 위기감을 감소시키는 데는 친구의 정서적 도움이나 이웃과의 사교적 친밀감이 큰 몫을 한다. 그러므로 공동체 의식을 보다 중요하게 인식할 필요가 있다.

한편 박완서는 인물들의 부정적인 측면만을 주로 묘사하여 "깊이 있는 인식 대신에 세태묘사에 그치는 풍속적 차원으로 전락시키는 작가"10)라는 비판을 받기도 했다. 앞의 비판대로 작가는 인간 내면의 허위성을 신랄하고 냉소적이기까지 한 어조로 소시민의 삶의 양면성을 파헤치지만 그와 같은 작품 기술 태도는 이 시대 소시민적 삶의 충실한 풍속도를 이루게 한다.

박완서 소설의 기저에는 늘 인간의 존엄성과 사랑, 생명에 대한 의지가 담겨져 있는데 그것은 때론 표면에 떠오르기도 하고 때론 심층에 숨어 독자의 향방을 유도하기도 한다. 전쟁으로 인한 인간성 상실과 속악한 현실 속에서 인간들은 자기를 보존하고자 하는 강한 욕구에 사로잡히게 된다. 이러한 욕구는 외부세계와의 소통이 두려워 자기 세계에 갇혀 소외된 삶을 선택하기도 하지만 결국 '나'라는 존재의 의미는 '타인'과의 관계, 즉 갈등관계를 통해서 그 의미를 확인할 수 있다는 사실을 깨닫게 된다. 그러므로 어떻게든 타인과의 관계 맺기를 시도할 수밖에 없는데 이러한 과정에서 발생하는 다양한 갈등의 양상 밑바닥

---

10) 권영민, 분단문학의 역사적 전개 (현대소설사, 1982), p. 186.

에는 휴머니즘의 갈등이 자리 잡고 있다. 휴머니즘의 갈등은 극단적으로 인간의 존엄성이 침해받게 되었을 때 더욱 확연히 드러나게 되는데 육체적으로 정신적으로 상처를 받은 채 살아가는 인물을 통해 드러난다. 이기적이고 속물적인 인물이 악담과 살의로 노망든 시어머니를 대하는 장면에 관한 이야기는 작가가 궁극적으로 지향하면서 갈등을 해결하는 방법이기도 하다.

> ① 부엌으로 나온 그녀는 먼저 부엌방의 기척부터 살폈다. 밤사이에 시어머니가 죽어 있을지도 모른다는 기대는 매일매일 새롭고도 독한 쾌감을 동반했다. 그러나 그녀는 그 쾌감에 너무 오래 탐닉하길 삼가고 찬 우유를 받쳐 들고 방문을 열었다.

> ─「울음소리」중에서

> ② 때때로 혐오감이 고조될 때 살의를 방불케 해 섬뜩한 전율을 느끼곤 했다. 이런 정서적인 불균형을 은폐하고, 아이들 앞에서나 이웃이나 친척 보기에 여전히 좋은 며느리처럼 보이려니 여간 힘들지 않았다. 나는 점점 못쓰게 돼갔고 때로는 자신의 몸과 마음이 망가져 가는 걸 즐기기도 했다. 저 늙은이가 저렇게 며느리를 못살게 굴다가 필시 며느리를 앞세우고 말걸. 두고 보라지. 이렇게 악담을 함으로써 복수의 쾌감 같은 걸 느꼈다.

> ─「해산바가지」중에서

효부로 보이기 위해 애쓰는 위선적인 삶 뒤에 살의를 방불케 하는 혐오감을 느끼는 '나'는 작가가 궁극적으로 보여주고 싶어 한 인간 본연의 실체이다. 이런 허위의식의 인물을 통해 역설적으로 휴머니즘을 이야기한다. 오늘날 삶을 지배하고 있는 이기주의로 인해 자신을 기만하면서 괴로워하는 것은 피할 수 없는 일이며 이기주의에 물들어 있는 인물들은 바로 우리 자신의 모습인 것이다.

이를 통하여 작가가 진실로 보여주고 것은 인간의 솔직한 실체였음을 알 수 있다.또한 그런 인간에 대해 연민을 갖고 보다 인간 중심의 사회로 이어져야함을 이야기하고 있다.

이렇듯 지금까지 살펴본 작품들은 소시민적 삶을 비판어린 애정의 시선으로 그려나감으로써 세태의 풍속에 재빨리 적응하는 인물들의 얄팍한 방식의 삶과 갈등을 보여주었다. 그럼에도 불구하고 그 속에서 인간다움을 잃지 않으려는 소시민적 안간힘을 함께 그려내 작가는 현실의 삶을 반성하여 더 큰 화합에 이르게 한다.

3. 부정 · 부패의 만연

앞에서 살펴본 것과 같이 박완서 소설에는 갈등을 유발하는 요인으로 물질만능주의와 이기주의, 허위의식이 있었다. 앞의 작품이 주로 개인 간에 겪는 갈등이었다면 「조그만 체험기」, 「침묵과 실어(失語)」, 「복원되지 못한 것들을 위하여」, 「J－1 비자」, 「어느 이야기꾼의 수렁」, 「연인들」등은 현대인의 속물주의 사고가 사회 문제로 확산되어 소시민의 삶을 억압하는 갈등 요인으로 작용한다.

「조그만 체험기」에서의 갈등은 전기용품상을 하는 남편이 전공에게 사기를 당해 졸지에 범인의 누명을 쓰고 구속되는 사건으로부터 시작된다. 평범하고 소박한 아내는 남편의 구명과 옥바라지를 위해 정신없이 뛰어다니지만 정작 경찰과 검찰, 변호사 등은 갈등을 해소시켜주기보다 더 큰 장벽으로 주인공을 괴롭힌다. 사회 정의를 실현하기 위해 누구보다 진실해야할 법 관계자들은 오히려 상식과 다른 인물들로 법과 힘을 악용해 소시민을 위협하고 조롱한다.

연행된 남편의 행방을 알기 위해 달려온 주인공은 검찰청 정문에서 수위에게 저지를 당하는데 검찰청 말단 직원들의 권위의식 앞에서 "잔뜩 주눅이 든" 모습은 앞으로 나타날 수많은 장벽과 갈등을 암시한다.

　① 수위가 꼬치꼬치 용건을 따졌다. 수위라기보다는 형사에 가깝게 말투가 위압적이고 심문조였다. (중략)
　나는 다시 울먹이면서 애원했다. 가족은 가족의 거처를 알 권리가 있는 게 아니겠냐고 따져 보기도 했다.
　"뭐 이런 여자가 다 있어. 여기가 어딘 줄 알고 따져요, 따지길. 따질 데가 따로 있지. 썩 비켜나지 못해요."
　나는 초췌한 몰골로 처음부터 그에게 저자세로 나온 걸 후회했다. (중략)
　수위는 젊고 토실토실한 귀여운 얼굴이었으나 눈빛만은 특이했다. 자기가 일단 죄수의 가족이라고 단정한 사람이면 단박 걸레쪽처럼 비참하게 주눅 들게 할 수 있는 섬뜩한 무엇이 있었다.
　나는 유월의 뙤약볕 아래 후끈후끈 악랄한 열기를 내뿜고 있는 검찰청 건물과 수위에게 잔뜩 주눅이 든 채 지독한 절망을 느꼈다.

　　　　　　　　　　　　　　　　　　　 ―「조그만 체험기」중에서

　② 그곳엔 맨 주눅 들린 여편네들 천지였다. 피의자 대기실 주변의 맨땅에 뙤약볕을 무릅쓰고 파김치처럼 늘어져 있는 초라한 여편네들은 살아있는 사람 같지도 않았다. 뙤약볕에 생기와 수분은 다 증발해 버리고 마지막 남아 있는 사람의 가장 흉한 찌꺼기처럼 보였다.

이런 여편네들이 어디서 피의자를 실은 버스가 온다든가 대기실에서 굴비 두름처럼 묶은 피의자를 법정으로 끌고 간다든가, 아무튼 푸른 수의(囚衣)자락만 흘긋 비쳤다 하면 도저히 믿어지지 않을 만큼 생기발랄해지면서 민첩하게 그곳으로 엉겨들면서 힘차게 손짓도 하고 쉰된 소리로 악도 썼다.

그럴 때마다 교도관이나 사복차림의 감시꾼들의 구박은 혹독했다. 반말지거리로 욕설을 퍼부으면서 짐승 몰듯이 내몰았고 여편네들 역시 억세고 줄기차게 이 구박에 맞섰다. 그럴 때 여편네들은 죽은 듯이 늘어져 있을 때와 또 다른 의미로 사람 같지 않았다. 나는 그때까지 사람의 얼굴에서 그렇게 완전히 수치심이 제거되고 절망과 독기로만 빛나는 것을 본 적이 없었다.

— 「조그만 체험기」 중에서

③ 결국 나는 빽이라는 게 급하게 필요하다고 깨닫고 나서부터 일가친척 친구로부터 어쩌다 인사를 한 번 교환한 정도의 아는 사람까지를 총망라해서 샅샅이 뒤져 본 끝에 단 한 사람의 세도가는커녕 한 사람의 권세부리는 관청의 수위도 찾아낼 수가 없었던 것이다. 그것으로 나는 우리 부부의 생애, 합하면 근 일 세기의 기나긴 생애를 말짱 헛산 것처럼 느꼈다. 그것은 대포알이 가슴을 뚫고 지나간 것만큼이나 엄청난 허망감이었다.

나는 너무 외롭고 막막해서 장판방에 몸을 던지고 울음을 터뜨렸다.

— 「조그만 체험기」 중에서

위의 예문을 통해서 알 수 있듯이 남편의 상황을 파악하고 누명을 벗기기 위한 주인공은 자신의 욕망을 실현하기 전부터 권위적인 사회체제를 상징하는 위선적 인물들로 인해 장애에 부딪힌다. 부정·부패가 만연하여 더더욱 갈등에 빠지게 된 것이다.

「연인들」에서도 대학생 연인은 부당한 권력이 개인의 삶을 억압하고 협박하여 불안과 공포 속에서 고통 받는다. 주인공이 통금위반으로 유치장에 갇히게 되어 여자친구가 면회를 오자 형사가 함부로 대해 대립하는 모습은 「조그만 체험기」의 검찰청 사람들과 다를 바 없이 폭압적이다.

> ① "쌍년 같으니라구. 골백번 면회 와바라. 그림의 떡이지. 며칠 꾹 참았다가 끼고 딩구는 게 낫지." (중략)
> "뭐 이년아. 네가 뭔데 나한테 설교야. 네가 서장이야, 뭐야?"
> "같잖은 년 같으니라구. 아니꼽게 뭐, 법을 다 쳐들어? 지금 내 기분이 울고불고 빌붙어도 될까 말깐데!"
>
> — 「연인들」 중에서

> ② 내가 이미 그 길들이기 음모(형사의 태도)의 교활한 톱니바퀴에 말려들었다는 사실이, 내가 속한 사회가 이렇게 잘 길들여진 사람들에 의하여 참여되고 움직여지고 있다는 사실이 나는 무서웠기 때문이다.
>
> — 「연인들」 중에서

참다못한 주인공들과 형사 간에 대립이 벌어지지만 힘없고 약한 대학생 연인은 권력의 횡포를 고스란히 당할 수밖에 없다. 말단 공무원들조차 권력자 행세를 하며 인간 존중의 의식 없이 인격을 침해하는 모습을 주인공은 권력을 휘두르며 비리와 부정의 음모를 꾸미는 것으로 보게 된다.

「조그만 체험기」에서도 주인공은 결국 권력 앞에 무력해져 다른 사람들이 하는 대로 수위에게 "오백 원권 접은 걸 받쳐서" 검찰청 입구를 통과하고, 남편과 한 번이라도 만나기 위해 "돈 가진 손으로 빠른 악수를" 하고나서 대기실로 들어간다. 형사는 남편을 사기꾼으로 단정하고 아내에게 흠뻑 겁을 준 뒤에 "조용히 만나자고" 제안한다. 형사의 이야기를 통해 검찰 관계자들의 비리가 드러나고, 억울함에도 불구하고 부정한 힘 앞에 무력해질 수밖에 없는 소시민의 절망을 엿볼 수 있다.

> "이 근처에 사건 뿌로커들이 우글우글하면서 어수룩한 아줌마들을 꼬시긴다구요. 얼마만 주면 당장 빼준다고요. 쥑일 놈들이지. 물에 빠진 놈 검부락지에 매달리는 심리를 전문적으로 이용해 먹고 사는 놈이 다 있으니." (중략)
> 그는 K지청엔 검사가 통틀어 다섯 명밖에 안 되는데 자기가 그들과 얼마나 친하다는 얘기며, 검찰청 수사과는 경찰의 수사과보다 얼마나 질이 높고 세도가 당당하다는 얘기를 장황하게 늘어놓고 나서 갑자기 딴 사람같이 낮고 곰살궂은 소리로 소곤소곤 속삭였다.
> "내가 이 사건을 맡을 테니까 아줌마는 아무 걱정 안 해도 돼. 괜히 급한 마음에 여기저기 부탁하고 덤벼 봤댔자 뭐가 되는 게 아니라구. 아줌마가 사람 하나는 기차게 잘 만났어. 몇 다리 건너는 거하고 직통코스하곤 드는 비용이 곱절도 넘게 차이가 나거든."
>
> ─「조그만 체험기」 중에서

그러나 속내를 드러내는 형사의 제의에 주인공은 동조하지 않는다. "한 때 작가랍시고 언론의 자유니 표현의 자유니 하는 문제로 제법 밤잠을 못 이뤘었던" 주인공은 형사의 제안을 통해 남편의 결백을 증명할 수 있을 것 같지가 않아서였다. 그 뒤부터 주인공은 남편의 소위 "옥바라지"를 하게 되고 여러 가지 불리한 처사를 받게 된다. 수사 진행과 판결을 기다리는 동안 주인공은 육체적인 힘겨움보다 형사의 "친절을 가장한 은밀한 공갈"로 더욱 고통스럽기만 하다. 결국 남편을 위해 돈을 들고 형사를 찾아가게 되지만 형사는 기다렸다는 듯이 더 큰 금액을 요구하면서 협박한다. 상당한 금액을 마련할 처지가 못 되는 주인공은 생각 끝에 변호사에게 합법적으로 사건을 의뢰한다. 그러나 역시 잿밥에 관심이 있는 변호사는 불성실한 자세로 사건에 임하여 남편은 기소되고 만다. 결국 남편은 오랜 기간 구치소에서 지내고 재판을 받고 나서야 무죄가 인정되어 자유의 몸이 된다. 주인공은 사회에 대한 불신과 증오심을 갖게 된다.

① 법 없이도 살 수 있는 사람이란 정의감이 투철한 사람을 의미한다기보나는, 법이라면 달라는 것 없이 두렵고 싫어서 자기 양심에 걸리는 일과 법에 걸리는 일을 동일시하며 조심조심 살아온 사람을 의미하는 것일 게다. 법의 그물에 대해 아무 것도 모르면서 어떻게 그걸 피할 수 있는 법을 안다고 할 수 있겠는가. 이건 실제로 죄가 있고 없고와는 상관없는 일이었다. 총이 결코 총 없이 살 수 있는 사람을 보호하지 못하며, 칼이 결코 칼 없이 살 수 있는 사람을 이롭게 할 수 없듯이 법이 결코 법 없이 살 수 있는 사람 편일 수는 없을 것 같은 깨달음이 왔다. (중략) 억울하다는 느낌이 목구멍까지 차니까 울음도 안 나왔다.

― 「조그만 체험기」 중에서

② 자기나 자기 가족에 대한 편애나 근시안에서 우러나는 엄살로서의 억울함에는 그래도 소리가 있지만, 약하고 가난한 사람들에게 숙명처럼 보장된 진짜 억울함에는 더군다나 소리가 없다. 다만 안으로 삼킨 비명과 탄식이 고운 피부에 검버섯이 되어 피어나기도 하고,

독한 한숨으로 피어나기도 하고, 마지막엔 원한이 되어 공기 중에 떠 있을지도 모른다.

각종 공해가스가 충만한 공기 중에 그까짓 무해 무익한 원한쯤 떠 있기로서니 어떨까도 싶지만, 글쎄 원한이 인체에 정말 무해 무익할 까. 화학적 공해처럼 그것도 일정량이 넘으면 공해의 구실을 할지 누가 아나. 육신을 해치는 공해가 아니라 심정을 해치는 공해로서 말이다.

― 「조그만 체험기」 중에서

남편과 함께 평범한 일상으로 돌아온 주인공은 부정·부패가 만연한 사회적 부조리로 인해 겪게 된 고통을 떠올리며 위와 같이 의미심장한 말을 한다. 여전히 존재하면서 더 거대해지고 견고해지는 개인의 속물근성은 사회적 문제로 확대되어 힘없고 선량한 소시민들을 억압하여 갈등을 야기하는 외적인 요인이 되고 만 것이다. 작가는 이 작품에서 죄 없는 사람이 구속되어 풀려나기까지 경찰과 검찰, 변호사, 판사 등이 엮는 부조리한 먹이사슬의 관계를 실감나게 묘사하여 부조리한 사회 현실을 고발한 것이다.

「침묵과 실어」, 「어느 이야기꾼의 수렁」은 매스컴과 언론을 통해 이익과 권력을 주도하는 세력과 갈등을 겪는 인물들이 이야기를 다루고 있다.

「침묵과 실어」는 잡지사 주간인 정해철을 통하여 매스컴이나 언론을 통해 사회 공론이 어떻게 왜곡되어지는지 보여준다. 소신껏 잡지를 만들려는 의지와 욕망을 가지고 있지만 경영주와 권력자들에 의해 억압받고 갈등한다. 그러나 결국 주인공은 이해 타산적 계산으로 결국 경영자와의 타협을 주도하게 된다.

「어느 이야기꾼의 수렁」의 주인공 동화작가도 자신이 맡은 연재를 의도대로 쓰지 못하고 편집장과 마찰을 빚는다. 변두리 허술한 연립주택 지하실에 사는 꼬마 인물을 사십 평 남짓한 아파트에 사는 보통가정의 아이로 둔갑시키는 등 권력자가 요구하는 대로 타협해 나간다. 그러면서도 작가는 자신의 상상력을 펼치고자 동화 속 주인공을 풍선에 태워 세계 곳곳으로 여행을 보내기로 한다. 그러나 세계 일주를 보냄으로써 작가의 상상력을 발휘할 수 있었던 주인공은 프로듀서를 만나면서 다시 갈등에 빠진다. 프로듀서는 육이오 특집극을 만들면서 북쪽 아이들과 남쪽 아이들을 민통선 마을에서 만나게 하여 진한 우정을 나누게 하자는 것이다. 그러나 주인공은 동화 속에서 남북 아이들의 소통을 이루어내지 못하면서 절망한다.

① 그럴수록 그는 어버이가 자식 때릴 겨를도 주지 않고 끼어든 카메라가 괘씸했다. 실상 카메라에게 중요한 건 아이들 따위가 아니었을 것이다. 중요한 건 오로지 자신들의 음모였을 테고 아이들이나 유명인사나 시장바구니 든 아줌마나 기사 아저씨나 수많은 구경꾼이나 그 음모를 거들고 완성시켜주긴 마찬가지였을 것이다.

－「침묵과 실어」 중에서

② 또마가 그런 곳에 사는 건 상관없다고 쳐도 또마의 모든 친구가 다 그런데 사는 건 싫었다. 모든 사람이 똑같이 사는 건 생활이 아니라 틀이었다.

－「어느 이야기꾼의 수렁」 중에서

"사회적 공익", "국가 이미지"라는 이름으로 작품을 검열하고 억압하는 현실에서 작가로서의 상상력조차 마음대로 발휘하지 못하는데서 오는 좌절감이 작품을 더 이상 쓸 수 없게 만든 것이다.

주인공은 개인의 순수한 상상력조차 억압하고 검열하는 사회야말로 "죽은 사회"라 여기며, 자신의 동화 창작이야말로 "죽은 상상력"이라고 느낀다. 결국 주인공은 자신이 살고 있는 사회가 편견과 모순, 냉전적 대결의식이 팽배한 이상 남과 북은 진정 화해할 수 없다는 메시지를 전하고 있다.

「복원되지 못한 것들을 위하여」와 「J−1 비자」도 역시 현대 사회의 부조리로 인해 갈등을 겪는 이야기이다.

「복원되지 못한 것들을 위하여」은 역사적 과오를 저지르고도 여전히 과오를 덮으려고 사실을 복원하려는 자를 억압하면서 벌어지는 갈등 이야기이고, 「J−1 비자」는 우리나라와 미국 간의 불평등한 관계를 미국 대사관이 개인에게 저지르는 횡포와 그로 인해 겪게 되는 갈등을 통해 보여주면서 지식인들의 잘못된 특권의식과 횡포를 비판한다.

「복원되지 못한 것들을 위하여」의 주인공은 수기심사 청탁을 받고 국회의원 선거 때 척박한 마을에서 부정 선거를 저지른 이야기를 쓴 '복원(復元)'이라는 작품을 뽑는다. 궁핍한 마을 사람들은 "자신들의 빽이 되어줄 권력을 목말라" 하던 터라 "생각할 것도 없이 공화당 입후보자에게 붙기로" 한다. 마을의 발전을 약속한 지역 입후보자를 당선시키기 위해 거짓과 부정을 자행하고 경쟁 후보를 낙선시키기 위해 여자를 사서 후보에게 버림받은 행세까지 시킨다. 그리고 투표일에는 공개 투표, 대리 투표, 개표 부정 등 온갖 수법을 동원하여 그 마을의 후보자를 당선하게 만든다. 그러나 정작 후보자는 권력자가 된 뒤 마을과의 약속을 저버린다. 그 뒤 그 자는 또 한 번의 부정 선거를 통해 국회의원이 되었다는 내용의 수기인데, 정작 수기를 쓴 투고자(윤노인)는 수상을 거부한다. 이유를 알아보니, 부정 선거로 두 번이나 국회의원이 된 자가 대통령 후보 수행원으로 그 마을에 온 것이었다. 수기 당선으로 수기 내용이 세상에 알려져 권력자에게 보복을 당할지도 모른다는 두려움에 "화근덩어리"가 될 수 있는 수상을 거부한 것이었다. 그러나 수기를 쓴 윤노인의 다음 말은 수기를 쓴 의도와 주제이자 「복원되지 못한 것들을 위하여」를 통해 보여주고자 한 작가의 말이기도 하다.

> "척결, 척결 허지만서두 복원두 허들 않구 척결부터 허겠단 소릴
> 누가 믿남."

> ― 「복원되지 못한 것들을 위하여」 중에서

작품 속의 화자는 윤 노인을 만나 윤 노인의 과거를 들으면서 비로소 수기의 제목이 갖는 의미와 분명한 의도를 알게 된다. 작가는 독재정권이 자신들의 이익을 위해 국가와 국민을 유린하고 함부로 휘둘렀던 오명의 역사를 과감히 청산하여 새롭게 나아가기 위해서는 과거의 잘못된 일들을 똑바로 전하고 기억해야 한다고 말하는 것이다. 잘못된 것들을 다시 제자리로 돌리는 일이란 바로 과오를 복원하는 것이라고 작가는 윤 노인을 통해 말하고 있다.

지금까지 살펴본 것과 같이 박완서 소설에는 부자, 권력자에 대한 혐오감과 소시민의 물욕 비판이 동시에 나타나고 있는데 주인공 개인의 문제가 성격적 결함과 같은 자아 내적인 요인보다 물질만능의 왜곡된 가치관과 생명경시라는 외부적인 요인에 기인하고 있음을 각성하

게 한다. 작품 속의 현실은 속악한 이기주의가 팽배해 있고 인간의 존
엄성이 상실된 속물적 세계로 이러한 사회적 부조리는 소시민 개개인
의 문제의식으로 인간과 인간관계에서 갈등을 빚어 물신주의의 팽배
와 생명 경시 사회 풍조의 원인으로 증폭되고 있음을 알 수 있다. 작가
는 물욕과 허위의식, 이기주의와 위선에 찬 인물들과의 갈등을 통해
천민자본주의에 물든 개개인들에게 경고를 하고 있는 것이다. 자본주
의를 통해 물질적인 삶은 풍요로워졌지만 동시에 인간 자신을 물화시
키는 역기능에 관심을 갖고 묘사하여 인간의 존엄성이 말살되는 현실
을 꼬집어 비판하고 있음을 알 수 있다.

V. 갈등해소의 모색

1. 갈등구조의 특징

인간이란 누구나 이 세상에 태어나 아무 근심 걱정 없이 행복하게 살 수 있기를 바란다. 하지만 뜻하지 않는 사건의 발생으로 모든 계획이 물거품이 되어 고통을 겪는 일이 종종 있다. 하나의 사건은 또 다른 풀기 어려운 문제를 발생케 하여 갈등을 야기하는 것이다. 그러나 어려운 일이 자꾸 발생한다고 해도 의지적으로 이를 극복해 나가는 것이 또한 인간의 모습이다. 작가는 이런 인간의 모습을 사실적으로 잘 보여주는 사람으로, 낙관적으로 세상을 보고 고난을 극복하여 목표를 이루어가는 이야기를 이끌어가기도 한다. 반대로 비관적으로 보아 아무리 노력해도 얽힌 매듭이 풀리기는커녕 더욱 복잡해져 꿈을 잃고 살아가게 되는 이야기를 들려주기도 한다.

작가가 이런 인생사를 실감나게 꾸며내고자 할 때 한 인물을 둘러싼 사건의 발생, 행동의 변화, 갈등과 선택의 결단 등은 필수적으로 유념할 사항이다. 다시 말해 이 같은 요소가 유기적으로 잘 엮여져서 작품 속에서 벌어지고 있는 일들이 개연성을 띠도록 해야 한다. 이 목적을 이루기 위해서 작가는 사건을 인과관계로 엮어가기를 시도한다. 말하자면 사건 1이 또 다른 사건 2를 낳고, 사건 2가 원인이 되어 또 다른 사건 3을 낳는 방식으로 흔히 엮어가는 것이다. 이렇게 엮어갈 때 그 이야기는 사건과 행동의 필연성 때문에 독자의 흥미를 끄는 데 상당히 효과적일 수 있다. 그러나 그런 이야기는 어찌 보면 인위적이라고 볼 수도 있다. 우리가 경험하는 세상일이 그렇게 과적으로 발생하지 않는 경우가 허다할 뿐만 아니라, 있다 하더라도 그렇게 분명하지 않을 수도 있기 때문이다.

(1) 연쇄고리식 구성

앞에서 살펴보았듯이 박완서의 소설에는 주인공이 갈등을 겪는 일이 늘 발생하지만 그 원인이 되는 일련의 사건이나 행동이 인과율에 따라 발생하는 양상을 보여주고 있지 않다. 다시 말해서 박완서 소설의 갈등구조는 우리에게 널리 알려진 1)발단 → 2)전개 → 3)위기→ 4)절정→ 5)대단원으로 이어지는 양상을 보여주고 있지 않는다. 이런 양상은 아무 이야기에나 다 적용되는 것이 아니다. 이런 양식은 우선 일관되게 지속적으로 어떤 목표를 향해 나아가려는 의지적 인물이 주인공으로 등장해야 한다. 그리고 그런 작중인물은 모험을 즐긴다. 어떤 장애를 일으키는 사건이 발생하더라도 그 난관을 돌파하려는 행동을 시도하는 것이다. 어떤 사건에 대한 대응적 행동을 잘 이루어내면 성공을 거둘 것이고 그렇지 못하면 목표 달성에 실패하여 비극을 맞게

될 것이다.[1]

이런 관점에서 본다면 박완서의 소설은 이 같은 갈등구조와는 거리가 먼 것임을 쉽게 간파할 수 있어서 그의 소설은 또 다른 양식의 갈등구조를 이루고 있음을 알 수 있다. 우선적으로 박완서 소설의 사건은 인과적이기보다는 연쇄적이다. 인과적인 사건은 주인공이 어떤 사건에 대처하는 적극적인 행동에서 또 다른 예기치 않는 사건이 발생할 때를 말하는 것이고, 연쇄적이란 어떤 사건에 대처하는 주인공의 행위와 아무 상관없이 갈등을 야기하는 사건들이 <그림1>처럼 꼬리에 꼬리를 물고 나타나는 경우를 가리킨다.

$$A1 \rightarrow B1 \rightarrow C1 \rightarrow D1 \rightarrow E1 \rightarrow F1 \rightarrow$$

<그림1>

위에서 보는 것처럼 갈등을 겪게 하는 사건들이 마치 여러 고리를 연결해 놓은 사슬처럼 전개되고 있는 형태의 예를 박완서의 단편소설 「지렁이 울음소리」에서 찾아보면 다음과 같다.

> 사건 A. 남편은 '나'와 달리 단것과 군것질을 좋아하며 TV 드라마를 즐겨 봄.
> 사건 B. 남편이 정력제를 복용함.
> 사건 C. 미대에 진학하려는 아들에게 남편이 상대에 진학하라고 함.
> 사건 D. '나'는 세속적인 행복이 공소하게 느껴짐.

[1] 사건의 발생에 인과관계가 있도록 하기 위해서는 세밀한 계획 속에 이야기를 얽어짜야 한다. 요즈음 소설에서 이런 갈등구조를 찾아보기가 어려운데, 그 이유는 이 같은 얽어짜기의 노력을 기피하려는 경향이 짙기 때문이라고 본다.

사건 D. 찻집에서 우연히 고교 때의 욕쟁이 선생님을 만남.
　사건 E. '나'는 욕쟁이 선생님으로부터 욕 듣기를 열망하지만, 선생님은 '나'의 속내를 알고 사라짐.
　사건 F. 남편은 마릴린 먼로 사진을 보며 좋아하고, '나'에게는 어떤 일도 일어나지 않음.

　「지렁이 울음소리」의 중년부인 '나'는 누가 보아도 행복한 여인이지만 "매일매일 조청과 정력제와 연속극을 물리지도 않고 맛있게 삼키는 오동통한 중년의 남자가 내 남편이라는 게 몹시 억울하게 여겨지는가 하면, 내가 갖고 있는 행복의 조건들이 표절한 미사여구처럼 공소하게 느껴지기도" 한다. '나'라는 인물은 세속적인 행복감은 가졌어도 정신적 만족은 갖지 못한 여성인 것이다. 이런 불만스러운 심리 상태에서 우연히 여고 때 선생님을 만나게 되는데, 사업과 인생에 실패한 국어 선생님에게 의도적으로 접근한다. '나'는 욕쟁이 선생님의 옛 버릇을 회복하여 "내 생활을 꿰뚫고 내 행복을 간섭하고, 그의 욕이 기름진 시대를 동강내어 그 싱싱한 단면을 보여 주기"를 바랬기 때문이다. 그러나 선생님은 '나'의 의도를 알고 "자신을 내버려 달라"는 편지를 보내고 사라진다. 한편 남편은 아내를 마릴린 몬로라는 육체파 여배우의 대용품으로 여기는데, 그때 '나'는 문득 자신에게 시달리다 자살하려는 선생님이 떠오른다. 그리고 살려달라고 아우성치는 지렁이 울음소리를 환청으로 듣는다.
　「지렁이 울음소리」는 정신적 교류를 갖지 못하는 남편과의 관계에서, 또 권태로운 삶에서 벗어나고 싶은 여성의 이야기를 잘 보여주고 있다. 그러나 이 소설의 주인공이 겪는 갈등은 여러 분규로 인해 갈등이 점점 고조되는 양상이 아니라, 갈등을 야기하는 일상적인 사건들이 연쇄적으로 발생된다. 자신의 처지에서 벗어나고 싶은 '나'는 우연히 만난 선생님을 괴롭혀서라도 여고 때 들었던 욕들을 듣고 싶어 하지만 그것조차 가능하지 않다. 다시 권태롭고 갑갑한 현실에 머무를 수밖에 없는 '나'는 환청을 듣게 된다. 지렁이 울음소리는 사실 자신을 정욕의 대상으로 여기는 남편을 향해 내지르는 '나'의 외침이기도 하다. 욕쟁이 선생님을 만나면서 집요하게 접근하고 괴롭힌 행동은 세속적 행복과 남성 중심 사고로부터 벗어나고자 했던 '나'의 탈출 방책이었던 것이다.

이렇듯 「지렁이 울음소리」는 주인공의 뜻대로 일이 잘 풀리지 않아 갈등을 겪는 사건들이 연쇄고리처럼 연결되어 있음을 알 수 있다. 그리고 '나'는 자신이 겪고 있는 갈등을 해소하기 위해 적극적인 행동을 하지 않는다. 그저 욕쟁이 선생님으로부터 싱싱한 단면을 보기만을 바랄 뿐이다. 주인공의 성격과 행동으로 보아 주인공이 갈등 해소의 길을 찾는 것은 쉽지 않다.

이처럼 사건이 연쇄적으로 나타나는 이야기로 「겨울 나들이」가 있다. 이 작품의 주인공 역시 중년 주부이다.

사건 A. '나'는 전쟁 때 피난 온 빈털터리 화가와 결혼함.
사건 B. '나'는 생활의 안정을 찾았지만, 남편이 북에 두고 온 가족을 그리워함.
사건 C. '나'는 혼자 온양으로 겨울여행을 떠남.
사건 D. 여인숙에서 하룻밤을 보냄.
사건 E. 여주인이 전쟁 때 사살된 시아버지의 죽음으로 인해 실성한 시어머니를 정성으로 보살핌.
사건 D. 대학생 아들을 만나러 상경하는 여주인과 서울로 동행할 결심을 함.

「겨울 나들이」는 아직 이산가족을 만나지 못해 더욱 고달픈 삶을 사는 사람의 이야기이다. 남쪽에서 이미 한 가정을 이루고도 북쪽에 두고 온 가족에 대한 그리움과 상처를 가슴에 묻고 사는 남편과 이를 지켜보면서 살아야하는 아내의 힘겨운 삶을 통해 극복될 수 없는 전쟁과 분단의 문제가 드러난다.

주인공으로 하여금 갈등을 겪게 만든 요인은 분단과 이산 문제로 고통을 마음껏 발산할 수조차 없어 더욱 힘겹다. 그렇다고 개인의 힘으로 해결할 수도 없는 문제인 것이다. 이렇듯 박완서 소설에는 주인공이 갈등을 겪는 일이 늘 발생하지만 그 원인이 되는 일련의 사건이나 행동이 인과율에 따라 발생하는 양상을 보여주고 있지 않다. 이와 같은 연쇄고리식 구성으로 전개되는 작품들로는 「해산바가지」, 「꿈을 찍는 사진사」, 「부끄러움을 가르칩니다」등이 있으며, 주인공들이 갈등을 근본적으로 해소하지 못하는 결말이 공통적으로 나타난다.

(2) 교차전개식 구성

박완서의 소설은 두 가지 이상의 사건이 연쇄적으로 나타는 경우도 있지만, 다시 여러 사건이 교차식으로 전개되는 방식으로 구성되어 있다. 이런 교차전개식 구성은 <그림 2>처럼 A 삽화의 이야기를 전개하다 잠시 중단하고 B 또는 C 삽화를 잇고, 다시 그 이야기를 중단한 다음 처음 A의 삽화를 다시 이어가는 방식을 말한다.[2]

---

2) 교차전개식 구성은 TV드라마에서 여러 등장인물의 이야기를 차례로 전개하는 방식을 연상케 한다. 예를 들어 A, B, C 세 사람이 등장한다고 할 때, A의 이야기를 하다가 적당한 데서 중단하고 B를 이야기하고, 다시 A의 이야기로 갔다가 C의 이야기

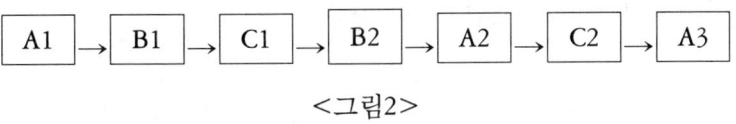

<그림2>

　박완서의 장편소설은 대체로 모녀 관계를 서사의 축으로 하여 여러 사건이 교차전개 될 뿐만 아니라 회상에 의한 남매의 이야기가 삽입되는 형식으로 이야기가 전개되어 복잡성을 띠게 된다. 이에 대표적인 예로 『목마른 계절』를 살펴볼 수 있는데, 이 소설은 다음과 같은 커다란 두 개의 사건이 주류를 이루고 있다.

> 사건 A. 전쟁이 터지고, 사회주의자였던 하열이 공산주의도 자유주의도 선택하지 못하고 폐인이 되어감.
> 사건 B. 전쟁이 터지고, 하진이 공산주의 운동을 하다가 점차 이데올로기의 허상을 깨달아감.

　『목마른 계절』은 위의 사건 A와 B, 즉 하진과 하열의 이야기가 교차되어 전개된다. 하진과 하열이라는 남매를 중심으로 이데올로기 비판과 부정, 궁핍한 현실에서의 생존 문제가 드러나는데, 시간적 배경은 전쟁 발발 직전인 6월부터 다음해 5월까지이고, 공간적 배경은 전쟁 당시의 서울이다.
　작가는 남매가 겪는 두 가지 이야기를 교차하여 전개하면서 전쟁이 인물들의 삶에 끼친 영향과 주제의식을 의미심장하게 드러내고 있다. 하진과 하열의 이야기로 구분되는 사건 A와 B가 어떻게 교차 전개되

를, 다음은 B 혹은 A의 이야기를 하는 방식을 취할 수 있다. 이 세 사람에 관한 이야기의 줄거리는 서로 나란히 전개되기도 하고 때로는 서로 만났다가 서로 갈라지기도 한다.
이상우, 앞의 책, pp. 57~58 참조.

는지 구체적으로 살펴보면 다음과 같다.

A1. 전쟁이 터지기 직전, 사회주의자였던 하열이 좌익운동에 대해 토론을 벌임.

A2. 전쟁이 터지고, 하열이 좌익운동을 함께 했었던 동지들의 행동에 반감을 갖게 됨.

B1. 공산주의 이념을 갖고 있던 하진이 새로운 세계를 꿈꾸나, 정작 이웃에게 빨갱이로 낙인찍혀 소외당함.

B2. 하진이 민청단원으로 활동하면서 공산주의 운동에 적극 참여함.

A3. 하열이 의용군으로 끌려감.

B3. 하진이 비행기 모금 운동을 나감.

A4. 하열이 공산당원들이 벌이는 무차별 살상 현장을 봄.

B4. 하진이 공산주의자가 된 민준식을 만남. 목적을 위해 수단 방법을 가리지 않는 공산주의에 반감을 갖게 됨.

A5. 의용군으로 끌려갔던 하열이 정신병에 걸려 집으로 돌아옴.

B5. 하진이 식량을 구하기 위해 살림살이를 팔고 육군 장교를 유혹함.

A6. 하열이 피난을 갔다가 오발사고로 다리를 다침.

B7. 하진이 가장역할을 하기 위해 도둑질을 함.

B8. 하진이 민준식과 재회함. 빨갱이짓을 그만두고 도망가자고 함.

A7. 하열이 퇴각하는 공산주의자의 총에 맞아 죽음.

B9. 하진이 죽은 오빠를 화장함. 실성한 어머니를 보면서 전쟁의 참혹함과 이데올로기의 허상을 깨달음.

위에 제시한 것처럼 『목마른 계절』은 하진과 하열의 삶을 중심으로 전개되어지고, 두 가지로 병행되는 이야기에는 이데올로기와 생존의 문제가 내포되어 있다. 이데올로기에 대한 담론은 하진과 하열의 이야기를 통해 드러나지만 주로 하열의 삶을 통해 중점적으로 다루어지고, 궁핍한 현실에서 살아남기 위해 몸부림치는 생존의 담론은 하진을 중심으로 펼쳐짐을 알 수 있다.

하진에게 이념은 "세상에 널린 숱한 불공평에 대한 분노"에서 출발했겠으나 "전쟁이 살육과 파괴만이 목적이 아닐진대 반드시 썩고 묵은 질서의 붕괴의 찬란한 새로운 질서의 교체가 뒤따를 것이 아닌가?" 하고 생각했다. 그러나 역시 본질적으로 그 실상이 무엇인지도 모르는 자들이 가진 이데올로기에 대한 막연한 환상이었던 것이다. 특히 결말이기도 한 전쟁의 막바지에 인민군 황소좌가 하열을 총살하는 장면은 이데올로기의 허상을 보여줌과 동시에 먹고 먹히는 당시의 광포한 보복의 극치를 보여준다. 황소좌 역시 "내 식구도 너희 국방군 놈의 총에 죽었어!"라고 말하는 대목에서 알 수 있듯이 복수심에 의해 거듭되는 광기는 이미 이데올로기의 의미를 가려버린 것이다. 결국 이념적 대립으로 인해 오빠와 갈등하면서 본인 스스로 혼란에 빠지게 되었고, 남과 북의 이념적 대립의 광포한 잔학성을 보게 된다. 무엇보다 비참한 죽음을 당한 오빠를 보면서 하진은 이데올로기의 허상을 본 것이다. 이와 같은 의미심장한 주제는 교차전개식 구성에 따른 갈등 구조 안에서 보다 극명하게 드러났음을 알 수 있다.

『그 해 겨울은 따뜻했네』또한 교차전개식 구성으로 갈등이 발생되고 고통이 확산된다. 갈등을 겪게 하는 사건들이 마치 여러 고리를 연결해 놓은 사슬처럼 전개되고 있는데 그 주요 사건은 다음과 같다.

> 사건 A. 전쟁 통에 아버지가 반동분자로 잡혀간다.
> 사건 B. 삼남매와 어머니가 피난을 가다가 동생을 잃어버린다. 어머니가 죽는다.

사건 C. 고아가 된 오누이가 몰락한 집안을 다시 일으키고 이산가
족이 재회한다.

이 세 가지 사건은 또 다른 갈등을 낳게 되는데 사건 A와 사건 B, 사
건 C가 서로 교차하면서 이야기가 전개된다. 자신이 죽지 않기 위해
고의적으로 오목이를 내다버렸으면서도 그 사실을 감추기 위해 훗날
잃어버린 동생을 찾는 수지와 수철의 행동은 이기심의 극치를 보여준
다. 수지의 기만행위는 수철에게서도 나타나는데, 수지는 수철이 자기
처럼 오목이를 찾고도 모른척하면서 오직 수인이라는 이름을 가진 사
람만 찾고 있는 모습을 보고 경멸한다. 그러면서도 여전히 이기심과
허영만을   는 수지는 오목이의 행방이 묘연해지자 사회사업에 열을
쏟으면서 여전히 자기기만적인 행동을 한다. 그러나 정작 오목이와 대
면했을 때는 고아원 출신인 오목이를 경멸하는 지경에 까지 이른다.
이런 수지와 수철의 이기적이고 자기기만적 행동은 오목이를 비극으
로 몰고 간다. 그러나 과거의 상처는 수지와 수철 자신에게도 정신적
외상이 되었다. 동생을 버렸다는 사실은 수지를 끊임없이 괴롭히는 사
건이 되며, 동생을 찾지 않을 수도 없고, 그렇다고 정직하게 받아들일
수도 없는 심한 내적 갈등을 겪게 된다.

결국 이 작품에서 사건 A, B, C가 교차전개되면서 삼남매는 다시 만
나게 되지만 가족 구성원 내에서 상반된 계층의 양극을 보여줌으로써
인물들은 이질감을 좁히지 못해 또 다시 갈등하고 마는 비극적 결말을
맺는다.

이와 같은 교차전개식 구성으로 전개된 작품으로『서 있는 여자』,
『살아 있는 날의 시작』,『그 대 아직도 꿈꾸고 있는가』,『휘청거리는
오후』등이 있다.

(3) 삽입식 구성

박완서는 앞에서 말한 것과 같이 연쇄고리식이나 교차전개식 구성 방법을 즐겨 쓰고 있다. 여기에 본 줄거리와는 직접적인 관계가 없는 어떤 에피소드를 끼워 넣어 이야기의 전체적인 흐름을 자연스럽게 만들기도 한다. 이런 구성을 삽입식 구성이라고 하는데, 흔히 일화나 전설, 추억담, 무용담, 노랫말 등이 <그림3>처럼 삽입되어 나타난다.

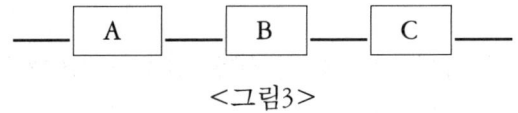

<그림3>

소설을 전개하는데 있어서 작가는 사소한 것처럼 보이는 단순한 이야기를 끼워 넣음으로써 주인공의 내면이나 소설의 주제를 선명히 드러내고 있다. 박완서는 주로 추억담이나 일화 등을 삽입하는데, 「엄마의 말뚝2」은 삽입식 구성이 잘 되어 있는 작품이다.

이 소설은 모녀관계가 서사의 기본구조로 되어 있다. 주요 사건은 '나'와 '어머니'의 이야기로 교차 전개되는데, 화자인 '나'가 중간에 떠올리는 어릴 적 삽화는 자신과 어머니가 겪고 있는 현재의 갈등과 고통의 근원을 말해주는 중요한 역할을 한다. 사건 전개를 간략히 살펴보면 다음과 같다.

A. '나'는 친구의 농장에 놀러갔다 오다가 어머니가 다리를 다쳤다는 소식을 들음.
B. '나'는 어릴 적 어머니의 돈을 훔쳤다가 오빠한테 들켜 야단을

맞던 일이 떠오름.

    C. 어머니가 수술을 거부함.

    D. 옛날에 어머니가 눈길에 미끄러져 팔을 다친 일과 오빠와 약을 구하러 다닌 일을 떠올림.

    E. 어머니가 수술한 날 밤, 오빠가 죽었던 당시를 생생히 기억하면서 환각 증세를 보임.

    F. 1·4 후퇴 때 인민군의 총을 맞고 죽어간 오빠의 모습이 떠오름.

    G. 투병중인 어머니와 '나'는 공동의 상처를 갖고 있는 서로를 위로하면서, 오빠의 죽음으로 인해 고통받는 현실을 괴로워함.

「엄마의 말뚝 2」에서 모녀는 전쟁으로 인해 가족을 잃은 공동이 상처를 가지고 있다. 딸인 '나'는 오빠의 죽음으로부터 벗어나기 위해 안정된 결혼을 했고, 어머니는 부처님께 귀의하는 것으로 상처를 극복하고자 한다. 그러나 어머니가 다리를 다치는 사건을 계기로 치유된 줄 알았던 상처가 고스란히 드러나고 만다.

이와 같은 사건 전개 중에 '나'의 어릴 적 추억이 중간에 삽입되어 나타난다. B항목에 제시한 삽화는 오빠가 어머니 대신 '나'를 야단치던 추억으로, 현재 다리를 다친 사람이 자기의 가족이 아닌 어머니란 사실에 안도하는 자신을 호되게 야단치는 역할을 한다. '나'는 오빠의 매질에 정신이 번쩍 나기라도 하듯 어머니에게 달려가고 한사코 수술을 거부하는 어머니를 설득한다. D의 삽화는 바로 다친 어머니를 구했던 어릴 적 추억으로 현재 삶을 포기하고자 하는 어머니를 설득하여 회복케 하는 중요한 역할을 하게 한다. 또 F의 기억은 바로 '나'와 어머니가 여전히 겪고 있는 갈등과 고통의 원인으로서 안정된 결혼 생활과 종교로써도 치유될 수 없는 깊은 상처임을 상징적으로 드러내는 역할을 한다.

다음에 살펴볼 작품 『나목』은 연쇄고리식 구성에 과거를 삽입하여 보다 발전된 모습을 보여준다.

> 사건 A. 전쟁 발발로 오빠가 죽음.
> 사건 B. 어머니가 '나'를 미워함.
> 사건 C. '나'는 PX에서 일하면서 미군들로 인해 어려움을 겪음.
> 사건 D. 옥희도, 황태수와 삼각관계의 사랑에 빠짐.
> 사건 E. 태수와 결혼했지만 행복하지 못한 삶을 살아감.

『나목』은 어머니의 사랑과 귀여움을 독차지해야 할 '나'(딸)가 어머니와의 불화로 갈등을 겪는 모습을 잘 보여주고 있는 소설이다. 그러나 이 소설의 주인공이 겪는 갈등은 여러 분규로 인해 갈등이 점점 고조되는 양상이 아니라, 갈등을 야기하는 일상적인 사건들이 연쇄적으로 발생하고 과거의 일을 회상하는 작은 단위의 사건들이 삽입되어 작중 인물은 마치 일종의 운명의 희생자 같은 느낌이 든다. 그리고 그런 연쇄적인 사건 사이에 주인공과 어머니가 겪고 있는 갈등 발생 요인에 해당하는 과거가 삽입되어 나타난다. 어릴 적 설날 아침에 아버지께 세배 드리던 때와 오빠들이 살아있었을 당시 활기차게 생활하가 고가의 삶이 그것이다. 이런 과거의 삽화는 작품 중간에 놓여 주인공의 처절한 삶과 대비를 이룬다. 또한 주인공이 간절히 바라는 욕망과 결코 행복해질 수 없는 비극적 현실을 잘 나타낸다.

그렇게 욕망을 이루지 못한 주인공은 불행해질 수밖에 없다. 집 안의 가장이자 기둥인 오빠가 억울한 죽음을 당하게 되면 누구라도 원한과 복수심에 불 탈 것이다. 원한을 풀지 못할수록 자신은 죄책감에 빠져 자신을 학대하는 심리적 고통이 극에 달한다. 『나목』에서 '나'가 그러하다. '나'는 죽은 오빠로 인해 붕괴된 가족 현실, 특히 죽은 듯 살아있는 어머니와의 갈등의 탓을 누구에게 돌리고 복수해야 할지 알지 못한 채 신경질적인 분노만 터뜨리고 있다. 갓 스무 살 된 여자의 원망은 다만 손톱을 질겅거리거나 종이에 구멍을 뚫는 행동으로 나타나다가 결국 "남들은 다 잘도 피해 가는 죽음을 피하지 못한" 나약한 오빠를 증오하게 된다. 주인공은 고통이 해결되지 않는 현실에서 벗어나고자 결혼을 선택하게 되는데, 『나목』에서는 화가로서 불행한 삶을 살고 있는 옥희도 씨와 안락한 가정을 만들고 싶어 하는 황태수와 삼각관계에 놓이게 된다. 주인공은 두 남자를 놓고 경아는 극심한 내적 갈등을 겪게 된다.

레빈(K. Lewin)이 제시한 갈등 발생 요인으로 볼 때 경아가 겪는 내적 갈등의 상황은 접근(The approach)－접근(The approach) 갈등 유형[3]에 속한다. 즉 바람직한 두 개의 목표에 접근하고자 하는 동기간의

---

3) 최승희·김수욱, 심리학개론 (한영사, 1997), pp. 300~323 참조.
　　1930년대에 심리학자 레빈은 좋은 것에 대해 접근하고 나쁜 것에 대해 회피하려는 인간의 두 가지 욕망의 배열을 통하여 갈등유형을 구분하고 있다. 일반적으로 갈등에는 세 개의 주요 유형이 있다.
　　1) 접근(The approach)－접근(The approach) 갈등 유형은 바람직한 두 개의 목표에 접근하고자 하는 동기간의 갈등인데, 두 가지 모두 이룰 수는 없어서 하나를 선택하고 하나는 버려야만 하는 상황에서 겪는 심리 상태를 말한다. 접근－접근 갈등 유형의 예를 들면, 직장에도 다니고 싶고, 아이도 키우고 싶은 두 욕구를 채우려고 하는 어머니는 두 욕구 가운데 하나를 우선순위로 선택하고 다른 욕구는 차선순위로 결정하여야 한다. 그러면 양자 간의 사소한 갈등은 쉽게 다루어 나갈 수 있다.
　　2) 회피(The avoidance)－회피(The avoidance) 갈등 유형은 개인이 바람직하지 않으나 위협적인 두 가지 가능성에 직면할 때 생기는 진퇴양난(進退兩難)을 의미한다. 예를 들면, 야구경기에서 1루와 2루 사이에서 협살에 걸려든 야구선수처럼 사람들은 탈출구가 없는 상황에서는 그저 갈등이 없어지기만 기다릴 수밖에 없다. 낙제를 하는 것과 지겨운 학과 공부를 하는 것과 같이 둘 다 싫은 활동에서는 어느 한 활동을 선택해서 갈등을 줄이는 경우도 있다. 대개 이러한 갈등은 해결이 되더라도 정서

갈등인 것이다. 이는 한 인물이 두 가지 모두를 이룰 수는 없어서 하나를 선택하고 하나는 버려야만 하는 상황에서 겪는 심리 상태를 말하는데, 경아는 예술가로서의 길을 가지 못해 절망하는 화가 옥희도 씨를 사랑하면서도 자신과 안정된 삶을 꾸리고 싶어 하는 태수 사이에서 망설인다.

경아에게 있어 옥희도 씨는 진심으로 사랑하는 상대이며 이상적인 삶의 목표이자 존경의 대상이다. 그러나 태수는 그다지 사랑의 감정을 느끼지는 않아도 전쟁과 현실의 고통에서 벗어날 수 있는 안락하고 평화로운 세계이다. 경아는 태수의 속물적인 면을 경멸하면서도 갈등 끝에 결국 태수를 선택한다. 현실에서 도피할 수 있는 방법으로 안정된 삶을 선택한 것이다. 경아는 자신이 처한 상황에 직접 부딪혀 극복하는 것이 아니라 힘든 현실로부터 회피하고자 태수가 아닌 '결혼'을 선택한 것이다. 그런 경아의 행동은 자신의 존재감을 확인하고 싶고, 그러면서 자신의 삶을 복원하고자 하는 욕망에서 비롯된 것임을 알 수 있다.

이렇듯 인물이 평온한 일상으로 도피하고자 하는 이유를 사회 심리학적으로 살펴보면 '군중'[4]과 관련이 있다. 군중 속에서는 개인을 구별해주는 개성이 사라지고 이질적인 것은 동질적인 것 속에 묻히는 속

적 고통을 많이 겪게 된다.

3) 접근(The approach)－회피(The avoidance) 갈등 유형은 동일한 대상 혹은 상황, 목표에 대하여 매력을 느끼면서 동시에 그것을 싫어할 때 일어나는 갈등이다. 접근－회피 갈등 유형의 예를 들면, 공격－불안 갈등, 성－불안 갈등과 같이 접근하고 싶은 매력을 느끼지만 동시에 불안을 느끼는 갈등이다.

4) 세르쥬 모스코비치, 이상률 역, 군중의 시대 (문예출판사, 1996), p. 130.
군중이란 공통된 성격과 감정 속에 개인들을 용해시키는 성질을 지닌 것으로 개인 간의 차이를 희미하게 하고 지적 능력을 저하시키는 집단이다. 똑똑하고 훌륭했던 오빠가 전쟁에서 비참하게 죽은 사건은 화자에게 오히려 평범한 사람, 평범한 일상을 추구하게 만드는 계기가 된 것이다.

성이 있다. 유독 자기만이 큰 고통을 겪고 있다고 느끼는 사람일수록 가장 보편적인 삶을 사는 사람들의 본보기를 따름으로써 안전함을 느낄 수 있기 때문이다.[5]

결국 작중인물은 심리적 고통을 가진 채로 미군 PX 매장에서 일하고, 화가인 옥희도 씨를 만나고, 황태수와 결혼을 하는 등의 삶의 변전 속에서 일이 뜻대로 잘 풀리지 않아 갈등을 겪는 사건들이 연쇄고리처럼 연결되어 있으며, 주인공들은 문제에 정면으로 맞서서 극복하려고 하기보다는 고통스런 현실로부터 회피하는 행동을 자주 보임을 알 수 있다.

또 다른 작품, 「꿈꾸는 인큐베이터」도 삽입식 구성으로 이야기가 전개된다. 「꿈꾸는 인큐베이터」는 개인과 사회가 남아선호사상이 뿌리 깊게 박혀 여성의 존재가 단지 출산이라는 기능적인 역할만 지닌 것은 아닌가에 대한 의문을 '인큐베이터'에 비유하여 묘사한 소설이다.

이 작품에서 갈등은 주인공 '나'와 '신종남자'의 대립 구조로 나타나는데, 주인공 '나'가 집으로 돌아와 본 비디오 내용은 작품의 주요 사건과 무관한 듯 보이지만 하나의 삽화로 현재 주인공의 삶과 주인공의 내적 욕구를 구체화하는데 큰 효과를 거두고 있다.

> 남편이 출장 가고 나서 빌려 온 '장미의 전쟁'이라는 영환데 그 동안 서너 번은 본 것 같다. 나는 연속극도 비디오도 영화도 보긴 보지만 결코 즐기는 편은 아니다. 재미로나 감동으로나 푹 빠진 적이 없으니까. 본 것을 연거푸 또 보고 싶어 하긴 처음이다. (중략) 그야말로 남부러울 거 없는 부부였다. 지성과 미모와 건강을 겸한 남녀가

---

5) 지그문트 프로이트, 김석희 역, 문명 속의 불만 (열린책들, 1997), p. 82.

첫눈에 반해 열렬하게 사랑하고 결혼하고 아들 딸 놓고 출세하고 고급 주택 고급 가구 미술품을 모으며 살아간다. 너무 아쉬울 게 없으니 권태로울 수도 있으리라. 아니다. 이건 권태 따위 나른한 것하곤 다르다. 아내가 먼저 이혼하자고 한다. 그 전에 남편이 아내가 하는 일을 경멸하는 태도를 한두 번 취한 것 같긴 하다. 그것이 빌미가 됐든 어쨌든 아내는 부부생활의 의미상실을 선언한다. 그러나 집이나 소유물에 대해선 서로 한치도 양보를 안 한다. 상대방을 내쫓고 자기 소유로 하기 위해 지혜와 체력을 다해 가열한 투쟁을 벌인다. 병적일 정도로 무서운 집착과 증오가 화면을 폭풍처럼 휘몰아친다. 아내의 고양이를 남편이 실수로 치어 죽이자 아내는 남편이 사랑하는 개를 일부러 치어 죽여 그걸로 요리를 만들어 남편에게 먹이는 식으로 구원을 여지가 바늘구멍만큼도 없는 증오는 클라이맥스를 향해 일사분란하게 치닫는다. 증오의 클라이맥스는 죽음밖에 더 있겠는가. 용서니 화해니 하는 거짓된 정서는 양념으로 쓰려 해도 찾아지지 않는다. 나는 마치 자웅을 붙은 짐승이 이유도 체면도 없이 다만 어쩔 수 없이 클라이맥스로 치닫듯이 참담하게 헐떡이며 그들의 파국을 쫓는다. 쫓고 쫓기던 부부가 마침내 천장의 휘황한 샹들리에에 같이 매달렸다가 밑으로 떨어지면서 박살이 나서 죽는 장면까지 봐야만 비로소 열병처럼 옮아 붙은 증오로부터 놓여나게 된다.

―「꿈꾸는 인큐베이터」 중에서

　　위의 영화 삽화는 작품에서 매우 사사로운 것처럼 보이지만 아들을 낳기 위해 태아를 살해한 '나'와 이에 적극적인 동조를 했던 남편과의 관계를 대변해준다. 아들을 낳고 편안한 듯 살아가지만 주인공의 머릿속에는 "마치 공깃돌이 잔뜩 든 것처럼 무거운 통증이 데굴데굴 굴러다니는" 것 같기만 하다. 그것은 '나'가 영화 속 아내처럼 남편에 대한 적대감을 갖고 있음을 드러내며, 잔혹한 방법을 쓰면서까지 남편을 증오하는 주인공처럼 될지도 모른다는 암시를 나타내기도 한다.

다음 삽화는 '나'가 우연히 만나 의식의 대립을 벌이게 된 신종남자가 기자 생활을 하면서 인터뷰했던 경험담을 들려주는 대목이다.

> "실패할 리 없는 방법(아들 낳는 법)이라는 게 여아(女兒)살해를 전제로 했으니까요. 치밀하고 계획적이고 과학적이고 감쪽같이 태아가 단지 여아라는 이유만으로 없애버리는 겁니다. 의학은 그게 틀림없이 여아라는 걸 보증할 뿐 아니라 살해까지를 책임지지요. 남자애를 밸 때까지 몇 번이고 그 짓을 하는 겁니다. 그게 소위 과학의 발달이라는 거구요……."
>
> ─「꿈꾸는 인큐베이터」 중에서

남자는 들려준 삽화는 산부인과를 취재한 경험담인데, 남아선호사상이 생명경시를 가속화하는 현대의 문제점을 단적으로 나타낸다. 두 번밖에 보지 못한 그 남자와의 만남을 통해 '나'는 비로소 지금껏 살면서 느꼈던 '께름칙한' 기분의 정체를 알게 된다. 태아를 살해한 것은 '나'뿐만 아니라 남편도 공범이었으며, '나'는 남자를 낳는 '인큐베이터'에 지나지 않았다는 것을 비로소 깨닫는다. 굽힐 줄 모르고 욕망을 실현하기 위해 고집스럽게 행동한 주인공의 모습은 결국 자기 안에 잠재되어 있던 고통과 갈등의 원인을 캐내려는 무의식에서 비롯된 행동이었음을 알 수 있다. 결국 '나'는 남녀구별 이전의 생명의 존엄성에 대해 일깨워준 남자를 통해 시댁식구들뿐 아니라 자신도 남자를 낳는 인큐베이터에 지나지 않았다는 것을 자각하게 된다.

이렇듯 박완서는 연쇄고리식, 교차전개식, 삽입식 등의 방식으로 이야기를 전개하여 이야기의 재미를 더해 주고 있다. 이와 같은 구조적 특성에서 공통적인 점은 박완서 소설에는 갈등을 겪는 인물은 등장하지만, 이 갈등을 해소하려는 적극적 행동을 보여주는 경우가 드물다는 것이다. 갈등을 해소하는 길은 그 원인의 제거요, 원인의 제거에 가장 좋은 방법은 노력하면 다 이루어진다는 신념을 갖고 새로운 도전을 시도하는 것이다. 그러나 무슨 원죄를 타고난 사람처럼 고통 속에 침몰되어 있어 도전의 패기를 보여주지 못하고, 도전을 시도했더라도 끝내 극복해내지 못하고 좌절을 경험하는 것으로 귀결되고 있다.

2. 고통을 극복하기 위한 글쓰기

앞에서 살펴본 것과 같이 박완서 소설의 주인공은 끊임없는 사건의 발생으로 인해 극심한 고통과 갈등을 겪게 되었다. 이런 주인공들은 공통적으로 글 쓰는 행위에 매달리는데, 글을 쓰는 반복적 행동은 주인공이 고통을 해소하려는 시도로서 남다른 의미가 있다.

① 내가 삼킨 죽음은 여전히 내 내부의 한가운데 가로 걸려 체증처럼 신경통처럼 내 일상을 훼방 놓았다. 나는 여전히 사는 게 재미없고 시시하고 따분하고 이가 들끓는 누더기처럼 지긋지긋해 벗어던질 수 있는 거라면 벗어던져 흠뻑 방망이질 해주고 싶었다.

간혹 꿈에서 피 묻은 얼굴이라도 보면 식은땀이나 실컷 흘리고 깨어나서는 오늘도 재수 옴 붙었어, 퉤퉤, 하루를 살기도 전에 내던지고 그러다가도 문득 6·25때 말야, 사실은 말야, 우리 아버지는 말야, 하고 이야기가 하고 싶어졌다. 나는 그 이야기가 하고 싶어 정말 미칠 것 같았다. 나는 아직도 그 이야길 떼놓길 단념 못하고 있었다. 어떡하면 그들이 내 얘기를 끝까지 들어줄까, 어떡하면 그들을 재미나게 할까, 어떡하면 그들로부터 동정까지 받을 수 있을까. 나는 심심하면 속으로 내 얘기를 들어 줄 사람의 비위까지 어림짐작으로 맞춰 가며 요모조모 내 이야길 꾸며 갔다. 나는 어느 틈에 내 이야기로 소설을 쓰고 있었던 것이다. 토악질 하듯이 괴롭게 몸부림을 치며, 토악질하듯 시원해하며.

―「부처님 근처」 중에서

② 그때 문득 막다른 골목까지 긴 도망자가 획 돌아서는 것처럼 찰나적으로 사고의 전환이 왔다. 나만 보았다는데 무슨 뜻이 있을 것 같았다. 우리만 여기 남기까지 얼마나 많은 고약한 우연이 덮쳤던가. 그래, 나 홀로 보았다면 반드시 그걸 증언할 책무가 있을 것이다. 그거야말로 고약한 우연에 대한 정당한 복수다. 증언할 게 어찌 이 거대한 공허뿐이랴. 벌레의 시간도 증언해야지. 그래야 난 벌레를 벗어날 수 가 있다. 그건 앞으로 언젠가 글을 쓸 것 같은 예감이었다. 그 예감이 고통을 몰아냈다.

―『그 많던 싱아는 누가 다 먹었을까』 중에서

위의 예문에서 보듯이 박완서 소설의 주인공들은 글 쓰는 행위에 매달리는 것을 볼 수 있다. ①에 등장하는 주인공 '나'는 가장이 없는 집에서 가장 역할까지 하면서 힘겹게 살아온 나머지 착하고 성실한 남자와 결혼하여 편안한 삶을 추구했다. 그러나 '나'는 십여 년이 훌쩍 지났어도 전쟁 때문에 죽은 오빠의 망령에게 시달리며 살고 있다. 아들을 잃은 슬픔에서 벗어나지 못하고 괴로워하는 늙은 어머니의 삶과 같은 것이다. 그렇게 고통을 겪고 있는 '나'는 "토악질 하듯이 괴롭게 몸부림을 치면서" 과거의 이야기를 증언하면서 고통을 견뎌나간다.

②의 주인공 역시 어머니와의 갈등을 풀기 위해서 새로운 일을 찾아 나섰지만 쓰라린 좌절의 경험 때문에 고통을 겪을 수밖에 없었다.

'나'는 어느 날부터 글을 쓸 것 같은 예감을 느끼게 되어 글을 쓰기 시작하는데, 이것은 갈등을 해결할 수 없는 주인공이 극심한 고통에서 벗어나기 위한 몸부림으로 갈등 치유의 행동임을 알 수 있다.

특히 박완서의 자전적 소설을 보면 주인공은 전쟁 체험의 시간을 "벌레의 시간과 벌레의 체험"[6]이라 하면서 그 당시 상황을 증언하고 싶은 동기에서 글쓰기가 시작되었다고 말하고 있다.

> ① 그들은 나를 빨갱이 년이라고 불렀다. 빨갱이고 빨갱이 년이고 간에 그물만 들었다 하면 사람도 아니었다. (중략) 그들은 나를 함부로 욕하고, 위협하고, 비웃었다. 그러나 그들의 눈빛에 비하면 그 정도는 인권침해도 아무것도 아니었다.
>
> 그들은 마치 나를 짐승이나 벌레처럼 바라다보았다. 나는 그들이 원하는 대로 돼 주었다. 벌레처럼 기었다. 정말로 그들에겐 징그러운 벌레를 가지고도 오락거리를 삼을 수 있는 어린애 같은 단순성이 있었다. (중략)
>
> 나는 밤마다 벌레가 됐던 시간들을 내 기억 속에서 지우려고 고개를 미친 듯이 흔들며 몸부림쳤다. 그러다가도 문득 그들이 나를 벌레로 기억하는데 나만 기억상실증에 걸린다면 그야말로 정말 벌레가 되는 일이 아닐까 하는 공포감 때문에 어떡하든지 망각을 물리쳐야 한다는 정신이 들곤 했다.
>
> ─『그 많던 싱아는 누가 다 먹었을까』 중에서

---

6) 박완서는 자전적 체험이 거의 그대로 드러난『그 많던 싱아는 누가 다 먹었을까』에서 자신과 어머니가 겪었던 6·25때의 체험, 특히 오빠가 죽은 사건으로 비롯된 고통의 시간들을 '벌레의 시간, 벌레의 체험'으로 표현한다. 그 당시엔 법과 인격이 중요한 것이 아니라 오로지 '흰둥이' 아니면 '빨갱이'로 구분하는 시대였다. 이런 상황에서 오빠가 죽고 남은 가족마저 빨갱이로 몰려 마치 벌레처럼 취급당했던 처절한 경험들과 오빠의 죽음 뒤에 여자로서 겪어야 했던 고통들을 상징적으로 드러낸다.

②　나는 그들(죽은 오빠의 망령)이 있는 곳을 명치 근처에서 체중을 의식하듯이 내 내부 한가운데서 늘 의식해야만 했다. 그 느낌은 아주 고약했다. (중략) 자업자득이었다. 나는 그것들을 삼켰으니까. 나는 망령들을 내 내부에 가뒀으니까. 망령은 언젠가는 토해내지 않으면 치유될 수 없는 체증이 되어 내 내부 한가운데에 가로놓여 있을 수밖에 없었다. (중략) 나는 그들로부터 자유로워지고 싶었다. 삼킨 죽음을 토해내고 싶었다.

—「부처님 근처」 중에서

글을 쓰고 싶다는 욕망은 화자의 어두운 기억으로부터 시작되는데, 벌레처럼 취급당했던 시간들을 잊고 싶어서 몸부림치다가도 자신만 잊고 다른 사람들은 여전히 기억한다면, 그야말로 자신의 존재가 벌레가 될 것 같은 두려움과 공포가 생겨 오히려 그 시간들을 잊지 않고 기억해내려고 애를 썼다는 것이다. 글을 쓰고 싶은 주인공의 욕망에 대한 다음의 언급을 통해 박완서 작품 속의 인물과 작가의 글쓰기 과정을 이해할 수 있고, 글쓰기에 따르는 또 다른 갈등과 고통을 짐작할 수 있다.

자신을 불행한 사람으로, 다시 말해 찢긴 사람으로 느끼면서부터 글 쓰는 사람은 개성을, 상상력을 그들의 중요한 탐구 대상으로 설정하고 그것을 대담하게 노출시킨다. 누구를 위하여, 왜 써야하는지를 알 수 없다면 자신을 위해서, 즉 자기 개인을 드러내기 위해서 써야 하며 그것을 보편적인 것처럼 믿게 하기 위해서는 자기의 불행한 의식을 보편화시켜야 한다고, 다시 말해서 보편적인 틀 속에 가두어야 한다고 믿기 시작한 것이었다.[7]

---

7) 김현, 한국문학의 위상, (문학과지성사, 1996), p. 43.

주인공의 글쓰기 욕망과 과정은 여성 주인공이 경험한 전쟁에 대한 기록[8]이며 자신을 괴롭히는 과거와의 지독한 싸움인 것이다. 가라타니 고진은 이와 같은 여성의 고백적 글쓰기 태도에 대하여 현실의 삶에서 자신은 약한 존재이지만 자신의 삶을 책임지는 주체로서 존재하고 싶은 욕구가 분출된 것이고 말한 바 있다.[9] 이와 마찬가지로 주인공의 글쓰기 행동은 외부 세계가 아닌 자신이 스스로를 지켜 내리라는 의지의 표출이다. 그런 과정의 글쓰기는 주인공의 내적 갈등을 일으키는 또 하나의 사건이 되는 것이다.

전쟁 체험과 오빠의 죽음에 대한 상처를 고백하고 증언하고픈 욕구는 『나목』, 「부처님 근처」, 「카메라와 워커」, 『목마른 계절』, 『그 산이 정말 거기 있었을까』 등을 통하여 상처 극복을 위한 주인공들의 공통된 행동으로 나타난다. 그것은 특히 위의 작품 예문에서 볼 수 있듯이 이야기의 긴급성, 절박함 때문이다.

안니 르끌렉도 "여성이 말을 시작해 보기란 얼마나 어려운지, 그건 너무나 새로운 말이어서 나는 내 열 손가락이 서로 비틀리고 움켜지기를 바랄 정도"라고 말하면서 말하기의 두려움과 글쓰기의 어려움을 토로했다. "그런데도 왜 이야기를 하려하는가?" 라는 질문에 존재의 긴급성, 여성만의 경험에서 비롯된 자기반성과 자기 진술의 절실함 때문이라고 덧붙여 설명했다.[10] 그러나 실제로 글을 쓴다는 의미는 '말

---

8) 박완서 작품의 여성 주체가 경험하는 전쟁에 대한 기록은 남성 작가들 특히 남성 주체를 통해 형상화되는 것과는 구별된다. '남성'과 '국가'를 동일시하는 우리의 가부장적 전통에 비춰볼 때 남성, 즉 국가는 전쟁을 유발하고 주도한 책임의식으로 여성들과는 조금 변별되는 갈등을 겪는다고 볼 수 있다. 박완서 소설 속의 여성은 주로 피해자로서, 남성이 부재한 상태에서 생존의 문제를 해결해야하는 주체로서 나타난다. 전쟁으로 인한 재난의 피해자이면서 생존의 문제를 극복하려고 노력하면서 주체성을 확립해나간다.

9) 가라타니 고진, 박유하 역, 일본근대문학의 기원 (민음사, 1997), p. 116.

할 수 없는 것'들로서 자신의 경험과 욕망을 감추는 기능도 한다.[11] 일상사가 자전적 글쓰기에 많이 반영되는 것이 사실이지만 여기서 '개인적인 것'의 의미는 '말할 수 없는 것'들로서 자신의 경험과 욕망을 감춰주는 역할을 하기 마련이다. 실제로 여성의 글에서 서술하는 자아는 자신의 내밀한 것에 대하여 부재로서, 곧 침묵의 소리로 독자에게 전해진다. 자기 감시적인 화자는 마음의 진실을 폭로하느냐 은닉하느냐 하는 두 가지 상반된 충동을 상황에 따라 결정하는 셈이다. 말한 만큼 말할 수 없는 부분, 즉 더 중요하고 모호한 비밀이 존재하는 것이다. 여성의 소위 개인적이고 친밀한 자기 진술은 감추어진 자아의 부분적 기

---

10) 말 안하기 위해 입을 꼭 다물고 비트는 몸짓으로 자기를 표현하는 여성이 입을 열어 자신의 삶과 경험을 이야기하는 것은, 해버리는 것은, 그러한 말하기에 대한 거부감과 부자연스러움의 한계를 넘어서려는 반역 행동이다. "자기 고유의 말을 하려는 모든 여자는 우선 여성을 창조해야 하는 이 엄청난 긴급성을 피할 수 없다. 말문 트기가 긴급하다는 것은 현재 자신의 존재성에 대해 긴급한 위험, 위기의식을 느끼기 때문이며 '말하기의 두려움'은 거짓말이나 막힌 말의 횡포에 대한 거부감에서 비롯된다. 그것은 진실을 감추기 위해 남들이 잘 알아들을 수 있는 언어로 말을 습관적으로 해왔다는 것을 인식하게 될 때 느껴진다. '글로 말하기'에 이미 익숙한 배운 여성들에게 이러한 진실의 은닉은 더 여실하게 드러난다. 대체로 근대 학문과 문학은 남성의 언어, 글의 꼴에 의해 형성된 것이었다. 새로이 여성의 말을 만드는 것, 여성 자신으로부터 솟아나오는 말로써 촘촘한 새 천을 짤 수 없다면 그것은 아무것도 안될 것이다. 거짓말이 아니라 진실 된 말, 남의 말이 아니라 내 존재의 말, 즉 막힌 말이 아니라 트인 말을 하는 일은 "여성만의 감성에서 우러나온" 말의 형식을 창출해 내는 일이며, 여성만의 경험에서 비롯된 자기반성과 자기 진술이 될 것이다.
여성의 글쓰기, 여성 문학을 보면 강렬한 침묵으로부터 해방되어 나타날수록 여성적 목소리는 그 유창함 때문에 즉각적으로 알 수 있다. 버지니아 울프는 여성의 말을 '재잘거리고, 수다스러운 물과 종이에 번지는 듯한 단순한 말'이라고 시인한 바 있고, 남성들은 이러한 유창함을 '나불나불 지껄임'이라고 조롱하곤 했다. 그러나 '긴장의 결핍, 말 많음, 형식에 대한 느낌이란곤 없는 더듬거림'이 여성 언어의 특징이라면 이는 남성들이 만든 '논리적인 말의 규칙'에 일치되지 않음을 표시하기 위한 저항의 전략일 수도 있다.
안니 르끌렉, 이제 여성도 말하기 시작한다 (태학사, 1990), pp. 17~25 참조.
11) 김성례, 여자로 말하기, 몸으로 글쓰기, (또하나의문화, 1999), pp. 123~124 참조.

록이면서 또한 진실과 은폐 사이에 분열된 자아의 자화상이다. 다시 말해 여성의 자전적 글쓰기는 여성적 자아의 재발견이라는 내적 욕망이 숨어 있다. 여성은 자아에 대한 태도, 자기 정체감은 남성과 다르게 구성되는데 여성 주체는 자기 구별성을 강조하기보다 다른 사람과의 관계에 바탕을 두고 있다는 점이 기본적인 전제이다.

그런 점에서 볼 때, 모두 토해내겠다는 증언과 복수의 글쓰기에는 감추어진 부분도 있을 것이며 그런 과정, 즉 진실과 은폐 사이에서 분열하는 자신을 보게 되기 마련이다. 그리고 이러한 내적 고통과 갈등을 동반하는 글쓰기 행동은 단순히 복수심의 발로에 그치는 것이 아니라 타인과 외부 세계와의 화합을 원하는 성숙의 단계로 발전하면서 진정한 예술로 승화된다. 다음 예문은 그 과정을 상세히 보여주고 있다.

> 임금님 귀는 당나귀 귀라고 대나무 숲에서 외친 이발사의 행복을 나도 누리는 듯 했다. 그러나 이발사의 행복도 대나무 숲으로 하여금 임금님 귀는 당나귀 귀라는 요란한 공명을 얻어 냄으로써 완벽했던 것이지 그 스스로의 외침만으론 미흡했던 게 아닐까?
>
> 그런 뜻에서도 나는 내 소설을 활자화하기를 결심했고 그것은 이루어졌다.
>
> 내 글이지만 활자가 되고 나니 원고지에서 육필로 대할 때보다 객관성을 가지고 읽을 수 있었고, 읽고 난 나는 거짓말이라고 외칠밖에 없었다. 이 경우 거짓말이란 사실이 아니란 뜻보다 소설적인 진실이 아니란 뜻이었음직하고 하여튼 나는 기가 꽉 죽었다.
>
> 이런 나의 실패는 나의 능력 부족 탓도 있었고 내 이야기를 들어 줄 사람과 내가 사는 시대의 비위를 지나치게 의식한 탓도 있었겠지만 가장 큰 이유는 두 죽음이 내가 작품화할 수 있을 만큼, 즉 여유 있게 전모를 파악할 수 있을 만큼의 거리로 물러나 주지 않고 너무 나에게 바싹 붙어 있기 때문이기도 했다.
>
> ─「부처님 근처」 중에서

작가이자 화자는 글쓰기를 통해 '과거'와 '상처'라는 대상과 거리를 유지해야 한다는 생각을 점차 갖게 되고 작품으로 형상화된 기억을 보면서 자신 안의 모순까지 객관적으로 들여다보게 된 것이다.[12]

> 아물었으되 피 흘리고 있음을, 딱지 않았으되 곪고 있음을, 잘 차려입었으되 헐벗었음을, 춤추고 있으되 몸부림치고 있음을 보고 느끼고 말하는 것도 문학이 숙명처럼 걸머진 형벌이자 자존심이라면 저도 잠시 한낱 비통한 가족사를 폭로한 것 같은 부끄러움에서 벗어나 늠름해지고자 합니다.[13]

박완서가 말한 것처럼 결국 주인공은 피가 흐르는 상처를 글로 옮겼고 그 과정을 통하여 어느 순간 상처와 고통으로부터 거리를 가질 수 있게 되었으며 예전보다 자유로울 수 있게 되었다. 이처럼 예술로 승화된 모습은 현실의 갈등을 피하는 것이 아니라 현실에 직면하여 자기와 싸움으로써 얻게 된 결과이다.

이처럼 참담한 고통을 예술로 승화시키는 모습은 『나목』에서 인간으로서의 존재감을 상실한 채 생계를 위해 그림을 그리는 화가 옥희도 씨를 통해서도 드러난다.

태엽을 감아주어야만 술을 마시고 북을 치는 장난감 침팬지를 보면

---

12) 박완서는 작가 인터뷰에서 "나 같은 경우에도 내 얘기가 아니더라도 주인공을 자기화해야 잘 써져요. 그게 나쁜 것 같지는 않아도, 나와 대상과의 거리를 유지해야겠다는 생각을 합니다. 제가 일인칭을 즐겨 썼던 건 내가 느끼는 것과 똑같이 독자도 절실하게 느끼게 하겠다는 욕망이 아니었을까 생각합니다."라고 말하였다. 또 「부처님 근처」의 화자는 "듣는 사람이 없는 곡성이 무슨 의미가 있을까? 상주도 문상객이 있어야 곡을 할 게 아닌가?"에서 알 수 있듯이 타인과의 관계를 의식하게 되면서 반복된 글쓰기를 통해 갇혀 있던 과거로부터 점차 외부 세계와 소통, 화합되어 가는 과정을 보여주고 있다.
13) 박완서, 앞의 책, p. 240.

서 자신의 모습을 본 옥회도 씨는 진정한 삶의 가치를 찾고자 그림에
만 몰두하면서 점차 환희에 찬 삶을 살게 된다. 옥회도 씨의 모습은 작
가가 원하는 모습이며, 욕망을 이룬 작가 자신의 모습이기도 하다. 이
것이야 말로 문학의 존재 의미, 글쓰기의 의의이자 예술로 승화된 아
름다운 모습이라 할 수 있다.

작가가 글쓰기에 대한 욕망을 "어떡하든 진상을 규명해 보려는 집
요하고 고약한 성미"라고 말하면서 "훗날 글을 쓰게 했고 문학정신의
뼈대"가 되었다는 이야기는 그래서 의미가 더욱 남다르다. 이렇듯 인
물이 현실의 고통을 이겨내기 위해 글쓰기와 그림을 그리면서 예술로
승화하는 모습은 현실의 갈등을 피하려는 것이 아니라 현실을 직면하
여 사회적으로 성숙한 행동을 하게 하는 행동 양태이다.[14] 다시 말하

---

14) 자아방어기제의 행동 양상은 1) 억압 2)부정과 합리화를 통한 순응적 행동 3) 과장
행동과 같은 반동형성 4) 상상적인 행동(백일몽) 5)퇴행 6) 투사와 치환 7)동일시 8)
승화의 형태로 나타나며 혹은 복합적인 형태로 나타나기도 한다. 또 자아방어기제
에 의한 대처반응은 비합리적이며, 현실을 왜곡하고, 일반적으로 무의식으로 작동
하기도 하나 항상 그런 것은 아니다. 갈등으로 인한 스트레스에 적극적으로 대처하
지 않고 습관적으로 자아방어기제를 사용하면 자신의 성장을 저해할 수도 있다. 정
상적인 사람은 가끔 방어기제를 사용하여 참을 수 없는 심리적 고통에 대처하기도
한다. 자아방어기제의 여러 양상에 대해 간단히 개념을 정리하면, 1) 억압은 무안
했던 경험과 죄의식 등을 수용할 수 없어 의식 수준 이하로 묻어버리는 망각의 한
형태이며, 심할 때는 기억상실증에 걸리게 된다. 2)부정은 어떤 사실을 거부함으로
써 현실을 받아들이지 않는 인간의 행동을 말하며, 합리화란 용납할 수 없는 자신
의 감정과 행동을 정당화하기 위하여 합리적이고 사회적으로 받아들일 수 있는 이
유를 붙여 사회적 비판을 피하려는 행동이다. 3) 반동형성은 내면에 적대감을 가지
고 있으나 이를 은폐하기 위해 상대방에게 친절하고 관심을 표방하는 행동을 말한
다. 4)백일몽은 자신의 현실이 싫은 나머지 자신을 위대한 영웅이나 순교자로 생각
하는 상상적인 행동을 말하고, 5)퇴행은 유아기의 원시적이고 유치한 행동수준으
로 되돌아가 고통을 잊으려는 행동을 뜻한다. 6)투사는 타인에게 갈등의 원인을 돌
림으로써 자신의 갈등 원인을 외부에 두는 것, 치환은 불임 여성이 애완동물을 키
움으로써 불만족스러운 동기나 감정을 대체된 대상으로 돌려 방향을 수정하는 행
동이다. 7)동일시는 자신의 무능력을 피하기 위해 자신이 존경하는 사람을 모방하
거나 타인의 성공을 공유함으로써 대리만족을 하여 자신의 가치를 증대하는 행동

면, 주인공이 글을 쓰는 것은 갈등을 극복하기 위한 인물들의 행동은 자기방어기제이다. 인간은 좌절, 갈등, 불안 등의 어려운 상황에 직면하면 스스로를 보호하기 위해 무의식적으로 방어반응을 한다. 프로이트는 기억의 왜곡, 비합리적인 감정, 행동들을 무의식적인 충동에 대한 방어로 보고 그것들은 전혀 통제할 수 없다고 믿었다. 어떤 충격적인 사건과 위협에 대해 자아를 무의식적으로 보호하기 위한 자기기만적인 성질을 지닌 무의식적인 방어반응이며, 주인공이 현실도피적인 결혼을 선택하는 소극적인 행동에서 보다 긍정적으로 발전된 모습이다.

작가는 주인공을 통해 끊임없이 상처를 드러내고 "글을 쓸 것 같은" 예감을 암시적으로 이야기하는데 이는 상처를 치유할 수 있을지도 모른다는 기대감을 보여주는 것이기도 하다. 인간은 자신의 잠재능력을 개발하고 자아실현을 하기 위해서 갈등의 순간과 그로 인한 고통의 시간을 성장의 기회로 삼고 새로운 환경에 적응하도록 노력하는 존재이기 때문에 주인공은 자신이 속한 사회에서 자신의 욕구, 꿈, 과제를 수행하여 자기 자신과 가족, 그리고 사회에도 만족감을 주고 가치 있는 생산성을 향상시켜 나가려고 힘겹게 노력하는 행동인 것이다. 결국 작가는 인물들의 글쓰기 행동을 통하여 전쟁의 기억과 상처로부터 자유로워지기를 갈망하였고 성숙된 글쓰기로 나아가면서 진정한 삶의 본질을 찾아나가고 있음을 알 수 있다.

지금까지 살펴본 작품들은 전쟁 체험으로 인해 갈등이 발생되어 고통을 겪는 사람의 이야기를 형상화한 작품들이었다. 이 작품들은 6·

이며, 8)승화는 현실의 갈등을 피하려는 것이 아니라 현실을 직면하여 사회적으로 성숙한 행동을 하게 하는 행동 양태이다. 프로이트의 관점에 따르면 성충동은 조각, 회화 등의 예술작품으로 전환되는데, 이를 승화된 욕망이라 한다.

25 전쟁으로 인해 오빠를 잃은 딸이 모녀의 대립을 통하여 갈등을 나타냈다. 또한 경제적 궁핍과 이념적 대립, 이산가족의 상처로 인하여 많은 갈등이 발생되었음을 알 수 있었다.

박완서는 전쟁 체험이 가져다준 피해와 상처가 얼마나 뿌리 깊은 것이며, 개인의 삶을 파괴하는 무시무시한 것인지를 실감나게 보여주었다. 또 작가는 이데올로기 대립으로 벌어진 한국전쟁이 단순히 동족상잔의 비극에 그치는 것이 아니라 인간을 인간일 수 없게 만드는 문제적 상황으로 규정하였다. 박완서의 초기작들은 작가의 전쟁의 직접 체험을 토로하듯 거침없이 형상화되었는데 80년대에 발표된 작품들은 개인적 차원에만 머물렀던 전쟁 체험을 확산시켜 사회적 차원으로 확대시키는 모습을 보인다.

작가는 전쟁이라는 재난으로 인해 갈등을 겪는 인물의 이야기를 모녀의 대립관계를 통해 갈등을 극대화시켰다. 소설에서 인물은 사회 현실을 정확하게 반영하도록 만들어지건, 또는 반대로 사회 현실을 분해시키도록 만들어지건 간에 항상 상징의 성격, 분명한 징조의 종합과 이 종합의 이미지(상상적 투사)라는 보충적인 두 의미로서 상징의 성격을 간직하고 있다.[15] 따라서 소설에 등장하는 인물의 모습을 통해 문학 사회학적 의미를 산출하는 것은 당연하다.

좋은 소설이란 갈등 발생 요인을 잘 다룬 소설이므로 사건과 인물의 행동을 관심 있게 살펴봐야한다. 왜냐하면 박완서 소설에 나타나는 갈등 발생 요인은 작중 인물들 특히 여성에게 집중되어 있으며 갈등 원인은 인물의 의식과 행동을 통해 구체적으로 드러났기 때문이다. 이는 인물들이 지니고 있는 사회적 역사적 의미를 부각시키기 위하여 소설

---

15) 미셸 제라파, 소설과 사회, 이동렬 역 (문학과지성사, 1993), p. 54.

사회학적 방법을 원용하는 것과 관계가 있다. 특히 박완서는 여성이 겪는 갈등을 보여줌으로써 남성 중심의 전쟁소설과 차별화되었다. 물리적 힘에 의해 파괴된 전쟁이라는 현실도 그러하지만 남성중심의 사고와 시대적 배경을 토대로 여성의 삶을 이야기함으로써 물리적 힘의 잔학성과 세태를 보다 리얼하게 형상화하였다. 무엇보다 여성 중심의 사고로 사회적 문제를 비판하였다는 점은 박완서 작품의 주요한 특성임을 알 수 있다. 다시 말해 작가는 작중인물에게 갈등을 유발시킨 전쟁의 비극성을 비판하면서 아울러 우리 모두의 상처라는 인식을 강조하였다. 전쟁 체험으로 인해 연쇄적으로 발생된 다양한 갈등을 통하여 작가는 인간의 존엄성과 삶의 진실에 대해 탐색하고 있는 것이다.

3. 여성의 정체성 찾기와 인간성 회복

작가 자신과 작품 속의 여성성은 뗄래야 뗄 수 없다. 또한 보편적인 여성의 모습이기도 하다. 그러므로 그의 단편소설에 비친 여성성의 변화 과정은 곧 현실세계의 여성 의식의 그것이다. 조남현이 언급했듯이 "박완서는 여권 운동에 적극 호응하는 여성 작가이기보다는 남녀를 초월한 뛰어난 작가"[16]이다. 그만큼 그녀의 소설에 나타난 여성들의 이야기는 갈등을 겪으면서 한 인격체로 완성되어 가는 인간 본질의 문제를 담고 있다. 또 박완서는 남달리 고달프고 굴곡 많은 세월을 겪은 여성이며 이러한 고달픈 삶의 주요 원인은 사회적 억압과 피해, 그리고 소극성 등으로 특정 지어지는 여성성의 문제이다.

---

16) 조남현, 1990년대 문학의 담론 (문예출판사, 1998), p. 126.

흔히 가치관은 한 사회에서 통용되는 신념체계로서 사회성원들의 행동에 의미와 방향을 부여한 기능을 갖는다. 또한 가치란 개인의 목표나 행동의 표준 등을 좌우하는 행동성향의 상징적 요소를 뜻하며, 그것에 의해 바람직한 것인가의 여부를 판단하는 것을 일컬어 가치의식이라고 말한다.

그런데 전통적으로 여성의 가치는 수동성, 소극성, 우유부단성, 순응성 등의 특질로 규정되어 그에 합당한 여성상이 높이 평가되었다.[17] 사회에서 여성은 개별적 인격체로 인정받지 못하고 남성에 종속되는 방향으로 조정되어 사회화될 수밖에 없었다. 특히 우리나라 여성의 왜곡된 여성성과 남성성을 여성들 혹은 남성들이 스스로 체화(體化)하기 때문에 그 억압성은 더욱 확고해진 것이다.[18]

현재 우리나라의 중년 여성은 자신의 정체성을 대부분 남편, 자녀, 부모와의 관계에 뿌리를 두고 있다. 정체성이란 자기만이 갖는 '자기다움'에 대한 개인 스스로의 이미지를 말한다. 그러나 왜곡된 여성정체성의 대물림으로 어머니나 아내 역할만을 주입 받아온 여성은 '나는 누구인가'라는, 나를 주체로 한 정체의식을 형성하기 어렵다. 또한 중년기에 이르면 제각기 자기 일에 몰두하는 남편과 자녀들에게서 멀어지게 된다. 이 시기에 여성 자신의 가치는 타인이나 한 가정의 관리자

---

17) 김명혜 외 2, 성 · 미디어 문화 (나남출판사, 1994), p. 186.
　　남성과 여성간의 본질적인 차이는 존재하지 않음에도 불구하고 흔히 남성성과 여성의 특질이 문화적으로 구성된다. 그 대표적인 예를 보면 다음과 같다.
　　남성적 : 여성적 - 적극 : 소극, 존재 : 부재, 인정 : 제외, 독립 : 의존, 일관성 : 다양성, 명확 : 모호, 정신 : 육체, 객관 : 주관, 단단함 : 부드러움, 하늘 : 땅, 낮 : 밤, 공기 : 물, 이성 : 정념, 문화 : 본성. 이렇게 규정된 상반된 특성들은 가부장적인 것이다. 왜냐하면 그 특성 중 '여성적' 특성은 약하고 가치 없는 반면에 '남성적' 특성은 힘 있고 가치 있는 것이라는 함축적 의미를 포함하고 있기 때문이다. 따라서 남성적이거나 여성적인 특성에 대한 문화적 발전은 남성 우위라는 개념으로 구축된 것이다.
18) 김미현, 한국여성소설과 페미니즘 (신구문화사, 1996), p. 293.

로서가 아니라 자기 내부에서 찾아야 한다. 그러기 위해선 여성이 자신의 역할을 다시 생각하고 주체적으로 새로운 역할을 모색해야 한다.

박완서는 여성을 주인공으로 등장시켜 여성의 정체성을 새로이 인식하게 하고, 지금까지 겪어온 소외와 불이익으로부터 벗어나야 한다고 주장하는 작가이다. 특히 유교적 가부장제 사회에서 만들어진 제도와 관습으로 인해 특히 여성들이 억압받고 갈등을 겪는 모습을 다루면서 "아름답고 낯익은 미풍양속이란 탈"이라는 말을 언급했다. 이 '탈'은 너무나 오랫동안 또 여전히 전해지고 있어 "거의 육화(肉化)되어 고통 없이는 결코 벗어 던질 수 없다"고도 덧붙였다.[19]

그렇다면 '길들여진 여성다움'과 '강요되는 남성다움'에서 벗어날 수 있는 방법은 무엇일까. 바로 '여성의 정체성 찾기'이다. 유교적 가부장제의 제도와 관습으로 인해 갈등을 겪는 여성이 진정으로 난관을 극복하려면 우선 한 인간으로서 자아정체성을 찾아야 한다고 작가는 주장하고 있다.

『살아 있는 날의 시작』에서 청희는 비인간적이고 이중적인 태도로 아내를 지배하고 딸 같은 옥희를 유린하고도 그 책임조차 아내에게 전가하는 남편의 모습에 환멸을 느끼면서 새로운 삶을 살기로 결심한다. 『서 있는 여자』의 연지는 부모의 불평등한 부부관계를 보면서 자란 탓에 평등한 부부의 삶을 만들고자 애쓴다. 그러나 그 과정에서 수많은 시행착오를 겪게 되고 진정으로 평등한 부부관계, 가족의 삶을 영위하기 위해서는 자기 안의 모순, 즉 여성이라는 숙명적인 인식부터 벗어던져야 한다는 것을 깨닫게 된다. 『그대 아직도 꿈꾸고 있는가』에서는 주인공이 보다 적극적인 행동으로 불평등한 법적 제도와 사회

---

19) 박완서, 살아 있는 날의 시작 (세계사, 1999), 작품 후기 중에서.

인식을 대상으로 힘겨운 싸움을 벌인다. 이런 점으로 볼 때, 주인공에게 있어서 결혼제도라는 것 자체가 불평등과 갈등의 원인이 될 수도 있다. 결혼함으로써 아내는 남편의 소유가 된다는 관념 때문에 무의식 중에 아내를 무시하게 되고 잘못된 성관념으로 인해 성관계 역시 갈등 원인이 되기 때문이다. 무엇보다 전통적 가치와 현재적 가치가 혼재되어 과도기적인 상태에 있어 효도를 바라는 부모 세대와 부모 봉양의 짐을 지지 않으려는 세대 간의 갈등이 내재하고 있음을 알 수 있다.

실제로 우리나라는 부계적 혈통을 지키려는 의식이 여전히 남아 있어 성비 불균형을 초래했고, 자기가 낳은 자식에 대한 집착은 고아수출 세계 1위라는 불명예를 씻지 못하고 있다. 가족 내의 가부장적 권위주의와 성차별은 계속 억압과 갈등을 조장하여 가족의 해체를 촉진하고 있다. 여성의 의식은 나날이 신장되고 있는데 남성이나 가족적인 가치관이 아직도 보수적인 성향에 젖어 있어 부부간의 불화가 잦게 되면서 이혼율이 급증하고 있다. 이에 대해 여성학자들은 가족이 직면한 여러 가지 문제는 개인적으로나 가족이 개별적으로 해결할 수 있는 문제가 아니라 여러 가족이 공동으로 해결해야할 문제라고 말하면서 가족생활의 개혁을 모색하면서 가족 정책이나 사회 복지, 제도의 변화를 주장하고 있다.

앞에서 살펴보았듯이 위의 세 편의 장편소설은 유교적 가부장제 사회에서 갈등을 겪는 문제를 중점적으로 다룬 작품들로서 사회와 자기 안에 있던 모순을 인식하고 자아 정체성을 찾아가는 과정을 그렸다. 어려운 상황에 대처해 가는 여성들의 모습은 우리 사회에서 여성에 대한 고정관념과 편견이 얼마나 심하고 그것을 깨뜨리기가 얼마나 어려운지를 보여준다. 그러면서 작가는 진정한 페미니즘이야말로 여성과 남성을 이분법적으로 가르는 것이 아니라 인간 존중의 마음으로 평등한 삶, 평등한 가족, 평등한 사회를 실현하는 것이라고 강조한다. 『살아있는 날의 시작』의 작품 후기는 남녀평등의 강조라는 작가 의식을 잘 보여준다.

> 저는 이념이 먼저인 작가는 아닙니다. 날 자꾸 페미니즘 쪽으로 몰아가는 것 같은데 억지로 무슨 주의를 붙이자면 난 그냥 자유 민주주의자예요. 개인주의자이고 그냥 소박한 민주주의 개념 있잖습니까? 자기가 이 사회에 필요한 무슨 일을 하고 있으면 항상 떳떳할 필요가 있고, 자기 일을 남에게 당하기 싫으면 남한테 그러지 않는다든가 하는 아주 기본적인 개념 있잖아요. 평등개념이라고 할까. (중략)
> 그런 소박한 민주주의 개념이 남자와 여자 사이라도 차별이 있어서는 인 된다는 정도의 생각밖에 없습니다. (중략)
> 사람이 사람을 억압하는 사회가 싫은 거죠. 남자가 여자를 억압하는 사회도 싫고, 여자가 남자를 억압하는 사회도 싫어요.[20]

여성문제를 중점적으로 다룬 작품들뿐만 아니라 앞에서 살펴본 작품들, 즉 6·25의 참상을 소재로 하고 전쟁으로 죽은 아버지와 오빠의 기억으로 끊임없이 고통 받는 여성 주인공들도 유교적 가부장제로 길들여진 여성성을 지닌 채 살아가며 그로 인해 고통스러운 삶을 살았다. 박완서의 거의 모든 작품을 보면 작가는 여성이 겪는 고통을 극복하기 위한 가장 중요한 방법으로 '여성의 정체성 찾기', '주체적인 삶을 살기'를 갈등 해소 방법으로 제시하고 있다.

「부처님 근처」의 모녀에게 아버지와 오빠의 부재는 결국 정신적으로나 물질적으로 불안정한 삶을 남겨준 셈인데, 이는 전쟁과 죽음이라

---

20) 박완서, 살아있는 날의 시작 (세계사, 1999), 작품 후기 중에서.

는 것을 간과할 순 없지만 남성 중심적 사고가 얼마나 여성을 지배해 왔는지를 입증해 준다. 한 인격체로서 독립된 자아를 찾고 발전해 나가기보다는 왜곡된 여성성으로 억압받으며 살아온 여성이 홀로 서기란 얼마나 어려운가를 잘 보여주고 있다.

「부처님 근처」의 모녀처럼, 전쟁과 죽음의 충격에서 벗어나지 못해 오빠대신 조카라도 "주말이면 카메라 메고 야유회 나가는" 안정된 직업을 갖도록 집요하게 애쓰는 「카메라와 워커」의 '나'와 승진에서 밀려난 원망으로 폭력을 휘두르는 남편 앞에서도 분단 현실과 사회적 제약을 탓하며 꼼짝달싹 못하는 「세상에서 제일 무거운 틀니」의 여주인공은 왜곡된 여성성을 그대로 받아들여 자신이 처한 불행을 극복하지 못하는 인물들이다. 그러나 조남현의 말처럼 박완서는 여성들의 비극적인 삶을 강조하려고 한 것이지 남성우월론을 펼치려 한 것은 아니다.[21]

「지렁이 울음소리」와 「소묘」의 여주인공들은 앞의 「부처님 근처」의 '나'보다 발전된 모습으로 자아를 발견해 나간다. 「지렁이 울음소리」의 중년부인 '나'는 누가 보아도 행복한 여인이지만 "매일매일 조청과 정력제와 연속극을 물리지도 않고 맛있게 삼키는 오동통한 중년의 남자가 내 남편이라는 게 몹시 억울하게 여겨지는가 하면, 내가 갖고 있는 행복의 조건들이 표절한 미사여구처럼 공소하게 느껴지기도" 한다. '나'라는 인물은 세속적인 행복감은 가졌어도 정신적 만족은 갖지 못한 여성인 것이다. 이런 불만스러운 심리 상태에서 우연히 여고 때 선생님을 만나게 되는데 사업과 인생에 실패한 국어 선생님에게 의도적으로 접근한다. '나'는 욕쟁이 선생님의 옛 버릇을 회복하여 "내

---

21) 조남현, 1990년대 문학의 담론 (문예출판사, 1998), p. 132.

생활을 꿰뚫고 내 행복을 간섭하고, 그의 욕이 기름진 시대를 동강내어 그 싱싱한 단면을 보여 주기"를 바랬기 때문이다. 그러나 선생님은 '나'의 의도를 알고 죽으려 한다. 한편 남편은 아내를 마릴린 몬로라는 육체파 여배우의 대용품으로 여기는데, 그때 '나'는 문득 자신에게 시달리다 자살한 선생님이 떠오른다. 그리고 살려달라고 아우성치는 지렁이 울음소리를 환청으로 듣는다. 지렁이 울음소리는 사실 자신을 정욕의 대상으로 여기는 남편을 향해 내지르는 '나'의 외침이기도 하다. 여고 시절의 선생님을 만나면서 집요하게 접근하고 괴롭힌 행동은 세속적 행복과 남성 중심 사고로부터 벗어나고자 했던 '나'의 탈출 방책이었던 것이다. 이렇게 남성 중심적인 사회가 만들어 놓은 가짜 행복에서 벗어나려고 몸부림치는 '나'의 모습은 「소묘」에서도 나타난다.

「소묘」에서는 화자인 며느리가 시어머니를 비판적인 시각으로 묘사한다. 남편과 아들을 완전히 장악하는 시어머니의 모습은 며느리에게 새로운 인식을 싹트게 한다. 남편을 통제하는 시어머니를 보면서 여성은 어느 정도 여성성을 지켜 나가야 하는 것이지 남성성을 완전히 대치할 수 없는 것이라는 관념의 반전이 그것이다. 시어머니와 며느리의 대립은 곧 여성성은 남성성을 지배해야 한다는 인식과 여성성은 남성성과 협조해야 한다는 인식의 맞섬이라고 볼 수 있다. 이 작품은 남성으로부터 벗어나기 위해 몸부림치는 위의 작품들에 비해 여성성 인식과 자아 발견이 한층 깊어지고 있음을 잘 보여준다.

이처럼 남성성장 소설[22]의 전형적인 남성인물들처럼 여성인물들도

---

22) 집에서 나와 집으로 들어가는 이야기로서, 부서진 집에서 나와 시련을 이기고 되돌아감으로써 다시 집을 이룩하는 내용이 바로 남성성장소설이라고 할 수 있다. 남성성장소설에서 집 또는 가정은 발달부분에서 일단 '예비된 안정'을 의미하고, 이어서 그 일정이 깨뜨려진 상태가 갈등부로 제시되며, 종국에는 '예비된 안정의 회복'이 대단원으로 마무리 된다.

탐색의 끝에서 자기 자신의 본질을 인식하게 된다. 진정한 자아를 발견함으로써 자신의 이전 세계가 바뀌었음을 발견하고 보다 확실하게 가부장적인 신화를 거부하게 된다. 이러한 상태에서는 모성이나 사랑도 억압적이거나 희생적인 것이 아니라 자유롭게 선택한 것이 되고, 여성인물들은 이런 경험을 통해 자율성, 창조성, 독립성 등을 획득하게 된다.

「저문 날의 삽화 2」와 「꿈꾸는 인큐베이터」에는 관습적 사고에 젖어 여성성을 인식하지 못한 여성에게 모성이나 사랑도 자유롭게 선택해야 한다는 작가의 주제 의식이 보다 적극적이고 설득력 있게 나타나 있다. 「저문 날의 삽화 2」는 운동권이었다가 고문의 후유증으로 정신 이상이 된 한 부부의 이야기이다. 여성 화자인 '나'는 운동권인 사람을 남편으로 둔 옛 제자를 만나는데 제자의 남편은 몇 년째 운동을 하면서 아내의 희생을 당연한 것으로 여긴다. 비참하고 비굴하게 지배당하고 있는 제자는 생활비 마련을 위해 가정과 선생을 지망했다가 담뱃불로 지짐을 당하는 수모와 고통을 겪는다. 그러면서도 제자는 부당한 대우에 맞서지 못한다. 이런 여성인물들은 이상적이고 규범적인 조건에서는 여성정체성의 자각에 성공하지만 현실적인 조건에서는 실패와 좌절을 경험하게 된다. 즉 개인적 가치를 지닌 내적 자아와 사회적 가치를 지닌 외적 자아 사이의 불화나 통합 불가능성을 인식하게 되는 것이다.

그 사람이 가짜라는 걸 알았기 때문이지. 생각해 봐. 소위 민중을 위한다는 친구가 여성처럼 교묘하게 억압받고 수탈당한 큰 집단이 민중으로 안 보인다면 그를 어떻게 믿냐? 저는 남자의 기득권을 안

김열규, "家와 家門", 인문과학논총 (서강대학교 인문과학연구소, 1989), p. 1 참조.

내놓으려 들면서 권력자의 기득권은 내놓으라고 외치는 것도 가짜
답고, 도대체 제 계집을 종처럼 다루면서 일말의 연민도 없는 자가
자기 민중을 사랑한다는 소리를 어떻게 믿나. 내조도 좋지만 가짜를
내조한다는 건 너무 자존심 상하잖냐?

—「저문 날의 삽화 2」 중에서

여성인물들은 탐색을 통해 변화를 겪으면서 본질적인 변화 또한 가
능하다고 믿지만, 이전과 동일한 상황에 다시 처해 있음을 발견하면서
결국에는 자기 자신에게 주어진 현실에 순응할 수밖에 없게 된다. 그
러나 화자인 '나'는 뒤틀어진 남성성에 의해 최소한의 인간대접도 받
지 못한 여성성을 동정어린 눈으로 보며 분노한다. 위의 예문에서 화
자인 '나'가 현실에 순응하며 견디는 제자에게 하는 이 말은 전통적 여
성성을 관습으로 알고 부당하게 억압받으면서도 현재의 삶이 깨어질
까 겁을 내는 한국 여성들에게 작가가 충고하는 말이기도 하다.

그래 그가 가짜인가 아닌가는 네가 정하렴. 바로 보기 위해선 자
립을 해. 그를 먹여 살리기 위해서가 아니라 네가 그를 대등한 입장
에서 바로 보기 위해 자립을 하란 말이야. 그가 진짜인가 가짜인가는
그 후에 알아봐도 늦지는 않어. 그렇지만 자립은 더 늦으면 안 된다.

—「저문 날의 삽화 2」 중에서

작가의 여성성 인식과 주체성의 문제는 박완서 에세이집에서 보다
극명하게 드러난다. 박완서는 남성 의존적인 여성에게, 그래서 더욱
삶이 무기력한 여성에게 스스로의 일을 찾아내라고 말한다. "여성을
자유롭게 하는 것은 법도 여성해방운동가도 아닌 스스로가 찾아낸 일

이며, 지배당하고 소유당하는 대상으로서의 아내가 아니라 사랑하고 사랑받는 아내가 되는 일"이라고 충고하고, 권위적인 전통적 남성들에게 "남자들이여, 부디 딛고선 여자로부터 그대의 억센 발을 거두라", "여자를 억누르는 쾌감보다 여자와 손잡는 즐거움에 눈뜨라. 여자와 더불어 같은 수평면에 손잡고 서는 것을 두려워하지 않을 때, 남자는 비로소 남자다워질 테고 남자가 남자다워질 때 여자 역시 진정한 의미의 여자다움을 회복할 것이다"[23] 라고 이야기한다.

「꿈꾸는 인큐베이터」는 남아선호사상, 남녀차별풍조 등의 문제를 깊이 있게 다루면서 여성의 정체성 찾기의 과정을 밀도 있게 그려낸 작품이다.

여성 화자인 '나'는 남아선호사상이 뿌리 박혀 인간의 존엄성을 상실한 세태풍조와 자신도 모르게 동조했던 과오를 깨달으면서 정체성이 흔들린다. 그 깨달음은 우연히 만난 딸만 가지고도 행복하게 살아가는 남자를 만나 혼란을 겪게 되고 여성의 정체성 인식으로 연결된다.

이처럼 여성정체성을 확인함으로써 과거의 어두운 실존으로부터 벗어나 긍정적인 미래를 향해 발전하는 과정에서 정신적 성숙과 영혼의 탐색이 주요 과제가 된다. 여성들은 자신의 내부에 존재하는 정체성을 찾았을 때 자신이 가치 있고 강한 존재라는 것을 알게 된다. 이런 상황을 경험함으로써 여성들은 이전과 다른 삶을 살 수 있다. 그렇기 때문에 그런 왜곡된 세계로부터 벗어나기 위해 여성들은 끊임없이 몸부림치는 것이다.『서 있는 여자』의 작품 후기에서 여성문제에 대한 작가의 가치관을 밝히고 있다.

---

23) 박완서, "최근에 만난 빛난 남성", 여자와 남자가 있는 풍경 (주부생활사, 1980), p. 224.

내가 이 소설을 통해 정말 보여주고 싶었던 것은 혼자 살아도 행복할 수 있나 없나 보다는, 남자와 여자의 평등을 바탕으로 하지 않은 결혼이 과연 행복할 수 있나 없나, 라는 내 딴엔 좀 새로운 문제였다. (중략)

나의 사랑하는 주인공 연지는 그 문제에 일찌감치 눈뜬 똑똑한 여자였지만, 평등을 자신이 앞으로 애써 지혜롭고 고되게 획득해 나갈 문제라고 여기지 않고 자기만은 쉽게 얻을 수 있다고 믿었다.

독자는 거기서부터 비롯된 똑똑한 여자의 중대한 착오를 주의 깊게 봐 주었으면 싶다.[24]

이와 같은 박완서의 여성성 인식의 방법은 1970, 80년대에 여성성을 '무한한 인내'와 '고통의 내면화'로 변형시킨 작가 오정희와, 인내심이든 희생정신이든 순수성이든 여성의 내면 깊이가 무한한 것으로 보고 여성의 정신적 높이가 남성보다 더 높음을 은근히 내비치는 서영은의 여러 작품들과 차이를 보인다.

박완서는 관습 제도적인 문제로 인한 갈등을 통하여 여성에게 씌어진 '아름답고 낯익은 미풍양속이란 탈'을 벗어던지려고 애쓰는 여성들의 피 흘리기 과정을 적나라하게 그리고 있는 것이다. 박완서 소설 속에 등장하는 강한 생활력이나 두드러진 자존심 또는 경탄할 한한 똑똑함을 지닌 어머니상은 그 시대 여성들을 지배해 온 삶의 구조와 복합성과 왜곡된 면을 드러낸다. 거기에서 더욱 발전하여 여성문제를 본격적으로 다룬 장편소설 『살아 있는 날의 시작』, 『서 있는 여자』, 『그대 아직도 꿈꾸고 있는가』의 문청희와 하연지, 차문경 등은 모두 중산층 여성들로서 가부장제 사회가 그들에게 강요해 온 '꿈꾸기'를 그만두고 안락한 생존수단인 여자다움 또는 부덕(婦德)을 지키느라 '죽어

---

24) 박완서, 서 있는 여자 (작가정신, 1989), pp. 353~354.

있음'을 택하기보다는 '살아 있음'을 위하여 외롭고 두렵지만 '서 있는 여성'이 되기를 바란다. 여자다움 또는 부덕이라는 탈은 여성이 조상 대대로 써내려오는 동안 거의 육화(肉化)된 것이기 때문에 피를 흘리지 않고는 결코 벗어던질 수 없다는 사실을 작가는 힘주어 강조한다. 또한 자본주의 사회에서 여성이 남성의 예속으로부터 벗어나는 가장 확실한 길은 경제적 독립이라는 주장까지 하는 것처럼 보인다.

박완서 소설의 여성성 인식과 자아 발견은 여성 비판이나 남성 중심주의로 가자는 것이 아니다. 여성도 독립적인 한 인간이며 자아를 발견하고 여성정체성을 확립해 나가는 것이 진정한 삶을 사는 모습이며 평등한 삶을 향하는 가장 중요한 일이라고 강조하는 것이다.

또한 작가는 현대 사회의 부조리로 인해 갈등이 야기되는 이야기들을 통해 물질만능주의와 이기주의, 속물근성에 기인한 허위의식을 여실하게 드러내 현대 사회를 비판하였다. 속물근성, 허위의식의 실체를 드러내면서도 작가는 인물을 비난하기보다는 연인의 시선으로 자기반성에 도달하게 했다. 오늘날 삶을 지배하고 있는 이기주의로 인해 자신을 기만하면서 괴로워하는 것은 피할 수 없는 일이다. 작가는 인간의 솔직한 실체를 드러냄으로써 자기반성을 하게하고, 더불어 인간성 회복의 의지를 보이고 있음을 알 수 있었다.

VI. 결론

지금까지 필자는 박완서 소설에 나타난 갈등 발생 요인을 1) 전쟁 체험으로 인한 갈등 2) 전근대적 제도·관습으로 인한 갈등 3) 현대 사회의 부조리로 인한 갈등으로 나누어 살펴보았다. 박완서의 소설에 공통적으로 나타나는 갈등 형태는 주로 외적 갈등의 성격이 강하며 외적으로 발생된 대립과 갈등은 인물의 내적 갈등을 일으키는 계기가 되어 자아정체성에 대한 물음으로 이어졌다.

연구 결과를 정리해 보면 다음과 같다.

첫째, 박완서 소설 속의 인물은 전쟁 체험으로 인해 끊임없이 갈등과 고통을 겪게 되었다. 가족의 비극을 통해 드러나는 갈등은 가족 상실 때문이다. 오빠의 죽음으로써 가장 역할을 대리하게 된 여성, 죽은 오빠대신 살아있다고 느끼는 딸의 죄의식 등은 모녀간의 대립과 갈등으로 나타났다. 또한 경제적 궁핍으로 인해 인간성을 상실해가는 과정과 이념적 대립은 개인의 삶에 있어서 비극을 만들뿐이었으며 이상은 이상일 뿐 허상에 불과했다는 이데올로기의 허위성에 대해 비판하였다. 이런 전쟁의 비극은 분단현실과 이산가족의 문제로 이어져 인물들은 여전히 갈등을 겪었다.

둘째, 박완서 소설에서 보이는 전근대적 제도·관습으로 인한 갈등은 유교적 가부장제에서 비롯되었다. 가부장제의 관습은 주로 남편의 억압으로 나타나는데 남성우월주의와 여성의 순결성 강요, 전통적인 호주제는 여성을 억압하는 요인이 되었다. 또한 남아선호사상은 여성의 반복적인 낙태수술과 아들딸의 차별대우로 나타나 자녀 세대까지 갈등이 되풀이되는 결과를 낳았다. 결국 유교적 가부장제는 남성우월주의로 남아선호사상을 갖게 하였고 여성의 성과 사랑을 억압하였으며 사회 제도와 법 또한 여성에게 불평등하여 여성이 겪는 갈등은 가정과 사회에서 쉽게 해결할 수 없는 문제로 대물림되어 왔다.

셋째, 박완서 소설 속의 인물은 현대 사회 문제로 인해 갈등을 겪게되었다. 구체적인 발생 요인은 물질만능주의와 이기주의·허위의식이며 이는 부정·부패가 만연한 사회를 만들기에 이르렀다.

이와 같은 요인들로 발생된 갈등은 완전히 해결되기보다는 암시적이고 보다 심화되는 과정으로 나타나는데, 갈등구조는 연쇄고리식 전개, 교차식 전개, 삽입식 전개로 엮어졌다. 또 주인공들은 갈등을 극복하기 위해 다음과 같은 공통된 행동 양상을 보였다.

첫째, 고통을 극복하기 위한 글쓰기이다. 현실도피적 행위를 통해서 고통을 극복하지 못한 인물들은 증언과 복수의 글쓰기를 시작하면서 자기 안의 모순과 세계의 객관성을 발견하여 보다 성숙한 글쓰기, 즉 예술로 승화하게 되었다. 작중인물의 고통스러운 글쓰기는 한의 역사속에서 꿈을 찾는 것이며, 그것이 세상을 견디는 힘이 되었다.

또 작가는 모녀의 대립관계를 통해 갈등을 극대화시키다가 힘겹게 서로를 끌어안는 유대관계로 나아감으로써 갈등 치유의 열린 가능성을 제시하였다. 개인적 차원에만 머물던 전쟁의 상처와 피해의식을 극복하고 이를 분단과 이산이라는 사회적 인식과 연결시키면서 분단극복의지를 형상화하는 단계로 나아갔다고 볼 수 있다.

둘째, 소설 속의 인물들은 가부장제의 문제를 인식하고 자아정체성을 찾기 시작함으로써 현재의 문제를 극복해 나갔다. 여성의 정체성 찾기는 진정한 남녀평등이란 남성에 대한 복수나 지적인 자만심이 아니라 투철한 자각 위에서 이루어지는 끊임없는 자기와의 싸움이라는 것을 보여주었다.

이상의 연구를 통해 박완서 소설의 갈등 발생 요인과 갈등의 치유를 살펴보았는데 1950년대 전쟁 체험과 분단체제, 1970~80년대에 급성장하는 산업화 시대, 여성에 대한 사회적 편견의 문제 등 시대적 상황이 인물의 개성적 성격과 맞물려져서 갈등의 양상을 표출하고 있음을 알 수 있었다.

작가는 여성이 처한 사회적인 억압의 상황과 그 상황에 대처해가는 이야기를 매우 섬세하고 사실적으로 형상화함으로써 전쟁으로 야기되는 갈등과 가부장제의 모순, 남녀평등의 문제, 여성의 주체적인 삶의 방향에 대하여 진지하게 생각할 수 있게 했다는 데 의의가 있다. 또한 중년 여성을 작품의 주인공으로 등장시켜 경제적 풍요만을 쫓는 부정적 인물들과의 갈등을 통해 세태를 풍자하고 산업화 사회에 잊혀져 가는 가족의 사랑과 중요성을 다시 한 번 깨닫게 하였다. 작가가 이기주의와 물욕에 물든 천민자본주의에 대한 경고를 담으며 중산층 여성의 속물근성과 지식인의 허위의식을 비판하면서도 독자로 하여금 반성과 화합의 긍정적 결말을 유도하게 하는 것은 작가의 시대적 비판의식과 아울러 소외된 자에 대한 깊은 애정, 즉 사랑과 평화를 지향하는 모성적 관점에서 비롯된 것임을 알 수 있다. 무엇보다 인간존중의 기본 의식을 지녀야 한다는 주제 의식을 나타내어 여성주의 문학으로서 큰 자리매김을 하였다.

이처럼 박완서 소설의 갈등 발생 요인에 대한 연구는 박완서 소설의 실체를 정확하게 파악하고 핵심을 밝혀주는 중요한 단서가 되어 작품 속의 인물이나 작가가 지향하려는 세계의 모습을 밝혀 주었다.

참고문헌

1. 기초 자료

박완서, 박완서 단편소설 전집 1, 어떤 나들이, 문학동네, 1999.

_____, 박완서 단편소설 전집 2, 조그만 체험기, 문학동네, 1999.

_____, 박완서 단편소설 전집 3, 아저씨의 훈장, 문학동네, 1999.

_____, 박완서 단편소설 전집 4, 해산바가지, 문학동네, 1999.

_____, 박완서 단편소설 전집 5, 가는비, 이슬비, 문학동네, 1999.

_____, 나목, 세계사, 1995.

_____, 목마른 계절, 세계사, 1995.

_____, 서 있는 여자, 세계사, 1995.

_____, 살아있는 날의 시작, 세계사, 1995.

_____, 그대 아직도 꿈꾸고 있는가, 세계사, 1995.

_____, 그 해 겨울은 따뜻했네, 세계사, 1995.

_____, 휘청거리는 오후, 세계사, 1995.

_____, 그 많던 싱아는 누가 다 먹었을까, 웅진출판사, 1992.

_____, 그 산이 정말 거기에 있었을까, 웅진출판사, 1995.

_____, 너무도 쓸쓸한 당신, 창작과비평사, 1998.

_____, 복원되지 못한 것들을 위하여, 동아출판사, 1996.

2. 국내저서

강인숙, 가면의 생, 문학사상사, 1979.

강인숙, 박완서 소설에 나타난 도시와 모성성, 둥지, 1997.

고정희 외, 여성 해방의 문학, 평민사, 1987.

권영민, 분단문학의 역사적 전개, 소설과 운명의 언어, 현대소설사, 1992.

김경동, 전쟁 사회학과 시론, 현대사, 1980.

김경수, 여성 경험의 소설화와 삽화 양식, 문학의 편견, 세계사, 1994.

김경연 외, 여성해방의 시각에서 본 박완서의 작품 세계, 여성 2, 창작사,
   1988.

김명혜 외 2, 성·미디어 문화, 나남출판사, 1994.

김명훈·정영윤, 심리학, 박영사, 1983.

김미현, 박완서 문학 길 찾기, 세계사, 2000.

김미현, 한국 여성소설과 페미니즘, 신구문화사, 1996.

김성례, 여자로 말하기, 몸으로 글쓰기, 또하나의문화, 1999.

김시업, 결혼과 가정, 학지사, 1999.

김양희 외, 결혼과 가족, 중앙대학교 출판부, 1997.

김열규, 家와 家門, 서강대학교 인문과학연구소, 1989.

김영란 외, 제3의 성 중년여성 바로 보기, 현암사, 1999.

김영무, 제삼세대한국문학·박완서, 삼성출판사, 1983.

김영옥 외, 새로 쓰는 결혼 이야기, 또하나의문화, 1996.

김영일, 사람과 삶, 강남대학교 출판부, 2000.

김영일, 현대인의 결혼과 가정, 학문사, 1997.

김우종, 속물적 삶의 비판, 한국현대문학전집 42, 삼성출판사, 1978.

김원홍 외, 오늘의 여성학, 건국대학교 출판부, 1999.

김윤식, 작가와의 대화, 문학동네, 1996.

김윤식, 80년대 우리 문학의 이해, 서울대출판부, 1989.

김윤식, 박완서론 - 기억과 묘사, 작가와의 대화, 문학동네, 1991.

김윤식, 한국 현대작가 연구, 문학사상사, 1991.

김정옥, 새로 보는 결혼과 가족, 학지사, 1999.

김정옥, 이혼과 가족문제, 하우, 1993.

김정희 외, 새로 쓰는 성 이야기, 또하나의문화, 1991.

김주연, 순응과 탈출 - 박완서론, 변동사회와 작가, 문학과지성사, 1979.

김찬호 외, 새로 쓰는 사랑 이야기, 또하나의문화, 1996.

김채윤, 사회계층이란 무엇인가, 민음사, 1995.

김치수, 함께 사는 꿈을 위하여, 우리시대 우리작가 17, 동아출판사, 1994.

김태련, 성의 심리학, 이화여자대학교 출판부, 1989.

김태현 외, 결혼과 사회, 성신여자대학교 출판부, 1991.

김현, 문학사회학, 민음사, 1983.

김혜숙, 인간과 성, 에드텍, 1995.

마주혜, 이별, 그리고 홀로 서기, 국민일보사, 1996.

마주혜, 재혼, 그리고 함께 서기, 국민일보사, 1999.

박완서, 꼴찌에게 보내는 갈채, 평민사, 1997.

박완서, 꿈을 찍는 사진사, 동아출판사, 1995.

박완서, 나는 왜 작은 일에만 분개하는가, 햇빛출판사, 1990.

박완서, 나에게 소설은 무엇인가, 서 있는 女子의 갈등, 나남출판사, 1986.

박완서, 나의 아름다운 이웃, 작가정신, 1991.

박완서, 님이여, 그 숲을 떠나지 마오, 여백, 1999.

박완서, 박완서 문학 앨범, 웅진출판, 1992.

박완서, 여자와 남자가 있는 풍경, 주부생활사, 1980.

박완서, 한 길 사람 속, 작가정신, 1995.

박재환, 갈등과 소외, 단국대학교출판부, 1989.

박혜경, 저문 날의 삽화 혹은 소시민적 삶의 풍속도, 문학과지성사, 1991.

박혜란, 삶의 여성학, 또하나의문화, 1993.

변혜정 외, 여성, 여성학, 단국대학교출판부, 1996.

서동욱, 차이와 타자, 문학과 지성사, 2000.

서병숙, 결혼과 가정, 교문사, 1995.

서진영, 여자는 왜?, 동녘, 1993.

신수정, 푸줏간에 걸린 고기, 문학동네, 2003.

심영희 외 2, 모성의 담론과 현실, 나남출판사, 1999.

안숙원, 한국문학과 모성성, 태학사, 1995.

여성을 위한 모임, 일곱 가지 남성 콤플렉스, 현암사, 1994.

여성을 위한 모임, 제 3의 성 중년여성 바로 보기, 현암사, 1999.

여성평우회, 제 3세계 여성 노동, 창작과비평사, 1985.

여성한국사회연구회, 여성과 한국사회, 사회문화연구소, 1994.

오세진 외, 인간 행동과 심리학, 학지사, 1999.

유덕순, 변화의 바람, 독자와함께, 1993.

유종호, 동시대의 시와 진실, 민음사, 1982.

윤가현, 성심리학, 성원사, 1990.

이광자, 한국여성의 과거와 현재, 여성과 한국사회, 창작과비평사, 1985.

이광호, 위반의 시학, 문학과지성사, 1993.

이남호, 말뚝의 사회적 의미, 문학의 위족 2, 민음사, 1990.

이동하, 한국대중소설의 수준, 문학의 시대 2, 풀빛, 1984.

이동하, 한국문학의 현 단계, 창작과비평사, 1982.

이배용 외, 우리나라 여성들은 어떻게 살았을까, 청년사, 1999.

이상신, 광기와 틈의 시학, 도서출판 창, 1993.

이상우, 소설의 이해와 작법, 월인, 1999.

이상우, 현대소설론, 양문각, 1995.

이상우, 현대소설의 원형을 찾아서, 애플기획, 1996.

이선미, 페미니즘은 휴머니즘이다, 한길사, 2000.

이효재 외, 자본주의 시장경제와 혼인, 또하나의 문화, 1991.

이효재, 가족과 사회, 경문사, 1990.

임금복, 현대 여성소설의 페미니즘 정신사, 새미, 2000.

임헌영, 여성의 존재론적 의미, 박완서 문학상 수상작품집, 훈민정음, 1993.

정규웅, 목마른 계절의 세계, 삼성출판사, 1983.

정영자, 한국 페미니즘 문학 연구, 좋은날, 1999.

정영자, 한국여성소설 연구, 세종출판사, 2002.

정영자, 현대여성소설의 특성과 그 문제점, 여성과 문학 1, 문학세계사, 1989.

조남현, 1990년대 문학의 담론, 문예출판사, 1998.

조남현, 한국소설과 갈등, 문학과비평사, 1990.

조동일, 한국소설의 이론, 智識産業社, 1977.

조혜정, 한국 페미니즘 문학 어디까지 왔나, 평민사, 1987.

조혜정, 한국의 여성과 남성, 문학과지성사, 1988.

최승희·김수욱, 심리학개론, 한영사, 1999.

하응백, 그 살벌했던 날의 할미꽃, 이레, 1997.

하응백, 낮은 목소리의 비평, 문학과지성사, 1999.

하응백, 문학으로 가는 길, 문학과지성사, 1996.

황도경, 우리 시대의 여성 작가, 문학과지성사, 1999.

황필호, 산아제한과 낙태와 여성해방, 종로서적, 1990.

3. 정기간행물

권명아, "박완서 문학 연구 - 억척 모성의 이중성과 딸의 세계의 의미를
　　중심으로", 작가세계, 1994.

김명호 외, "여성해방 문학론에서 본 80년대의 문학, 창작과비평,
　　1990. 봄.

김명호 외, "여성해방문학론에서 본 80년대 문학", 창작과 비평, 1990. 봄.

박완서, "여성문학과 진정한 비판의식", 창작과비평, 1991. 8.

박혜란, "여자다움의 껍질 벗기", 작가세계, 1991. 봄.

백낙청, "사회비평 이상의 것", 창작과 비평, 1979. 가을.

염무웅, "사회적 허위에 대한 인생론적 고발", 세계의 문학, 1997. 여름.

이상우, "오정희 소설의 여성의식 연구 - 고독과 불안과 허무의 심연", 명지
　　대학교 인문과학연구논총, 1999.

전상국, "사회적 관심의 환기와 형상화", 현대문학, 1993. 봄.

전승희, "소설가 박완서에게 보내는 비평적 질문", 사상문예, 1991. 6.

정백현, "변화하는 세계와 여성해방운동", 여성과 사회, 1993.

정호웅, "상처의 두 가지 치유방식", 작가세계, 1991. 봄.

정호웅, "상처의 두 가지 치유방식", 작가세계, 1991. 봄.

조남현, "박완서 소설과 여성주의의 변모", 펜과 문학, 1996. 봄.

조선희, "바스라지는 것들에 대한 연민", 작가세계, 1991. 봄.

조혜정, "박완서 문학에서 비평이란 무엇인가", 작가세계, 1991. 여름.

4. 논문

김기숙, "박완서 소설 연구", 연세대 교육대학원 석사학위 논문, 1996.

김병덕, "여성 작가 소설에 나타난 일상성 연구", 중앙대 대학원 박사학위
　　논문, 2003.

김은정, "박완서 소설 연구 : 분단제재 소설을 중심으로", 단국대 교육대
　　학원 석사학위 논문, 2000.

김정미, "박완서 소설의 여성주의 연구", 순천향대 교육대학원 석사학위
　　논문, 2001.

김희진, "박완서 소설 연구", 중앙대 대학원 석사학위 논문, 1995.

나소정, "박완서 소설 연구 : 도시문명과 산업화 사회에 대한 비판을 중심
　　으로", 명지대 대학원 석사학위 논문, 2001.

노미영, "박완서 소설 연구 : '집'의 의미를 중심으로", 숭실대 교육대학
　　석사학위 논문, 2002.

서민자, "1980년대 한국 여성소설의 자기 정체성 연구", 부산대 대학원 석
　　사학위 논문, 1993.

서석준, "한국 현대소설에 나타난 '부상실' 연구", 경희대 대학원 박사학
　　위 논문, 1991.

서정숙, "가정의 심리적 환경과 자녀의 심리사회 성취도와의 관계 연구",
　　인하대 교육대학원. 석사학위 논문, 1996.

신금희, "박완서 소설 연구 : 성장 소설적 면모를 중심으로", 창원대 교육
　　대학원 석사학위 논문, 2003.

신선아, "박완서 소설의 부부관계 갈등 발생 요인 연구", 한양대 교육대학
　　원 석사학위 논문, 2003.

안광진, "박완서 장편소설 연구－체험의 소설적 형상화를 중심으로", 중
　　앙대 대학원 석사학위 논문, 1996.

엄혜자, "박완서 소설 연구 : 페미니즘을 중심으로", 경원대 대학원 석사
　　학위 논문, 2001.

엄혜자, "박완서 소설 연구 : 페미니즘을 중심으로", 경원대 대학원 석사

학위 논문, 2001.

윤철현, "박완서 소설 연구", 부산여대 대학원 석사학위논문, 1991.

이가원, "오정희 소설의 인물 연구 : 내면의식을 중심으로", 명지대 대학원 박사학위 논문, 2004.

이경미, "박완서 소설 연구 : 분단소설을 중심으한잔로", 성신여대 교육대학원 석사학위 논문, 2001.

이경식, "박완서 장편소설 연구", 경희대 대학원 석사학위 논문, 1986.

이광민, "박완서 소설 연구 : 도시체험을 중심으로", 명지대 대학원 석사학위 논문, 2003.

이두혜, "박완서「엄마의 말뚝」에 나타난 서사 전략 연구", 동아대 대학원 석사학위 논문, 1996.

이선미, "박완서 소설의 서술성 연구", 연세대 대학원 박사학위 논문, 2001.

이연정, "모성론에 관한 비판적 고찰", 서울대 대학원 석사학위 논문, 1994.

이정희, "오정희·박완서 소설의 근대성과 젠더의식 비교연구", 경희대 대학원 박사학위 논문, 2001.

이홍진, "박완서 초기 장편소설 연구", 계명대 대학원 석사학위 논문, 1995.

전창호, "여성의 글쓰기와 자기발견의 서사구조", 한남대 대학원 석사학위 논문, 1992.

정소영. "박완서 소설 연구 : 욕망 개념을 중심으로" 서울시립대 대학원 석사학위 논문. 2001.

지지연, "박완서 소설 연구", 경희대 교육대학원 석사학위 논문, 1997.

편해영, "박완서 가족소설 연구", 한양대 대학원 석사학위 논문, 2001.

한정자, "박완서 소설 연구 : 글쓰기 의미를 중심으로", 숭실대 대학원, 석사학위논문, 2002.

한초영, "박완서 소설 연구 : '결혼'을 소재로 한 소설의 갈등 발생요인 연구, 한양대 교육대학원 석사학위 논문, 2001.

홍미광, "한국여성 소설의 에코 페미니즘적 연구", 부산대 교육대학원 석사학위 논문, 1996.

홍지화, "페미니즘 시각에서 본 박완서 소설 연구", 중앙대 석사학위 논문, 2001.

5. 외국저서

고진 가라타니, 박유하 역, 일본근대문학의 기원, 민음사, 1997.

낸시 쵸루도우 외, 권오주 역, 페미니즘 시각에서 본 가족. 한울아카데미, 1991.

도너번 조세핀, 페미니즘 이론, 문예출판사, 1998.

딜런 애번스, 김종주 외 역, 라캉 정신분석 사전, 인간사, 1998.

라이트 엘리자베스, 정정호 역, 페미니즘과 정신분석학 사전, 한신 문화사, 1997.

루즈 이리가라이, 권현정 역, 여성 — 어머니들, 공감, 1997.

레나 린트호프, 이란표 역, 페미니즘 문학 이론, 도서출판 인간사랑, 1998.

Levinas E, 강영안 역, 시간과 타자, 문예출판사, 1996.

부버 마르틴, 표재명 역, 나와 너, 문예출판사, 1988.

월비 실비아, 유희정 역, 가부장제 이론, 이화여자대학교출판부, 1996.

안니 르끌렉, 정을미 역, 이제 여성도 말하기 시작한다, 열음사, 1990.

통 로즈마리, 이소영 역, 페미니즘 사상—종합적 접근. 한신문화사, 1995.

카렐 코지크, 구체성의 변증법, 거름, 1985.

케이트 밀레트, 性의 정치, 현대사상사, 1998.

프라이 노스롭, 이상우 역, 문학의 원형, 명지대 출판부, 1998.

프로이트 지그문트, 김종엽 역, 토템과 터부, 열린책들, 1998.

프로이트 지그문트, 정신분석학의 근본 개념, 열린책들, 1997.

프롬 E, 이규호 역, 자유로부터의 도피, 삼성출판사, 1997.

하딩 에스터, 김정란 역, 사랑의 이해, 문학동네, 1996.

하버트 마르쿠제, 김종호 역, 에로스와 문명, 양영사, 1982.

헤스터 아이젠슈타인, 한정자 역, 현대여성해방사상, 이화여자대학교출판
  부, 1994.

ABSTRACT

A Study of Primary Factors Causing the Conflict on Wanseo Park's Novels.

Lee, Eunha

Department of Creative Writing

Myongji University

Graduate School

The purpose of novels would be to show human's status within complicated societies, so that people's problems with conflicts have been the main concerns of novels. That is, the major subjects that both readers and writers are highly interested in include people's diverse desires, the happening which prevents them, the conflicts which human face, and the catharsis of the conflict and desire.

This study is to identify how writers represents the human's problems through their novels. In order to achieve the purpose, I take

Wanseo Park's interesting, moving novels well written the conflicting — people as research tasks.

The novelist Wanseo Park has started to write novels right after being elected as Naked Tree in the 'Yeosung Donga Novels' sponsored by Donga Newspaper in 1970. Though she took the platform around the age of forty, she has had a large circle of readers with writing over 140 short stories, and 15 novels.

Wanseo Park has tried to retrieve the protagonists' identity with paying attention to the past which makes them disturbing and frustrating. However, most of the protagonists could not solve these problems independently. I regard her novels as implicit things, not entirely solved problems. In other words, they are 'increasing — conflicts progressing novels'. Therefore, I pay attention to the common conflicts — causing factors on the basis of choronological and cultural background.

The main conflict — causing factors in the Wanseo Park's novels are divided into 3 parts. Those are the conflicts from 1) the experience of the war 2) Confucian and patriarchal systems 3) the modern societies.

First, people in the Wanseo Park's novels has undergone conflicts and troubles from the experience of the war. The family deprivation have caused the their tragedy. It has showed that the conflicts between a mother and a daughter; a mother who takes the charge of her family instead of her dead brother and a daughter who feels guilty because she is alive instead of her brother.

Second, the conflicts in the her novels have been triggered by Confucian and patriarchal systems. The custom of patriarchal system is usually shown as a husband's oppression. Moreover, the main factors suppressing the women are including Machoism, the suppression toward virginal purity of the women, and traditional system of head of the family.

Third, the people in the Wanseo Park's novels have suffered from the modern societies' problems. The money — oriented societies and egoism have had widely our society illegal and corruptive.

The conflicts caused by the factors mentioned above are showed as implicit and increasing — conflict progresses to present through the novels. The structure of conflicts has been combined with chain — link, cross, insertion procedures. The followings are the actions of the characters in the novels.

First, it is the writing for overcoming a suffering. With writings for evidence and revenge, people in her novels have discovered their own inconsistency and objectivity of the world, so that people sublimed them as arts. Second, people in the novels have identified the problems of patriarchal system and overcome the current issues with regaining the self — identity.

Throughout this study, I examine the conflicts — causing factors and recovery of them. The author has given us opportunities to research on the conflict of the war, the inconsistency of patriarchal system, the problems in the equality of the sexes, the course of female's independent life. By making the middle — aged lady appear in her novels, Wanseo Park has exposes the money — oriented society and let us think again that it is important to love each other in the industrial society. Above all,

Wanseo Park has placed stressed on the independence of the women's life and the human respects, consequently her works have been positioned importantly in the field of the Feminism Study.

소설 창작의 갈등구조 연구

– 박완서 소설을 중심으로

지은이| 이은하

인쇄일| 초판1쇄 2009년 5월 11일
발행일| 초판1쇄 2009년 5월 15일
펴낸이| 정진이
총괄| 박지연
디자인| 김숙희 선승희
편집| 강정수 이원석
마케팅| 정찬용
관리| 한미애 손지애
펴낸곳| 새미

　　　등록일 2005 03 14 제17-423호
　　　서울시 강동구 성내동 447-11 현영빌딩 2층
　　　Tel 442-4623 Fax 442-4625
　　　www.kookhak.co.kr
　　　kookhak2001@hanmail.net

　ISBN| 978-89-5628-308-1 *93800
　가격|18,000원